나를 만나는 글쓰기

나를 만나는 글쓰기

지은이 **이남희** 李男熙

부산에서 태어나 충남대학교 철학과를 졸업하고 서울에서 교사 생활을 하였다. 1986년 여성동아 장편공모에 갑신정변을 다룬 역사소설『저 석양빛』이 당선되어 작품 활동에 나섰으며, 1989년 교직을 그만두고 전업 작가 생활을 시작, 중앙대 예술대학원을 졸업하였다. 현재 여러 대학과 사회단체에서 소설 창작을 강의하고 있으며, 심리학과 글쓰기가 섞인 '치유하는 자기 이야기 쓰기'라는 강좌를 만들어 진행하고 있다. 저서로는『자기 발견을 위한 자서전 쓰기 특강』, 단편집『지붕과 하늘』『개들의 시절』『사십세』『플라스틱 섹스』, 장편소설『세상의 친절』『그 남자의 아들, 청년 우장춘』『연인이 되는 절차』, 에세이『자기 알기 마음 알기』등이 있다.

나를 만나는 글쓰기

초판 1쇄 발행 2013년 7월 30일
초판 2쇄 발행 2016년 11월 15일

지은이 이남희
펴낸이 권오상
펴낸곳 연암서가

등록 2007년 10월 8일(제396-2007-00107호)
주소 경기도 고양시 일산서구 호수로 896번지 402-1101
전화 031-907-3010
팩스 031-912-3012
이메일 yeonamseoga@naver.com

ISBN 978-89-94054-41-4 03800
값 15,000원

나를 만나는 글쓰기

이 남 희 지음

연암서가

“토마토가 참외가 되려 한다면

그보다 우스운 일이 있을까?…”

머리에서 가슴까지

수업 중 알게 되는 것과 깨닫게 되는 것의 차이를 구분하면서 살고 있는지 질문해 볼 때가 있다. 수강생들 대부분은 '아차 그런 생각은 안 해봤구나' 하는 반응이고, 가끔 몇 사람은 '모르는 건 아닌 것 같은데 말로 표현하기는 어렵다'는 기색을 보이기도 한다. 그러다 내가 아는 건 '그냥 알았구나' 하고 느끼게 되지만, 깨닫게 되었을 땐 더하여 가슴이 찡하거나 눈물이 찔끔 난다고 말해 주면, 그제서야 내 삶에서도 그런 게 모자랐다는 표정들이 된다.

이건 어쩌면 평소 우리가 머리와 가슴의 차이를 간과하면서 생활하기 때문에 나오는 반응이 아닐까 싶다.

내 나이 서른 중반이었을 때, 마음의 이런저런 상처나 심리장애들이 아우성치며 터져 나왔고, 그에 대처하느라 정신분석을 받거나 심리학을 파고들기 시작했었다. 그땐 나도 아는 것과 깨닫는 것의 차이를 별로 유념하지 않았던 듯싶다. 열심히 공부하기만 하면 그렇게 해서 심리학 지식이 많이 쌓이기만 하면 그 가운데 문제들이 풀리고 삶도 결 곱게 흘러가게 되리라는 기대를 품고 있었다. 그렇게 십 수 년을 지내고 돌아보니, 마음에 관한 지식은 많이 쌓았을지 모르지만, 여전히 내 마음을 깨닫고 풀어가는 과정은 답답할 정도로 느리거나 시행착오가 반복되기도 한다.

여기에 쓴 내용은 그렇게 쌓아온 알음알이에다 나름 깨달은 것들을 더하여, '한겨레문화센터'의 '치유하는 자기 이야기 쓰기'라는 강좌를 찾아온 사람들과 더불어 이야기 나누고 실습한 내용들이다. 이 강좌에 온 사람들은 어떤 계기로든 진정한 자기 목소리를 들어보고 싶다는 바람으로 그 방법을 찾고 있었다. 그러므로 내가 뭐라고 충고할 것도 없이 이미 출발 준비는 되어 있는 셈이었다.

'시작이 반'이라는 속담도 있듯 한 번 해보겠다는 바람을 세웠다면 뒤이어 하는 실제 방법이란 쉽고 단순하다. 차분하게 자기 목소리에 귀 기울이고 그걸 글로 기록하면 된다. 누구의 눈치도 보지 않고 그냥 쓴다. 자기 내면에서 잔소리하는 검열관의 말도 무시하고 그냥 쓴다. 이처럼 쉬워서 굳이 따로 가르치거나 배울 필요가 있을까 싶기도 하다. 이런 걸 자기 내면의 소리에 귀를 기울인다고 할 수 있겠다. '귀를 기울인다'는 단어가 추상적으로 들린다면 그에 대응하는 구체적인 몸의 행위로 '자기 속에서 흘러나오는 말을 글로 쓴다'고 다시 말해 볼 수도 있겠다. 자기를 믿고 그냥 쓰는 것이다. 그 과정에서 깨달음이 오기도 하고, 쓴 글을 모아서 곰곰 곱씹으며 읽는 가운데 진정한 자기를 만나게 되기도 한다.

이런 단순한 방법을 납득하도록 만들기 위해, 혹은 자기 이야기를 써보자고 다른 사람을 유혹하기 위해 나는 책 한 권이 다 되도록 길게 이야기를 늘어놓았다. 하긴 그 동안 내가 진정한 자신의 목소리를 듣고 문제를 풀기 위해 공부하고 고민하고 글을 썼던 과정들이, 그러니까 머리에서 가슴까지 가는 긴 여행이, 자기 마음이 하는 말을 들으려는 사람이라면 통상적으로 거쳐야 하는 과정이니까 여기서도 긴 이야기가 필요했는지도 모른다.

'한겨레문화센터' 강좌에서 그랬던 것처럼 이 책에서도 세부적인 방법을 자세히 설명하면서 쉽게 글을 쓸 수 있도록 안내하려고 했다. 아마 읽으면서 따라 써본다면 진정한 자기와 만날 것이다.

예문은 수강생들의 글을 다듬은 것이다. 허락을 구하지 못했다. 양해를 바란다.

자기 자신을 알면(그러니까 지식이 아닌 깨달음으로) 흔들리지 않는 강한 내면의 힘을 갖게 되고 자유로워진다.

피스!

이남희

1장

나의 인생, 변화기들

그녀의 경우

그녀는 경기도 개풍군 박적골에서 태어났다. 근대 문명의 혜택이 시골까지는 미치지 못했던 그 시절, 세 살 때 아버지를 병으로 잃는다. 맹장염으로 추측되는 복통을 단순한 토사곽란 정도로 대처하여 복막염으로까지 키웠던 것이다. 어머니는 시골의 무지 때문에 남편이 죽었다고 생각했고, 아들과 딸 두 자식만은 도시로 데려가 근대 교육을 받게 하겠다고 결심한다. 우여곡절 끝에 서울로 온 그녀는 서대문 영천 산비탈의 빈궁한 동네에 정착하지만, 억척스런 어머니의 뒷바라지로 요즘으로 치면 강남 8학군에 해당될 사대문 안에 있는 매동초등학교에 들어간다. 원래 사는 동네의 학교를 놔두고 인왕산 고개까지 넘어가며 등교하는 일은 어린 그녀에겐 수

줌음을 더하는 고통이었다. 그래도 오빠가 학업을 마치고 가정을
이룰 즈음엔 꽃다운 처녀로 자라나 서울대학에 입학한다. 그것이
1950년이었다.

입학한 지 한 달도 못되어 6·25사변이 터진다. 남한 정부는 서울
을 사수하겠다고 시민들을 속이곤 남쪽으로 달아났고, 미처 피난가
지 못한 서울 시민들은 인민군 치하에서 생활하게 된다. 전쟁은 어
느 쪽으로든든 쉬 결판나지 않는다. 더구나 유엔군과 중공군의 참전
으로 확대된 전선은 한반도를 오르내리게 되고, 그 바람에 사람들
은 어제는 대한민국, 오늘은 북조선 치하에서 지내는 식으로 어느
쪽 편을 들든 생명이 위험할 난국으로 빠져든다. 많은 민간인들이
희생되는데, 그 가운데는 아버지나 다름없었던 작은 아버지와 그녀
의 오빠도 들어 있었다. 어른이라곤 여자들만 남은 가족들은 그 죽
음들을 애도하지 못한다. 말 한마디 잘못했다간 빨갱이로 몰려 죽
을지도 모르는 삼엄한 시절이었기 때문이다. 그녀는 이념이라면 몸
서리를 치게 되고, 학업을 포기하고 오로지 처자식만 위할 가정적
인 남자를 찾아 결혼하고 가정을 꾸린다. 아내와 엄마라는 전업주
부의 역할에 빠져 조용히 살아가고자 한 것이다. 생각한 대로 무탈
하게 살아지는 듯했다, 중년이 될 때까지는.

도 하고 속이 뒤틀리게 메슥거리기도 하던 그 고약한 느낌은 아무리 날이 지나도 희미해지지 않았다…… 그 망령은 언젠가 토해내지 않으면 치유될 수 없는 체증이 되어 내 내부 한가운데 가로놓여 있을 수밖에 없었다…… 온갖 사는 즐거움, 세상의 아름다움으로부터 완전히 격리당하고…….

나는 그 이야기를 하고 싶어 정말 미칠 것 같았다…….

그 계기는 뒤늦게 40세가 되어서야 왔다. 그땐 내가 생각해도 그렇고, 남 보기에도 그렇고 살림 외에 딴 짓을 생각하는 게 가당찮아 보일 만큼 나이도 들고 주부로서의 관록도 붙어 있었다. 편지를 너무 안 써서 외국 가 사는 가장 친한 친구와의 우정도 끊어질 만큼 비문학적인 환경에 함몰되다시피 하게 살고 있었다. 아이가 자그마치 다섯이었고, 시부모를 모신 맏며느리였다. 가계부도 건망증 때문에 못 쓸 만큼 조로현상이 두드러지게 나타나기 시작한 40세의 평범한 주부였다…….

그러나 자기표현의 욕구까지 단념할 수는 없었다. 특히 그때까지 내 속에 짓눌려 있던 나의 이야기들은 돌파구를 만난 것처럼 아우성치기 시작했다…….

1971년 40세의 나이로 장편소설 『나목』이 여성동아 장편 공모에 당선되어 문단에 데뷔한 박완서 선생님 이야기이다. 2011년에 타계하실 때까지 한국 문학의 거목이라 칭송받을 정도로 선생님은 지속적이고도 왕성한 작품 활동을 하셨으며 『휘청거리는 오후』, 『그해 겨울은 따뜻했네』, 『그대 아직 꿈꾸고 있는가』 등 수많은 베스트셀러로 독자들의 사랑을 받기도 했다. 많은 사람들이 선생님의 소설을 읽으면서 자신들의 위선적인 생활상에 대해 비판적인 눈을 뜨게 될 뿐더러 마음속에 숨겨 놓은 내놓기 싫은 감정들, 말로 표현하기 어려운 생각들까지 콕 찍어서 드러내 보게 된다면서 공감해 왔다. 게다가 여러 문학상은 물론, 여성으로는 최초로 서울대학교에서 명예박사학위를 받을 정도로 명성을 얻으셨는데, 또 사적으로 선생님은 당신을 작가라는 직업을 최고로 여긴다며 자부하시기도 했다.

"난 작가라고 불리는 게 최고라고 생각해요. 소개할 때 작가 누구, 하는 것 말고 뭐 더 다른 말이 붙을 필요가 있어요?"

그런 작가의 길로 들어서게 된 동기를 『엄마의 말뚝』이란 소설에서는 위에서 인용한 것과 같은 말로 설명하셨는데, 강연회나 독자와의 대화 같은 자리에서도 소설을 쓰게 된 이유를 질문 받으면 같은 내용을 말씀하시곤 했다.

"잔혹한 시대를 견디기 위해 '복수심과 증오'의 마음가짐으로 언젠가는 소설을 쓰리라 생각하기도 했으나, 그 증오가 결국 시간 속에서 '증언'으로 바뀌었다. 이야기가 지닌 위안과 치유의 능력에 대한 믿음이 없었더라면 불가능한 작업이었다……."(서울대학교 관악 초청 강연 '박완서 문학의 뿌리를 말한다' 중)

요약한다면 당신 내면에서 아우성치고 있는 이야기들에게 목소리를 주고 싶어서 글을 쓰기 시작하셨다고 할 수 있다. 선생님의 작품 세계는 7, 80년대 중산층의 위선적인 풍속도나 여성 문제 등 다양하긴 하지만 6·25의 상흔이나 분단의 상처를 드러낸 소설도 적지 않기 때문이다.

곰곰이 생각해 보면 젊은 시절, 참혹했던 전쟁을 겪고, 육친의 죽음을 제대로 애도하지 못해 만들어진 마음의 상처가 중년이란 고비를 맞아 글쓰기로 나타났다고 할 수 있을 것이다.

젊음의 에너지로 대충 얼버무린 상처는 의식에서 쫓겨난다 해도 내 마음에서 사라지지는 않는다. 무의식에 잠겨 있으면서 알게 모르게 영향을 끼치다가 어떤 계기를 만나면 질문으로 터져 나온다. 살아가려면 우리는 그에 대해 답을 해야만 한다. 그 답을 찾는 여정 중에 손쉽고 비용이 적게 들면서도 확실한 효과를 거둘 수 있는 것이 바로 자기에 대한 글쓰기, 자기 이야기 쓰기이다.

어쩌면 박완서 선생님의 사례를 떠올리는 것만으로도 자기 이야기 쓰기의 필요성과 심리 치유 효과를 더 설명할 필요가 없을지도 모른다.

이처럼 박완서라는 이름을 들을 때 사람들의 머릿속에 가장 먼저 떠오르는 건 '중년이라는 고비에 새롭게 시작한 글쓰기'라는 키워드이다.

한 사람의 인생을 한 줄로 요약하면 지나치게 단순화될 위험도 있지만, 40세에 작가라는 새로운 길로 들어선 박완서 선생님의 인생을 상기하면서, 왜 하필 중년이고, 글쓰기인가 하는 문제를 짚어보고자 한다. 왜 인생은 마음먹은 대로 그냥 죽 지속되지 못하고 뼈에 관절이 있듯 마디로 나뉘고 매 마디마다 변화가 필요해지는지, 또 인생의 마디인 변화기에 부닥치는 갈등의 본질은 무엇이며 어떻게 풀어갈 것인가 하는 등의 물음이다.

인생의 변화기들

인생에는 세 번의 고비, 또는 변화가 요구되는, 변화해야 살 수 있는 시기가 반드시 닥친다고 한다. 사춘기, 중년, 그리고 죽을 무렵이다.

1) 사춘기

사람은 태어나면 부모를 따라 배우면서 성장한다. 부모의 말이나 태도, 행동과 같은 외면적인 요소뿐 아니라 사고방식, 가치관 등 무엇이든지 부모를 따라 배우면서 닮으려고 애쓴다. 새끼고양이가 어미고양이를 따라하다 쥐를 잡을 줄 알게 되고, 병아리가 어미닭을 쫓아다니면서 먹이를 쪼을 줄 알게 되는 것처럼, 아이는 부모의 일거수일투족을 흉내 내는 과정에서 성장하게 되는데, 심리학에서 아이가 꾸는 꿈은 부모의 꿈이라고 할 정도로 무비판적, 맹목적이다.

얼마 전 초등학교 4학년생이 치과의사가 장래 희망이라고 말해서 좀 놀랐었다. 그냥 의사도 아니고 치과의사라니.

"하루 종일 사람 입속만 들여다볼 건데, 그게 정말 재미있을 거 같아서 그래?"

내가 반문하자 아이는 엄숙한 표정으로 그런 건 아니지만 아버지가 나중에 치과의사가 되는 게 제일 좋다고 하셔서 자기도 좋아한다고 설명했다.

이처럼 별다른 이견 없이 부모를 모방하면서 성장하다가, 신체가 어른의 모습으로 변하기 시작하는 사춘기가 되면 아이는 슬슬 부모로부터 떨어져 나와 홀로서려고 하게 된다. 이럴 때 맨 먼저 보이는 증상은 여태까지 자신이 맹목적으로 흉내 내온 행동과 사고방식을 맹렬하게 부정하는 것이다. 부모가 손잡으려 하면 슬며시 피하고, 방문을 걸어 잠그고, 말대꾸를 하는 등 밀쳐내는 식으로 은근히 거부하든, 간섭하지 말라고 내 뜻대로 살겠다고 명확하게 거부하든, 앞으로 자기는 부모의 세계에 속하지 않겠다고 주장하는 것인데, 그렇게 해서 부모로부터 떨어져 나온 다음이라야 독립된 자기 세계, 자기 독자성, 자기 개성을 만들어갈 수 있다.

때때로 사춘기 자녀를 둔 부모들이 자기 자녀가 너무 비판적이고 부정적인 것 같다는 고민을 듣곤 하는데, 불필요한 걱정이다. 독립의 첫걸음은 자신이 예전에 속했던 세계를 부정하는 데서 시작되기 때문에 나타날 수밖에 없는 당연한 현상이다. 마피아들의 금언

중 수녀원에서 도망친 수녀는 그 수녀원을 누구보다 더 심하게 욕한다는 말이 있다. 지나친 부정은 지나친 그만큼 열렬하게 독립하고 싶다는 뜻을 보여 주는 것이다. 그런 열망을 억압하는 건 갓 움터 나오는 새싹에 돌멩이를 얹는 일과 같다. 새싹은 돌멩이에 짓눌려 곧바르게 자라지 못하고 성장을 멈추거나 비틀리며 자랄 것이다.

그런 부정의 단계를 거친 다음에 비로소 긍정의 단계가 온다. 새로운 가치관, 인생관을 찾는 방황과 모색의 시간이다. 이처럼 부정과 긍정을 왔다갔다하면서 아이에서 어른으로, 독립적이고 개성을 가진 한 인격으로 성장한다.

그렇게 첫 번째 변화기인 사춘기에 충분히 고민하고 방황하여 자기만의 가치관을 확립하게 되면, 그 이후 그 사람은 그 가치관에 따라 살아간다.

프로이트는 인생을 '일과 사랑'이라고 요약하였다. 사랑, 즉 사적인 영역으로, 어떤 사람을 배우자로 선택할지, 어떤 가정을 꾸릴지, 어떤 사람과 교우관계를 맺을지 등등의 문제는 모두 사춘기에 만든 가치관이 기준이 된다. 그리고 일, 즉 공적인 영역으로, 어떤 직업을 갖고 어떤 사회적인 역할을 할 것인지 하는 선택 역시도 사춘기에 만든 가치관에 따라 결정된다.

예를 들어 사춘기의 이런저런 경험과 고민 끝에 내심 '세상은 만인에 대한 만인의 투쟁 상태다. 이 약육강식의 세상에서 승리하는 게 최고다. 최고의 만족은 다른 사람들을 내가 조종하는 데 있고, 그러려면 부와 힘을 가져야 한다'는 가치관을 갖게 되었다고 가정하자. 이후 그 사람의 인생은 오직 남과 경쟁해서 돈을 획득하는 데 기준을 두고 자신의 '일과 사랑'의 내용을 선택할 것이다. 배우자를 고를 때는 돈을 벌고 부를 축적하는 데 도움이 되는지를 따지게 될 것이고, 가정을 꾸리고 자녀를 낳아 기르는 것도 경쟁에 이기고 돈을 버는 걸 기준으로 할 것이며, 친구를 사귈 때도 돈을 얻는 데 도움이 될지 아닐지 계산하게 될 것이며, 직업 선택도 또 직업생활에서의 만족도도 돈을 얼마나 버느냐에 따라 달라질 것이며, 자기에 대한 평가도 얼마나 돈을 소유하게 되었느냐에 따라 달라질 것이다.

이처럼 사춘기에 만들어진 가치관은 그 이후 인생에서 결정적이다. 의식하든 하지 않든 누구나 사춘기의 경험과 고민 끝에 얻어진 가치관에 따라 그 이후 인생을 만들어 가게 된다.

그렇게 살아가다 중년 무렵이 되면 '일과 사랑'이라는 두 영역에서 어느 정도 안정된 위치에 이르게 된다. 배우자를 만나 가정을 꾸려서 어느 정도 안정된 관계로 접어들었을 것이고, 직업면에서도 어느 정도의 지위에 이르렀을 것이며 사회적으로도 어느 정도의 위치를 확보했을 것이다. 나와 세상이라는 두 개의 톱니바퀴는 그럭저럭 맞물려 매끄럽게 움직이고 있어서 앞으로도 이대로 죽 살면 충분할 것 같다.

그런데 갑자기 이상한 잡음이 들려오기 시작한다. 두 톱니바퀴 틈에 이물질이 낀 것처럼 삐걱거리는 소리가 들린다. 왠지(?) 쓸쓸해지고, 내 인생인데 이대로 괜찮은 걸까 하는 잡념도 스쳐가고, 뭔가 이걸로는 충분치 않다는 기분이 들기도 한다. 마음이 차질 않는다. 정체 모를 허무감, 상실감이 엄습하기 시작해 습기 찬 벽에 곰팡이 피듯 점점 번지는데, 예전처럼 눈 딱 감고 그저 열심히 사는 일이 잘 되지 않는, 어쩐지 열정과 기쁨이 사라진 기분이 들게 되는 것이다.

중년에 이르러 일과 사랑에서 어느 정도 자기 영역이 확보된 사람만 그런 건 아니다. 예전과 달리 30대가 넘어서도 자기 영역을 충분히 확보하지 못하는 요즘 사람들도 서른이 넘어 같은 증상을 보이기도 한다. 최근의 가장 핫한 작가인 닉 혼비도 자전적인 소설 『피버 피치』에서 30대가 되자 직업도 연애도 다 불안정한 상태인 채로 우울증을 앓게 되었다고 털어놓는다.

한 원인이 없는 것처럼 보였기 때문이다. 나는 어딘가에서 탈선해 온 듯한 기분이었다…… 나는 어쩐지 불운하며 저주받았다는 느낌이 들었다. 나는 불만으로 가득 찬 삶을 살 운명을 타고났다는 생각이 들었다. 왠지 몰라도 내가 지닌 재능은 영원히 인정받지 못할 것이고, 내가 전혀 손쓸 수 없는 상황으로 인해 만나는 여자마다 헤어지게 될 거라는 확신이 들었다. 이 확신이 너무나 강했기 때문에 내게 자극이 될 만한 일을 찾아보거나 행복해질 수 있는 사생활을 추구해서 상황을 개선하려고 해봤자 아무 소용이 없을 것 같았다…… 30대에 접어들었다는 끔찍한 공허감에 몸을 내맡겼다…….

이런 증상이 심해지면 어떤 이는 자신이 그동안 노력해서 구축해 온 사적인 영역(사랑)이나 공적인 영역(일)에 뭔가 잘못된 게 있어서 그렇다고 판단하고 엉뚱한 해결책을 찾아다닌다. 배우자를 잘못 선택해서, 진짜 사랑하는 사람이 아닌데 결혼했기 때문에 그렇다고 생각하여 혼외정사에 빠진다든지, 진짜 내 적성에 맞는 직업이 아니라서 그렇다고 생각하고 다니던 직장을 그만두고 다른 일을 찾는다든지 하여 주변 사람들을 놀라게 만든다. 이런 일은 다 중년이라는 변화가 필요한 시기에 접어들었다는 걸 자각하지 못하고, 사춘기 때와 똑같은 방식으로 문제에 대처하려다 보니 벌어지는 해프닝이라고 볼 수 있다.

2) 중년

어느 정도 나이를 먹었을 때 자신이 더 이상 젊지 않다고 느끼게 될까?

예전에는 서른 살 어름이면 청년기가 끝나고 중년기로 접어들었다고 했다. 적어도 내 젊은 시절에는 그랬다. 그때는 중년이 나한테만은 절대 오지 않을 것 같은 까마득한 나이라고 생각했던 탓인지, 잉게보르크 바흐만의 『삼십세』라는 소설에서 서른 살 생일을 맞이한 주인공을 가리켜 "누구도 그를 늙었다고는 하지 않겠지만 젊다고도 하지 않을 것"이라고 말하는 구절에 충격을 받았었다. 서른 살이 넘으면 청년기만 아니라 인생도 끝난 거란 느낌이었던 것이다.

요즘은 평균 수명이 비약적으로 늘어났기 때문인지 40세나 되어야 슬슬 중년기에 접어들었다고 생각하고, 60세를 넘어야 비로소 노년이라고 인정하는 추세이다. 평균 수명이 20년 이상 늘어난 데 비례하듯 또 요즘은 사춘기의 방황과 고민이 시작되는 시기도 20대로 미뤄진 듯 보이며, 그에 따라 '일과 사랑'에서 자기 영역을 어느 정도 확보하게 되는 시기도 점점 늦어지고 있기도 하다.

사춘기가 개별적인 한 인간으로 홀로서기 위해, 부모의 부속물이 아닌 온전한 한몫 성인이 되기 위해 방황하고 고민하는 시기라고 한다면 중년기는 그렇게 해서 만들어 온 자신을 새롭게 쇄신해야 하는 시기이다.

간과하기 쉬운 게 신체가 에너지의 총합인 것처럼 마음도 에너지의 흐름이라는 사실이다. 움직이는 에너지란 생명이고 변화이다. 물이 고이면 썩어서 생명수가 아닌 죽은 물이 되듯, 변화가 멈추는 순간 신체는 죽은 것이 된다.

물질을 나누고 분석하는 정도가 나노 단위까지 세밀해진 요즘, 과학자들은 인간의 신체는 고정되어 있는 물질이 아니라고 주장한다. 언뜻 보기엔 어제나 오늘이나 똑같은 물질인 것처럼 보이지만 신체를 구성하고 있는 세포는 시시각각 끝없이 변하여 새 것으로 바뀌고 있다는 소리이다.

『현대 물리학과 동양사상』으로 세계적인 명성을 얻은 프리초프 카프라 박사는 사람의 몸을 강에 비유한다. 강은 언제나 그 자리에 있는 똑같은 강처럼 보이지만, 강을 구성하는 물은 항상 변하고 있다. 시시각각 새로운 물이 들어와 예전의 물을 밀어낸다. 때문에 "우리는 똑같은 강물에 두 번 발을 담글 수 없다."(헤라클레이토스)

피부 세포는 1개월 정도만 지나도 모조리 새로운 세포로 바뀌고, 간은 6주 정도, 위벽은 5일 정도, 뼈를 구성하는 칼슘과 인의 결정체도 몇 달만 지나도 대부분 새로운 것으로 바뀐다. 그렇게 시시각각 바뀌는 몸 세포의 교체, 즉 변화가 없다면 그 몸은 죽은 시체가 된다.

몸이 그런 것처럼 마음도 변화하고 움직이는 에너지이다. 느끼고 생각한다는 건 마음이라는 에너지가 움직인다는 뜻이다.

중년이 되기 전까지 마음의 에너지는 주로 외부 세계에 쏠려 있었다. 이 세상에 적응하여 살아가는 문제, '일과 사랑'이라는 두 영역에서 자기 세계를 확보하는 문제에 심리 에너지는 초점이 맞춰져 있었다. 그에 대한 적응이 어느 정도 이루어지고 나면, 심리 에너지는 새로이 흘러갈 방향을 필요로 하게 된다. 때문에 마음속에서 어쩐지 잡음 같은 의문과 불만이 일어나기 시작하는 것이다.

따라서 중년이라는 인생의 두 번째 변화기에는 마음의 소리를 귀담아 듣고, 심리 에너지가 흘러갈 새로운 길을 내야 한다. 이를 무시하고 습관적으로 그냥 살다 보면 이후 인생 후반기는 열정이나 활기, 생기가 사라지고 정형화되고 화석화되기 쉬우며, 심지어 인생이 무의미하게 여겨져 삶 자체를 포기하는 지경에 이르기도 한다.

교사였던 내 젊은 시절, 교무실 구석에 40대 여교사들이 모여 잡담을 할 때면 어떤 화제가 나오든 '지겨워', '따분해'라는 말이 빠지지 않던 게 떠오른다. 직장과 가정일을 함께 해내느라 분명 힘들고 바쁠 텐데도 그런 말이 나오는 게 이상했었다. 20대인 나로선 도무지 납득이 되지 않았다. 하지만 나 역시도 30대 중반을 넘어가면서, 언제 어디서부터 시작되었는지 알지 못할 허무감에 빠져 허우적거리다가 심연으로 추락하고 말았었다.

요약하자면 중년이 되면 마음의 에너지의 방향을 외부에서 내부로 돌려 자기 자신을 돌아보고 인생의 의미를 찾고 재정립해야만 한다.

인생의 의미라고 해서 인생 전체를 아우르는 거창한 목표 따위를 떠올릴 필요가 없다. 의미란 지금, 바로 여기, 자신이 처해 있는 구체적인 상황 속에서 내가 해야 하는 과제에서 찾아내는 것이다. 그러므로 의미는 사람마다 각각 다르고 특별할 수밖에 없다. 또 요즘은 의미를 더 이상은 전통에서 찾지 못하게 되었기도 하다. 예를 들면 과거엔 청년기가 되면 결혼이 필수였으나 지금은 선택에 지나지 않게 되었고 자식을 낳고 기르는 일 역시 그렇다. 그처럼 전통은 요즘 사람들에게는 무엇을 해야 하는지를 가르쳐줄 수 없게 되었다. 따라서 인생의 의미는 나 스스로 발견해야만 한다.

빅터 프랭클은 제2차 세계대전 때 유대인이라는 이유로 나치 수용소에 갇혔다가 살아남은 심리학자이다. 수용소에서 굶주림과 강제노동으로 무수히 많은 사람들이 죽어 갔지만 그 가운데서도 자기가 살아야 할 의미를 가진 사람들은 끝까지 살아남았다고 한다. 그 경험을 바탕으로 전쟁이 끝난 뒤 프랭클은 삶의 의미 찾기를 핵심으로 한 심리요법 '로고테라피'를 만들었다. 프랭클은 "의미라는 것은 찾지 못했을 때 인간이 무너져 버리는 무엇"이라고 정의했다. 또 분석심리학의 창시자 카를 융은 인생의 의미란 바로 "자기실현"이라고 했으며, 현대 사회의 보통 사람들이 앓고 있는 고뇌나 신경증은 "삶의 의미를 발견하지 못했을 때 겪게 되는 영혼의 고통"이라고 설명하기도 했다.

중년에 요구되는 삶의 의미를 찾기 위한 작업인 자기 탐구 혹은

자기 발견의 여행은 말(언어)로 자기 이야기를 하는 데서 출발하게

된다.

자기 이야기 쓰기

인간을 인간답게 만드는 요소 중 하나인 말은 강력한 마법을 갖고 있다. '말이 씨가 된다', '말한 대로 되게 마련이다'라는 속언은 말에는 힘(에너지)이 들어 있다는 뜻이다. 또 원시시대부터 사람들은 말로 하는 이야기를 통해 세상을 이해하고, 후손들에게 정보와 역사를 전달해 왔다. 지금도 여전히 사람들은 말로 이야기를 나눔으로써 서로를 소통시키며, 그러는 가운데 스스로도 자신을 이해하게 된다. 떨떠름하거나 혼란스러울 때, 자신의 감정이 불명확해서 뭐라고 단언하기 어려울 때, 믿을 만한 친구와 더불어 이야기를 나누다 보면 혼란이 가라앉으면서 자기마음이나 감정이 확실해진 경험은 누구에게나 있을 것이다. 말은 막연했던 현실을 규정하여 의미를 부여해 주기 때문이다.

나아가 말을 눈으로 보이는 문자로 고정시킨 글은, 자신의 막연한 생각이나 느낌, 태도, 상상과 같은 것들을 시각적인 형태로 바꾸어 보여 주기 때문에 더욱 객관적으로 살펴볼 수 있다. 그러므로 글로 자기 이야기를 쓰는 것은 자기 인생에서 의미 있고 중요한 것들을 추려내어 눈앞에 늘어놓음으로써 자신이 살아온 삶을 추적하여 재조명하는 일인 것이다. 우리는 자신이 살아온 삶을 모조리 다 기억하지는 못한다. 의미 있다고 판단된 것들만 기억할 뿐이다. 그런 기억을 모으는 것은 바로 자기 삶을 해석하는 일이며 그렇게 의미를 찾아가는 과정이 바로 진정한 자신을 찾아가는 자기 이야기 쓰기이다.

더하여 마음 깊은 곳에서 들끓고 있는 고민이나 고통을 다른 사람들이 어떻게 생각할지 미리 걱정하지 않고, 종이 위에다 솔직하게 털어놓기만 해도, 쓰는 과정에서 자연히 문제의 핵심이 파악되고, 그리하여 치유가 일어나기도 한다.

물론 말과 글은 다르다. 둘 다 내 마음이나 의사를 표현하는 수단이지만 말은 들어주는 다른 사람이 있어야 하는 데 비해, 글은 읽을 사람이 전혀 문제가 되지 않을 수도 있다. 바로 자기와의 대화, 자기 분석의 글쓰기인 일기나 자서전이 그렇다. 일기나 자서전은 읽을 사람을 염두에 두고 쓰는 소설이나 논픽션보다 오랜 역사를 갖고 있으며, 일찍부터 문학의 중요한 장르로 인정받아 왔다.

자기 이야기 쓰기에는 여러 가지 방법이 있는데 그 방법들을 하나씩 나누어 그 차이와 효과를 알아보자.

첫 번째, 가장 쉽고 널리 알려진 것이 카타르시스적 글쓰기이다.

카타르시스적(자기 정화) 글쓰기

하고 싶은 이야기를 아무런 제약 없이 그냥 쓰는 것이다. 되도록 허름한 연습장 같은 노트를 준비해서 거기다 그냥 쓰면 된다.

이런 글쓰기의 내용은 대부분 지금 나를 고통스럽게 하고 있는 기억인 경우가 많다.

카타르시스(자기 정화)란 감정을 다시 경험하고 느낌으로써 부정적인 감정들을 발산해 버리고 그때의 자기를 다시 공감하는 과정을 거쳐 통찰력과 시야를 넓힌다는 의미이다.

보통의 기억과 상처의 기억은 질적으로 다르다고 한다. 고통스러운 기억, 상처가 된 기억은 그에 관련된 느낌이나 감정이 기억에 잔뜩 달라붙어 있어 심리 에너지가 그 기억에 불필요하게 과다 집중되어 있는 상태이다. 때문에 이미 지나가 버려 존재하지 않는 지금도 과거의 그 기억은 그 사람을 괴롭히게 되고, 심하면 강렬한 불안감이나 강박적인 행동을 불러일으키게 된다. 그렇게 잘못, 과다 집중된 심리 에너지를 글쓰기를 통해 풀어놓는 게 카타르시스적 글쓰기이다. 글을 쓰다 보면 그 때로 되돌아가 다시 한 번 경험하게 되면서 그 기억에 고착된 분노, 슬픔, 두려움 같은 여러 감정들이 풀려나게 된다.

방법은 노트를 펴놓고, 혹은 컴퓨터의 워드 창을 열어놓고 무조건 쓰는 것이다. 혹시 누가 볼까봐 신경 쓰여서 말이 잘 나오지 않는다면 자신에게 말해 주자. 다 쓰고 찢어(없애) 버리면 그만이라고. 물론 다 쓴 뒤 그냥 버리지 말고 소리 내어 읽은 다음에 없애면 더 좋다. 더 적극적인 해소 방법으로는 글 쓴 종이를 불태워 버릴 수도 있다. 해방감을 느끼게 될 것이다.

다음 예문을 보자.

지금 내가 가장 원하는 것은 남편과 아들, 셋이 단란하게 사는 일이다. 그런데 지금 나는 별거 중이다. 떨어져 산 지 일 년이 다 되어 간다. 내가 합치고 싶다고 해도 시어머니가 반대를 한다. 시어머니는 따로 떨어져 살아야 하는 이유가 다 나를 위해서라고 한다. 갖은 핑계를 대면서 자기 말에 복종하라고 한다. 그런 시어머니의 머리채를 잡아 뜯고 욕을 퍼붓고 싶다. 나를 위해 그러는 거라면서 눈물을 글썽거리며 연기하는 모습이 가증스러워 치가 떨리지만 결국 나는 물러서게 된다.

그는 늘 엄마가 시키는 대로 한다. 아무리 빠져나가려고 소리치고 욕을 해도 그의 엄마는 목을 자꾸 조여 가며 순종하게 만든다. 개 같다. 어쩔 수 없이 나는 개 주인과 상의해야 한다. 그런데 개를 내줄 수 없단다. 자기는 개를 보호할 의무가 있다는 말까지 했다. 나와 개주인의 싸움은 내가 케이오 패를 당해야 끝이 난다.

개는 좋겠다. 보호해 주는 사람이 있어서. 그런데 나는 왜 보호해 주는 사람이 없지? 씨발. 우리 부모는 보호해 주지도 못할 거면서 왜 낳았대? 나도 누가 좀 도와달라고. 보살펴달라고…….

이처럼 구두점이나 맞춤법, 존칭 같은 건 무시하고 내 마음의 코드를 따라서 써나간다. 욕이 나오면 나오는 대로 쓴다. 이렇게 지금 겪고 있는 문제, 지금 내 마음을 괴롭히고 있는 사연을 털어놓으면 잘못, 과다 응집되었던 감정들이 풀려난다.

아래 예문은 불면의 밤에 찾아온 나쁜 감정을 분출하기 위해 형식에 구애받지 않고 내키는 대로 쓴 글이다.

새벽 극장에서 영화를 보다가 그는 죽었다. 사인은 뇌졸중. 더 이상 고통은 없다. 완벽하다. 그 나이, 그 장소, 그 병마저도 완벽하게 아름답다. 그러나 죽음 뒤에 무엇이 있을지 나는 모른다. 단지 죽음이 '생명으로 존재했었던 시절'의 완전한 종결이기를 바랄 뿐.

배부른 병이란다. 하지만 나는 배부른 적이 없다. 나는 굶주린 배를 품에 안고 외풍이 들어오는 벽에 등을 기대고 그 한기를 견디며 존재해왔다. 등 따뜻했던 기억이 없다. 온몸 구석구석, 온 마음 구석구석 그리고 가득가득, 나의 모든 것은 공허함. 고독함. 온몸이, 뼈가 녹아내리는 외로움…… 저항할 수가 없다. 가만히 느끼고 견디는 게 내가 할 수 있는 모든 것. 도대체 왜 나는 이런 고통을 앓아야만 하는가.

마음이 너무 늙어 버려 나는 끝낼 수조차 없다. 그럴 열정조차도 없다. 모두가 잠든 시간에 할 수 있는 것은 견디는 것. 밤이 너무 깊고 무서워, 아주 깊은 바다 속에 잠겨 있는 것만 같다. 춥고 쓸쓸하다. 외로운 죽음이 두렵다.

아침은 또 다른 고통이다. 존재의 의무. 나는 오늘을 또 어떻게 견뎌내야 하는가. 그 막연하고도 암담한 기분을 감당하기에 지쳤다. 그래도 나는 견뎌야 하고 감당해야 하고 살아 있어야 한다. 살아내야만 한다.

나는 진실로 애썼다. 차라리 앓고 싶다. 그게 나은 방법이라고 확신 할 수는 없지만 하루도 온전히 앓지 못해 안타깝다. 언젠가는 앓거나, 나을 수 있을까.

몸에 생채기 하나 없어서 비난을 받는다. 나는 멀쩡하고 멀끔하다. 그렇게 보이기 위해 얼마나 애를 쓰며 가슴을 졸였던가.

공부가 가장 재미있어야만 했던 나의 자존심. 그 허영. 처절한 혈투. 잔혹함. 위태위태 아슬아슬 겨우겨우…… 삶을 이어간다. 절망만 가득한 삶을 붙잡고 있다.

어쩌면 나는 살고 싶은지도 모른다. 나는 무엇을 해야만 하는가.

학창 시절에 겪은 소외의 상처(트라우마)를 해결하지 못한 채로 20대 중반이 되어 진로 문제, 교우관계 등, 여러 면에서 마음을 정하지 못하여 방황하고 있는 여성이 쓴 글이다. 솔직하게 털어놓긴 했지만, 막연한 감상을 늘어놓기만 한 추상적인 글이어서 이 글을 통해서 근본 문제를 짚고 답을 찾기엔 무리가 있다. 물이 펄펄 끓는 솥에서 뚜껑을 살짝 열고 증기를 빼서 약간 편안해진 정도의 효과는 있을 것이다. 물이 펄펄 끓는 솥 아래 불이 활활 타고 있는데 그 불은 끄지 않고 솥에 찬물을 조금 붓거나 수증기를 빼는 건 일시적인 해결책에 불과하다. 급한 대로 이런 응급법도 쓸 수 있지만 문제를 해결하려면 다르게 접근해야만 한다. 그 방법은 카타르시스적 글쓰기를 좀 더 설명한 뒤 이야기하기로 하겠다.

아무튼 다 털어놓고 쓰겠다고 작정하고 책상 앞에 앉으면, 갑자기 머릿속이 하얘지고 막막해서 아무것도 떠오르지 않는다는 사람들이 꽤 많다. 어떻게 쓸지 구체적인 예를 보여 달라고 부탁하기도 한다. 그럴 때는 가장 쉽게 접근할 수 있는 글쓰기 양식이면서 말과 글의 차이가 크지 않아 쓰기 쉬운 편지 형식을 이용해 보라고 권한다.

오○○ 여사에게

엄마 오랜만이야. 엄마랑 연락을 안한 지 벌써 6개월이 넘었네. 잘 지내?

지난 가을 처음 심리 상담이란 걸 시작했을 땐 우린 평소처럼 지내고 있었잖아. 난 우리가 보통의 모녀 사이라고 생각하고 있었어. 그런데 심리 상담을 통해 나의 유년시절부터 찬찬히 들여다보니까,

평범하다고 생각해 왔던 나의 유년시절은 평범하지가 않았어. 또 전혀 몰랐었는데 나는 유년시절부터 엄마를 원망했었고, 지금도 부담스럽게 생각하고 있었어. 그 사실은 충격이었고, 받아들이기 힘들었어.

내가 엄마한테 많이 화났을 때 했었던 말 기억나?

"내 엄마만 아니었더라면 엄마 같은 사람 안 보고 살았을 거야."

그 말, 진심이었어. 내가 싫어하는 특징들을 엄마가 다 갖고 있다고 생각했어. 그런데 지금 생각해 보니까 그게 아니라 내가 엄마 같은 사람을 싫어해서 그런 면들을 싫어하게 됐던 거야.

우리가 아주 어렸을 때 엄마는 매일 우리 집에서 당시 물가로는 꽤 큰 판돈이 오가는 화투판을 아침부터 저녁까지 벌였잖아. 난 그때 흥분한 엄마의 얼굴과, 뭔가에 홀린 사람 같던 날선 그 눈빛이 아직도 기억나서 가끔 가슴이 섬뜩해지곤 해. 게다가 한때는 주식에 빠져서 오전 9시부터 오후 3시까지 꼬박 내 방 컴퓨터 앞에서 붙박이처럼 앉아 있기도 했었잖아. 밥도 그 앞에서 먹었지. 화투에 홀렸을 때와 똑같은 눈빛으로 모니터를 응시하면서…….

편지 쓰기는 다음 말을 자연스럽게 끌어내기 때문에 소설에서도 고백체라고 할까, 독자와 무릎을 맞대고 귓속말로 이야기해 준다는 인상을 주고 싶을 때 자주 이용된다. 내밀한 속내도 가감 없이 내놓는 느낌이기 때문에 쓰는 사람도 읽는 사람도 이야기 속으로 쉽게 빠져들게 된다.

네가 떠난 지 훌쩍 두 달이 흘렀구나. 아직 살아 있다는 엽서 한 장 말고는 아무런 소식도 없는데……. 오늘 아침 정원의 네 장미 앞에서 한참이나 머물렀단다. 가을도 깊어 가는데 여전히 붉은 빛이 선명하더구나. 갈색으로 바싹 메마른 화초들 사이에서 유독 눈에 띄게 피어 있었지.

장미를 심던 때가 기억나니? 그때 너는 열 살이었고 5학년을 마친 기념으로…….

위의 예문은 이탈리아 작가 수잔나 타마로가 쓴 세계적 베스트셀러 『마음 가는 대로』라는 소설의 첫머리이다. 죽음을 눈앞에 둔 할머니가 손녀에게 그동안 숨겨온 집안의 비밀을 밝히는 편지 형식인데, 이런 글은 시작부터가 친근하고 다정해서 읽다 보면 이런 식으로라면 나도 얼마든지 쓸 수 있을 것 같은 기분이 들 것이다.

S 선생님께 글월 올립니다.

무척 바쁘실 텐데 긴 글월로 실례인 줄은 압니다만…….

화가의 등용문이라고도 할 수 있는 공모전에 제가 처음으로 입선했을 때였습니다.

불황, 실업, 빈곤의 뒷면에는 물건들이 만 가지 화려함을 뽐내며 도시의 상점머리마다 넘쳐나고 있었습니다. 그 상점머리의 색채 중 하나인 여러 가지 초콜릿, 인형이며 동물모양의 초콜릿 상자. 저는 K

제과 공장에서 그런 초콜릿 디자인을 하고 있었습니다.

금종이라든가 은종이, 러시아 무늬의 색종이 등으로 싼 초콜릿을 차곡차곡 넣은 상자의 아라베스크 무늬 위에 은단처럼 빛나는 금은의 작은 알을 뿌립니다. 동물에 금색의 작고 둥근 마크를 달고 또 리본을 단 제 고안이 시장에서 팔리게 된 것입니다. 저는 거리와 과자 가게를 들여다보고 다니며 가슴을 두근거렸습니다.

아침엔 일곱 시부터 여공들 속에서 일하고 오후엔 공장에서 만들어진 견본 등을 가지고 본사의 도안부로 돌아와 새로운 도안을 그리곤 했습니다. 월급은 남자와 같이 받았지만 일에 익숙하지 않고 아주 서툴러서 여러 사람의 미움을 받은 것 같습니다. 또 여자가 일하는 것이 인정되지 않던 시대였고, 남자와 월급이 같았으며, 남자의 영역을 침해했으므로 시기는 받을지언정 여자이기 때문에 우대를 받고 도움 받는 일은 조금도 없었습니다. 젊은 여자다운 연애 사건 따위는 일어날 수도 없었습니다…….

위 인용문은 고백체 사소설의 대가인 가와바타 야스나리의 단편 「북녘 바다에서」의 일부이다.

편지투로 쓰는 장점은 말과 글의 차이를 희미하게 해주어 속내를 쉽게 털어놓도록 만드는 힘이 있다는 것이다.

형식은 그렇다 치고 어떤 내용을 써야 할지 막연할 때는 글의 발판을 이용하면 좋다. 글쓰기 스프링보드라고 부르기도 하는데, 다

이빙을 할 때 스프링보드에서 발을 굴러 탄력을 받아 공중에 솟구친 다음 물에 뛰어드는 것에 비유한 말이다. 자기 정화를 위해 엉킨 감정을 풀어내는 글을 쓰려 한다면 스프링보드, 내면에 쌓여 있는 이야기를 끌어내는 발판, 실마리가 되는 어구를 사용하면 좋을 것이다.

나는 자기 이야기 쓰기의 시작 삼아 '최근에 내 마음을 크게 뒤흔든 사건'을 찾아보라고 실마리를 제시하기도 한다. 갑자기 어린 시절이나 먼 과거로 되돌아가기보다는 지금 내 기분에 영향을 끼치고 있는 최근의 사건을 더듬어보는 게 손쉽게 쓸 수 있는 워밍업이 될 것이다.

최근에 내 마음을 크게 뒤흔든 사건이라…… 곰곰 생각해 보았다. 다이어리를 뒤져보기도 했지만 딱히 마음이 심하게 흔들렸다, 격동되었다는 표현이 어울릴 만한 사건은 없었던 것 같다. 며칠 동안 틈틈이 생각해 보고 있는데, 홀연히 한 사건이 떠올랐다. 지난 봄 일이다.

위의 글처럼 시작해 보면 기억이 조금씩 풀려 나오기 시작할 것이다.

동생이 갑자기 전화를 했다. 전화 속 동생은 엉엉 울고 있었다. 그러면서 잠시 내 원룸에서 지내면 안 되겠느냐고 했다. 동생은 두 번이나 결혼에 실패하고 부모님 집에서 지내고 있는데, 그러다 보니 피해의식도 좀 많다. 그런데 이번에 아버지와 크게 싸웠고 아버지가 나가라고 했다고 했다. 갈 데가 없다는 것이다. 불쌍한 맘이 들어서 오라고 한 게 화근이었다. 처음 한두 달은 그렇게 사이가 나쁘지는 않았는데, 친구도 없고 그랬던 동생은 나에게 바라는 것이 많은 모양이었다. 하지만 난 여유가 없었다. 직장일도 힘들었고, 인간관계도 잘 안 풀리고 있는 때여서 무엇보다 더 이상 동생의 방해를 받고 싶지 않다는 욕구가 컸다.

그런데 동생도 참 너무 했다. 반년 가까이 내 원룸에 머무르는 동안 생활비 한 푼, 보태지 않았다. 전기세, 관리비…… 퇴근하고 돌아오면 싱크대 주변은 치우지 않아서 항상 어수선했고, 내 옷도 말도 없이 함부로 입었으며…….

서로에게 불만이 점점 쌓여가다 결국 폭발하여 자매는 대판 싸웠고, 글쓴이는 동생을 늦은 밤인데도 집밖으로 내쫓아버린다.

이렇게 나의 불평만 늘어놓다 보면 혹시 자아도취에 빠지지 않을까, 미리 걱정할 필요는 없다. 이 글을 쓴 이도 쓰는 동안 점차 객관적으로 살필 수 있게 되어, 사건을 전체적인 관점에서 내려다보게 되었다.

전체를 본다, 내려다본다는 것은 자신과 거리를 두고 살필 줄 알게 되었다는 뜻이다.(사실 사람에게는 누구나 자기를 넘어서 나올 수 있는 능력이 있다. 자기에게 거리를 둘 수 있는 능력이 인간을 동물 중에서 유일하게 웃을 줄 아는, 유머를 아는 동물일 수 있도록 해준다.)

그 덕택에 글쓴이는 자신의 문제점을 정리하면서 짧은 이야기를 끝맺는다.

…… 내가 싫은 것을 싫다고 바로바로 표현하고, 나 스스로를 소중하게 챙기면서 지냈더라면 어땠을까? 동생도 그렇게 함부로 행동하지 못했을 테고, 그토록 심하게 싸우게 되지도 않았을 텐데…… 그 일이 있은 후 크나큰 죄책감과 감정 기복으로 한동안은 꽤나 눈물을 흘리며 지냈다. 하지만 이제 생각해 봐도 그때의 싸운 일은 사과하고 싶지 않다.

또 하나의 실마리로 "나는 기억한다"는 어구가 있다. 노트를 펼쳐 놓고 펜을 손에 쥔 채, 혹은 워드 창을 열어 놓고 키보드에 손을 얹은 자세로, 나는 기억한다는 말을 소리 내어 몇 번이고 중얼거려 보자. 이 말은 기억을 쉽게 끌어내어 손을 움직이게 만드는 강력한 힘을 갖고 있다.

나는 기억한다. 어머니가 중환자실에 누워 있던 모습을. 온갖 호스들이 어머니를 거미줄처럼 둘러싸고 있었다. 마치 들판에 흙먼지를 뒤집어쓴 들짐승 한 마리가 널브러져 있는 것 같기도 했다. 밭에 쓰러져 있는 것을 발견해서 모셔왔다고 했다. 침대 머리맡 명찰에는 박순식, 79세라고 진한 글씨로 써 있었다. 그때 처음으로 엄마의 정확한 나이를 알게 되었다. 절대 무너질 것 같지 않던 거대한 성이 내 앞에 무너져 있었다…….

내 안에 숨 쉬고 있던 영혼은 얼음보다 더 차갑다. 천년 동굴보다 더 어두운 곳에 갇힌 것 같다. 다시는 이 어두운 동굴에서 빠져나올 수 없을 것 같다. 모든 시간이 사라졌다. 내 삶의 방향도 의미도 사라졌다. 내 생명의 근원이 사라진 이 세상에서 아무도 거들떠봐 주지 않는 절대 고독의 시간을 나는 들짐승처럼 보내고 있다…….

쓰다가 막히면 다시 "나는 기억한다"는 말을 되뇌고 기다린다. 그 말을 따라 기억은 저절로 말이 되어 나올 것이다.

이런 실마리가 없더라도 우리는 할 말이 준비된 다음에야 이야기하는 게 아니라 저절로 말이 흘러나오기 때문에 이야기한다는 사실을 떠올리면(흥에 겨워 떠드는 수다를 떠올려보자.) 그렇게 막연하지는 않을 것이다. 그런 걸 전문 용어로 "글의 리듬을 탄다"고 표현한다.

알맞은 리듬을 찾아내면 버벅거리지 않고 글을 쓰게 된다. 알맞은 리듬을 어떻게 찾느냐고? 무조건 끼적거리면서 기다리면 된다. 손 놓고 기다리면 리듬은 절대 찾아오지 않으니까 이것저것 끼적거려 보면서 버텨야 한다. 알맞은 리듬을 찾아내기만 하면 이야기는 저절로 풀려나온다고 굳게 믿으면서.

요즘 한국어를 가장 아름답게 쓰는 소설가인 김훈도 「글과 몸과 해금」이란 수필에서 자신의 글쓰기를 이렇게 토로한다.

> 글을 쓸 때 내 마음속에는 국악의 장단이 일어난다. 일어선 장단이 흘러가면서 나는 한 글자씩 원고지 칸을 메울 수 있다. 이 리듬감이 없이는 나는 글을 쓸 신명이 나지 않는다. 내 몸속에 리듬이 솟아나기를 기다리는 날들은 기약 없다…… 글은 몸속의 리듬을 언어로 표현해내는 악보다…….(「글과 몸과 해금」 중에서)

또 영국 소설가 버지니아 울프는 친구에게 보낸 편지에서 자신의 글쓰기에 관해 이렇게 설명한다.

> …… 저는 지금 아침이 반쯤 지난 뒤 이렇게 앉아서 생각이며 상상이며 그런 이런저런 것들에 잔뜩 사로잡힌 채 풀어놓을 수가 없는데, 올바른 리듬이 없기 때문에 그래요. 이쯤 되면 리듬이 무엇이냐 하는 문제는 무척 심오해지고, 언어보다 훨씬 더 깊이 들어가요. 풍경, 감정은 제가 거기에 맞는 말을 만들기도 한참 전에 마음속에 파도를 창조해내고…….

이렇기 때문에 작가들 사이에서는 "글은 엉덩이의 힘으로 쓴다",

즉 안 써질 때도 버티다 보면 쓰게 된다는 말이 진리처럼 오르내리고 있다. 막막하더라도 자연스레 이야기가 풀려나올 때까지 버티고 기다린다는 소리이다.

나도 때로는 책상 앞에 망연히 앉아서, 연필을 한 다스 이상이나 깎고 또 깎으면서, 커피를 몇 잔이고 마셔대면서, 연습장에 한없이 낙서하면서, 기다리며 빈둥거리기도 한다.

카타르시스적 글쓰기는 마음속에 잘못된 기억에 과다하게 집중되어 고통을 빚어내는 에너지를 풀어서 제자리로 돌려놓는 효과를 갖고 있지만, 이것만으로는 지금 현재 당면한 고통이나 고민스런 감정을 해소하는 수준에 그칠 뿐 자기를 치유하는 정도에 이르지 못한다.

자기 분석 글쓰기

단순히 지금 내 마음에 쌓여 있는 나쁜 감정을 쏟아내는 정도를 넘어서, 혹은 내 마음을 솔직하게 털어놓는 수준을 넘어서, 자기감정을 조절하거나 자기를 알고 치유하기 위해 글을 쓴다면 당연히 카타르시스적 글쓰기와는 다른 방식이 필요하다. 글쓰기를 통해 통합적인 하나의 자기 이야기를 형상화하여 자기 인생의 여러 측면들을 '객관적'으로 살펴보고 이해할 수 있어야 하기 때문이다. 여기서 따옴표 표시한 객관적이라는 말은 다른 사람의 관점으로 생각한다는 뜻이 아니라 반대로 '내 눈에 보이는 그대로'라는 입장을 끝까지

견지한다는 뜻이다.

자기 분석 글쓰기를 하면 자기 한계, 울타리를 넘어서 전체적인 관점에서 사건을 볼 수 있게 된다. 마치 영화감독이 감독의 자리에서 영화 전체의 흐름을 통괄하듯, 현재의 내가 감독의 자리에 앉아 나의 과거 현재 미래 인생을 내려다보기 때문에 내 눈에 비친 세상 그대로, 존재하는 모습 그대로를 보는 넓은 시야와 통찰력을 갖게 된다.

우선 자기 분석 글쓰기의 목적 중 하나인 감정 조절에 대해 상세하게 알아보자.

감정 조절은 감정에게 주도권을 내줘 그에 따라 휘둘리기를 그치고, 내가 주인이 되어 내 감정을 컨트롤한다는 뜻이다.

심리학자 수전 포워드의 주장에 따른다면 외부에서 자극이 주어질 때 사람들은 두 가지 방식으로 행동한다. 반응하거나 대응하거나.

사람들에게 왜 전화를 받느냐고 물어보면 대다수는 벨이 울리니까 받는다고 대답한다. 틀렸다. 제대로 된 답은 '내가 전화를 받고 싶어서 받았다'이다.

벨이 울리니까 받는다는 건 반응 또는 조건반사라고 볼 수 있다. 자극이 주어지면 그 자극에 반사적으로 내가 움직인다. 실험용 쥐와 같은 차원이다. 자극이 목줄이 되고 내가 목줄에 끌려 다니는 것처럼 외부 세계가 나를 조종하고 있다고 볼 수 있다. 이렇게 반응하는 행동방식이 쌓여 몸에 배게 되면, 환경이나 주변 사람들의 뜻에 따라 휘둘리게 된다. 자기 생각은 이차적인 것으로 밀려난다. 사람들이 나를 비난하면 의기소침해졌다가, 칭찬하면 의기양양해진다.

받고 싶어서 받았다는 건 그 일에 주도적으로 대처한다는 뜻이다. 외부에서 자극이 오면 잠깐이라도 생각을 해본다. 30초 혹은 1분이라도 타임아웃하여 잠깐 내 마음을 살펴본다. 그런 다음 전화를 받을지, 받지 않을지 결정하고 행동한다. 이때는 내가 내 행동을 컨트롤하는 주인이다. 이런 태도가 몸에 배면, 주체적으로 행동하게 되어 내면에 강한 힘이 생긴다. 주변 사람들이 나를 칭찬하든 비난하든 쉽게 마음이 흔들리지 않는다. 다만 참고할 뿐이다.

자기감정을 알고 대처해 나가려면 순간순간 일어나는 내 감정을 제대로 보고 이해하고 있어야 한다. 그래야 주인이 되어 적절하게 행동할 수 있다. 이때는 마음속에 일어난 감정을 찬찬히 살펴보는 게 먼저인데, 이 과정을 글로 써본다면 생각하거나 말로 하는 것보다 훨씬 명확하고 효과적이다.

머릿속으로 생각했던 것을 돌이켜보려고 하면 뜬구름 잡듯 막연했던 경험이 누구나 있을 것이다. 오만가지 생각을 했더라도 집어내려면 한 가지도 떠오르지 않기 일쑤이다. 그러므로 글로 써서 눈으로 볼 수 있게 붙잡아놓고 살핀다면 자기감정의 다양한 면들이 확연히 드러나 느긋하게 판단하고 적절히 대처할 수 있다. 눈으로 보게 되면 있는 그대로를 볼 가능성이 커지고 그 결과, 의미와 가치에 대한 지평이 넓어진다. 오죽하면 확실히 아는 것을 가리켜 "제대로 본다", "환히 본다", "꿰뚫어본다"고 하겠는가.

감정이란 다양한 심리 에너지가 의지와는 상관없이 움직이는 것이어서, 생각이나 의지로 컨트롤하려 하거나 억지로 맞서 싸우려고 해봐야 헛수고에 불과하다. 화났을 때 아무리 참더라도 세 번까지만 참을 수 있다는 말이 공연히 나온 게 아니다. 감정을 억누르거나 부정하려 하다 보면 에너지가 더욱 과다 응집되어 엉뚱한 데서 엉뚱하게 폭발하게 마련이다.

또 감정은 기분과는 다르다. 감정은 외부 자극 때문에 일어나지만 보통 오래 지속되지 못한다. 그에 반해 기분은 대부분 외부 자극과는 상관없이 마음속에서 계속되는 상태를 가리킨다. 외부 자극에 반응하여 감정이 일어나면 기분은 그걸 해석하는 내 관점에다 색깔을 덧입힌다. 우울한 사건이 생겨서 우울한 게 아니라 기분이 우울하기 때문에 그 사건을 우울한 일로 느낀다고 할 수 있다. 슬픈 기분일 때 즐거운 일이 일어나면 잠시 즐거워하다가도 얼마 못가 그걸 슬픈 관점으로 해석하게 되는 것이 바로 그런 예이다.

요약한다면 감정은 외부의 어떤 특정한 자극을 받아 심리 에너지가 요동친 것인데 이때 심리 에너지와 함께 신체 에너지도 움직인다. (화가 나면 몸에서도 열이 나서 벌겋게 달아오르기도 한다.) 발생한 감정은 변화하고 발전하면서 요동친다. 평소 마음속에는 여러 가지 감정이며 생각, 기분들이 뒤섞여 균형을 이루고 있는데 하나의 감정이 급작스럽게 부풀어 올라 커지면 균형이 깨져 마음은 혼란스러운 상태가 된다.

그런 혼란을 글로 쓰면, 쓰는 과정에서 감정을 찬찬히 살펴보게 되고 균형이 깨진 상태를 점검하게 되어, 내 감정의 다양한 면을 깨달아 적절하게 대처할 수 있게 된다.

감정이 외부의 자극으로 일어난 즉각적인 반응이라면, 기분은 보다 내밀한, 마음 깊은 곳에서 일어나는 작용이다. 무의식의 차원인 경우가 많다. 까닭모를 우울감이라든지 원인을 알 수 없이 번져가는 공허감이라든지 하는 건 대개 외부의 자극으로 일어난 감정이 아니라 지속되는 기분이다. 때문에 단순히 지금 마음속에 쌓인 감정을 쏟아내는 카타르시스적 글쓰기만으로는 속 깊은 치유를 기대하기가 어렵다. 감정이 아닌 기분까지도 통찰하는 정도까지 내려가려면 보다 깊이 파고드는 글쓰기가 필요한데, 그것이 바로 자신의 기억을 재현하는 방식으로 표현하여 치유하는 자기 분석의 글쓰기이다.

이런 글쓰기를 하려면 먼저 그때의 상황을 세밀하게 되살려내는 게 필요하다. 상상력을 발휘하여 그때 그 일이 지금 내 눈앞에서 벌어지고 있는 것처럼, 지금 내가 그걸 지켜보고 있는 것처럼, 내 오감(시각, 청각, 후각, 촉각, 미각)으로 느끼고 있는 듯이 쓰는 것이다. 감각을 총동원하여 말로써 그림을 그린다, 말로 사진을 찍는다고 생각하면 좋겠다.

다음 두 편의 글을 비교해 보자.

A는 고등학교 때 내 단짝이었고, 서로가 다른 대학에 진학한 뒤에도 학외 동아리 활동을 같이 했기 때문에 나름 가깝다고도 할 수 있는 친구였다. 그러다 각자 자기 일에 바빠지면서 점점 사이가 소원해졌고, 급기야는 연락조차 하지 않고 지냈다. 그렇게 내게서 A는 사라지는 줄 알았다. 그런데 지난 연말에 A에게서 연락이 왔다.

문제는 그때의 내 감정이었다. 굉장히 오랜만이라서 처음에는 무척 반가운 태도로 전화를 받았으나, 진심은 아니었다. 속내는 왠지 그래야할 것 같아서 그랬을 뿐이었다. 어서 만나자고 말하긴 했으나 단 둘이 만나기는 싫었다. 그래서 다른 친구들에게 연락을 했다.

A까지 포함해서 친구 5명이 만나기로 한 날, 공교롭게도 나와 A만 먼저 도착해서 둘만 마주앉게 되었다. A는 나의 연애 상태를 비롯해서 사생활을 꼬치꼬치 캐물었다. 그런 상황이 당혹스럽고 매우 큰 거부감이 들었지만 고등학교 때 단짝이었다는 의무감으로 비교적 선선하게 대답해 주었다. 다른 친구들이 하나둘 나타나면서 A의 집요한 관심에서 놓여나 불편한 기분이 조금 가라앉았으나, 그렇다고 그 자리가 편하지는 않았다. 오랜만에 만난 친구들은 반가워하며 유쾌하게 이야기를 이어갔고, 결국은 짧은 여행이라도 같이 가자는 결론에 이르렀다. 나는 내키지 않았지만 안 간다고 해봤자 모두가 달라붙어 나를 설득하려들 테고 결국은 가게 될 거 같아 괜히 번거롭게 굴

지 말자는 심정이 되어 동의하고 말았다.

여행을 가기로 한 날이 왔다. 나는 자꾸 불편해지는 마음을 추슬러 즐거운 듯이 굴며 어울리려고 애썼다. 저녁을 먹고 둘러앉아 맥주를 마시면서 이야기를 나눌 때였다. 나는 벽에 기대고 싶어서 그러는 것처럼 조금 물러나 앉았다. 연락이 되지 않았던 그동안의 근황, 그리고 관심사들이 주로 화제에 올랐다. 편치만은 않았던 삶이었기 때문인지 밝고 화통했던 A는 내가 보기에는 분방하다고 느껴질 정도로 바뀌어 있었다. A의 이야기는 말을 막고 싶을 정도로 듣기 불편했지만 그래 봤자 들을 것 같지도 않아서 그냥 참았다. 나는 듣는 둥 마는 둥 하면서 친구들 쪽을 바라보거나 가끔씩 말을 섞음으로써 불편한 티는 감추고 나름 선방하고 있다고 생각했다. 그런데 갑자기 A가 나를 화제로 삼아 떠들기 시작했다. 요지는 자기 생각으로는 내가 대단한 사람이 될 줄 알았는데 그렇지 못해 안타깝다는 내용이었다. 조금 황당해진 나는 현 상태에 나는 만족하고 있다고 설명하고 더 이상 그 문제를 언급하지 말라고 했다. 그런데 술기운이 약간 올라 있었기 때문인지, 몇 번이나 주의를 줬는데도 A는 말을 멈추지 않았다. 결국 나는 버럭 소리를 질렀고, 그제야 A는 입을 닫았다…….

이 글을 거듭 읽어 봐도 A가 어떤 사람인지는 드러나지 않는다. 다만 글쓴이가 A를 불편하게 느낀다는 사실을 되풀이 말하고 있을 뿐이다. 그 친구와의 우정이 꼬여 버렸고, 화가 났다는 건 알겠는데,

A가 어떤 특징을 갖고 있고 어떤 면을 내가 싫어하는지, 어떤 상황이어서 그 친구에게 소리를 버럭 지를 정도로 화가 났는지 제대로 통찰하기 어렵다. 머리로는 '그렇구나' 해도 느껴지지가 않는 것이다. 그저 자신의 감정이 이렇다, 저렇다고 단정하여 설명하는 글이기 때문이다.

다음 글을 읽어 보자.

…… 졸업 후 통 연락을 안 하다가 내 쪽에서 먼저 아쉬워 연락을 한 선배였다. 우리는 가까운 사이가 아니었다. 과실에서 눈인사를 하고, 몇 마디 형식적인 대화만 나누던 관계였다. 그녀는 광고회사 쪽에서 꽤 입지를 다지고 있었다. 선배는 만나자는 말에 처음에 당황하다가 곧 약속을 잡자고 했다. 귀찮을 법도 한데, 성공한 사람으로서 조언을 해줄 수 있는 자기 위치가 싫지 않은 눈치였다. (나는) 입사 3년 만에 처음으로 내 이름으로 된 프로젝트를 맡게 되었다…….

그녀는 몰라보게 예뻐져 있었다. 평범한 기성복 차림으로 나왔는데도 분위기가 다르고 선이 달랐다. 긴장을 먹고 사는, 그러나 그만큼의 인정과 보상을 섭취하는 사람이 내뿜는 기운이 느껴졌다. 그녀는 한 손으로 냉커피에 담긴 얼음을 휘저으며, 광고사의 뒷얘기와 여자로서 사회생활을 하는 것의 어려움, 사내 알력 관계 등에 대해 이야기했다. 약간 과시적인 태도가 거슬렸지만, 그녀의 말을 열심히 경청했다. 오랜만에 만난 사이인데도, 선배는 별로 어색해하는 것 같지 않았다. 아마 '수줍음은 사회생활의 적'이라는 사실을 벌써부터 깨닫고 있어서인지도 몰랐다. 선배는 얘기 도중에 내 입술이 부르튼 걸 보고 대뜸 나무라기 시작했다.

"너 마케팅부라며?"

"예."

"그런데 입술이 그게 뭐야. 아무리 바쁘고 피곤해도 생기 있게 자신을 가꾸고 있는 모습을 보여 주는 것도 경쟁력이야. 그런 것도 다 자기관리라고."

나는 입술에 침을 바르며 순하게 고개를 끄덕였다. 선배의 이야기는 계속됐다. 그리고 기억할 만한 몇 가지를 메모하다, 우연히 그녀의 손톱을 보게 되었다. 이슬 맺힌 유리컵을 쥔 채 조용히 꼼지락거리고 있는, 매끄럽게 다듬어진 열 개의 손톱을. 손톱마다 알알이 박힌 깨끗하고 균등한 크기의 반달은 또 얼마나 어여쁘던지. 선배의 손에는 굳은 살 따위는 없었다. 손톱 위엔 투명한 살구색 매니큐어가 칠해져 있었다…….

그 결과 주인공은 생전 처음 네일숍에 가서 손톱 손질을 하게 되는데…….

젊은 작가 김애란의 소설「큐티클」에서 인용한 것인데, 주인공인 내가 역할 모델로 삼고 싶어서 만난 선배를 묘사한 부분이다. 짧은 인용이기는 하지만 글 속에 선배의 모습과 동경하는 내 심리가 잘 드러나 있다.

전자가 설명문이라고 한다면 후자는 묘사문이다.

자기에 대해 이야기해 보라고 하면 사람들은 설명을 하려고 드는데, 자기를 "설명하지(telling) 말고 보여 줄(showing)" 때 자기는 제대로 드러난다.

자기 분석의 글쓰기는 바로 보여 주는 글쓰기 방식으로 하는 것이다.

일기 쓰기

소설 창작의 금과옥조인 "설명하지 말고 보여 주라"는 일기 쓰기에서도 중요하다.

전통적으로 반성을 통해 더 나은 인간으로 업그레이드되거나, 자기를 찾고 싶다면 일기를 쓰라고 한다. 일기를 쓰면 반성하게 되어 잘못을 되풀이하지 않게 되며 자기를 개선할 방법도 찾아낼 수 있다는 것이다. 이것이 초등학생 때부터 들어온 일기에 관한 상식이다. 잘못된 주장이라고 할 수는 없지만 쓰는 방법이 문제이다.

일기라고 하면 보통 이렇게 쓴다고 알려져 있다.

오늘은 날씨가 흐렸습니다. 공연히 마음이 심란했습니다. 낮에 영희를 만났는데 영희는 나를 무시했습니다. 하는 말마다 가시가 돋쳐 있었습니다. 참다못해 싸우고 말았습니다. 그러고 집에 돌아오니 기심란했다, 슬펐다, 화났다 등등. 자신의 감정을 가리키는 단어들을 죽 늘어놓아 봐야 자기가 드러나지 않는다. 불끈거리는 감정은 잠시 해소될지 몰라도 자기 성찰에도 도움이 되지 않는다.

일기 쓰기를 이렇게 알고 있다 보니, 일기를 쓰면 정신 건강에 이롭다 더 나은 사람이 될 수 있다고 해서 일기를 쭉 써왔더니 오히려 우울증만 심해졌다는 피드백도 들려온다. 정말 일기를 써서 우울증이 심해졌다는 말이 수긍되는 게, 기분 나쁘다는 말을 자꾸 반복하다 보면 나쁜 기분이 더 강화되기 때문이다.

'말이 씨가 된다.' 말은 현실에서 비롯되지만 거꾸로 말이 현실에 영향을 주기도 한다. 너의 병이 낫기를 바란다고 말하는 건 입치레에 지나지 않는다고 생각하면 안 된다. 심리 에너지가 담긴 간절한 말은 때로는 마술 같은 힘을 발휘한다.

그렇기 때문에 위와 같은 일기를 쓰면 우울하고 화난 기분을 곱씹게 되어 점점 더 화가 나고 우울해진다. 추상적인 감정 표현을 죽 늘어놓은 다음 다시는 그러지 않겠다고 다짐하는 반성문 같은 일기라면 차라리 쓰지 않는 편이 정신 건강에 이롭다.

여담 같지만 우리 인생에는 재미있는 딜레마가 있다.

첫 번째 예. 고매한 인격을 가지려면 내면을 들여다보고 자기반성을 해야 한다. 이와 반대로 사람이 행복하려면 자기 내면을 들여다볼 게 아니라 외부 세계에 관심을 둬야만 한다.

두 번째 예. 만족한 돼지보다는 불만족한 소크라테스가 낫다는 말처럼 발전하려면 만족하면 안 된다. 이와 반대로 사람이 행복하려면 만족할 줄 알아야 한다. 행복하려면 체념(resignation)은 꼭 필요한 조건이다.

세 번째 예. 살아온 날들을 뒤돌아보고 미래를 생각해서 전체를 통괄해야 인생의 의미를 찾을 수 있는데 인생의 의미가 없다면 행복도 없다. 이와 반대로 바로 지금, 오늘에 머물러야 행복할 수 있다…….

앞의 의견도 맞지만 뒤의 반대로 말하는 것도 맞다.

이처럼 어느 한 쪽만 옳다고 고집하기 어려운 주장을 딜레마라고 부른다.

이런 딜레마를 늘어놓으면 일기쓰기나 자기성찰은 딜레마로 느껴져 일기를 쓰라는 거냐, 말라는 거냐 따져 묻고 싶을 것이다.

보다 나은 사람이 되기 위해, 자기 치유를 위해, 자기발견을 위해 일기를 쓴다면 앞에 보여 준 것처럼 써서는 안 되고 자기 분석 글쓰기 스타일로 써야 한다.

그날 내가 보고들은 경험을 일반적인 관점이 아닌 '나의 관점'(매우 중요하다)에서 묘사하는 것이다. 내 눈에 비친 그날의 사건이며 사람들, 나에게 부딪쳐 온 세상을 구체적으로 관찰하여 그림 그리듯 쓰는 것이다.

배고픈 사자가 초원을 어슬렁거리다 먹잇감이 될 만한 사슴을 발견했다고 하자. 사자는 공격하기 위해 사슴을 관찰할 것이다. 사자는 토끼 한 마리를 잡을 때도 전심전력을 다한다니까 사자는 열심히 사슴을 관찰할 것이다. 사슴의 자세는 어떻고 시선은 어디를 향해 있고, 앞다리는 어떤 상태고 뒷다리는 어떻고, 코는 어느 방향으로 쏠려 있고……. 이럴 때 사자의 머릿속에는 사슴이 자기를 무서워할지, 자기를 초원의 왕이라고 인정하고 있을지 어떨지 등 사슴의 눈에 자기가 어떻게 보일까 하는 문제는 들어설 여지가 없을 것이다. 오로지 내 눈에 비친 사슴으로 가득할 것이다.

일기, 혹은 자기 분석의 글은 사자의 머릿속을 그리듯 쓰는 것이다. 내 눈에 비친 세상을 세세하게 관찰하는 것이다. 내가 보기에 영희가 어떻게 행동하고 어떤 태도를 하고 있었고, 그래서 나는 어떻게 판단하고 어떻게 행동했는가. "슬퍼하는 영희" 하는 식으로 설명하고 단정 짓는 대신, "영희의 눈엔 눈물이 그렁그렁했고 표정이 어두워 보였다."라고 구체적으로 세세하게 쓴다.

이런 방식으로 쓴 일기를 모아서 나중에 읽어 보면 '아, 나는 이런 사람이구나, 세상을 이렇게 보고 있고, 이렇게 받아들이며, 이런 방식으로 생각하고 행동하는 사람이구나' 하고 확연히 깨닫게 된다. 그런 깨달음을 바탕으로 이럴 때는 이렇게 행동해야겠다든지, 이럴 때는 이렇게 말고 저렇게 생각하고 받아들여야겠다든지 하는 식으로 어제와 다르게 오늘을 제대로 살아갈 방법도 알 수 있는 것이다.

묘사문 쓰기

범박하게 말한다면 글을 네 종류로 나누어 설명할 수 있다.

첫 번째, 논설문이다. 다른 사람을 논리로서 설득하려고 내 주장을 펼치는 글이다. 때문에 논설문이 잘 쓰여졌다면 읽는 이는 고개를 끄덕이면서 동의할 것이다. 그러므로 이런 종류의 글은 원인과 결과를 제대로 엮으면서 순차적으로 쓰는 게 필요하다.

두 번째, 설명문이다. 읽는 이에게 사물이나 상황, 방법을 가르쳐 주는 글이다. 그러므로 설명문이 잘 쓰여졌다면 읽는 이는 이성적인 차원에서 알겠다, 즉 이해한다는 반응을 보일 것이다. 우리의 일상적인 말은 대체로 설명의 형식이다. 이런 글은 시간순서든 공간순서든 차례를 지키며 벽돌 쌓듯 차곡차곡 쌓아간다는 느낌으로 쓰는 게 요령이다.

세 번째, 서사문이다. 사건의 진행이나 변화를 드러내는 글이다. 그 속에는 시간의 흐름에 따른 변화가 들어 있다. 특징은 글을 시작하는 문장과 끝나는 문장을 비교해 보았을 때, 나타내는 시간이 다르다는 것이다. 움직임이 중심이기 때문에 서술어로는 동사가 많이 쓰인다. 따라서 잘 쓰인 서사문이라면 읽는 이는 그 다음이 어떻게 되는지 궁금하게 된다. 스토리텔링을 강점으로 하는 베스트셀러를 읽으면 다음이 궁금해서 책을 손에 놓지 못하는 일이 많은데 서사문이 잘 활용되었기 때문이라고 할 수 있다.

네 번째, 묘사문이다. 사물이나 상태를 그리는 글이다. 글로써 그림을 그린다고 생각하면 된다. 서사문과 달리 시간이 정지해 있는 게 보통이다. 그래서 서술어는 '있다', '보인다'와 같은 상태를 나타내는 단어를 많이 쓴다. 묘사문이 잘 쓰여지면 읽는 이에게 감정이입이 일어나 공감한다는 반응이 나온다. 상황이나 사물을 고정시켜두고 사진을 찍는 것처럼 글로 쓴다고 생각하면 쉽게 쓸 수 있다. 물론 여기서도 순서대로 쓰는 것도 중요하다. 머리를 묘사하다 발을 묘사하고 그러다 가슴으로 갔다가 무릎으로 가는 식으로 우왕좌왕 하지 말고 가까운 것부터 순서대로 묘사해야 읽는 이가 쉽게 따라온다.

자기 분석 글쓰기도 묘사문 쓰기와 같다. 내가 경험한 현실을 재현한다는 느낌으로 그때 그 상황으로 되돌아가 다시 체험하듯 쓰는데, 사실 재체험은 최초의 경험과 달라 거리를 두고 관찰하게 만들기 때문에 세상을 있는 그대로 볼 수 있게 된다. 그렇게 시야가 넓어지면서 의미와 가치의 지평도 넓어지는 것이다.

묘사문을 잘 쓰려면 쓰기 전에 워밍업을 하듯 내가 쓰려고 하는 상황을 미리 세팅해 보면 편리하다. 시간과 장소, 등장인물을 명확히 그려 보는 것이다. 작가들은 모두 창작노트라는 걸 갖고 있는데, 연습장이나 낙서장처럼 아무 제약 없이 멋대로 끼적거릴 수 있는 공책을 마련해서 어디나 갖고 다니면서 떠오르는 건 무조건 거기에 적어둔다. 때로는 낙서 같은 그림을 그리기도 한다. 그처럼 노트를 마련해서 자신이 쓰려는 내용을 미리 메모해 보되, 상황을 미리 세팅하면 좋다. 예를 들면 희곡 첫머리에서 연극 무대를 미리 지정한 다음 이야기를 전개시키는 것과 같다고 생각하면 된다.

- **때**: 여름철
- **등장인물**: 막스- 70세의 남자

  레니- 갓 30세의 남자

  샘- 63세의 남자……

- **무대**: 북 런던의 낡은 집. 무대 전면을 차지한 큰 방. 도어가 붙어 있던 뒷벽이 제거되어 네모진 문틀만 남아 있는데 그 뒤로 홀이 보인다. 홀에는 계단이 있으며 위 왼쪽에서 내리뻗어 시야에 훤히 드러나 있다. 위 오른쪽에 정문이 있고 옷걸이 등이 보인다. 방 오른쪽엔 창문이 있고 각종 테이블과 의자들이 놓여 있다. 묵직한 안락의자 둘, 왼쪽에는 큰 소파, 오른쪽 벽에 큰 장식장이 있고 그 중간 위쪽에 거울이 있고, 상부 왼쪽에 전축이 있다.

- **(이야기가 시작되는 상황)** 레니가 신문을 들고 소파에 앉아 있다. 손에는 연필을 들고 검은 옷을 입었으며 가끔 신문 뒤쪽에 표시를 한다. 막스가 부엌 쪽에서 들어온다. 장식장으로 가서 서랍을 열고 뒤적거리다 닫는다. 그는 카디건을 걸쳤으며 챙이 있는 모자를 쓰고 지팡이를

―『해롤드 핀터의 귀향』

세팅을 상세하게 할수록 쓰기가 더 쉬워진다. 사진처럼 머릿속에서 장면을 상상한 다음 그 장면 속에서 인물들이 말하고 행동하는 대로 좇아가면 된다.

쓸 때 유의할 점 하나. 글은 의사소통이 목적이며 말을 대신하는 수단이라는 것을 염두에 둔다. 말할 때는 소리 이외에 몸짓, 표정을 보조 수단으로 사용하고 또 듣는 이가 잘 모를 때는 즉석에서 질문하고 보충해서 설명을 덧붙인다든가 여러 보조 방법이 있지만, 글만 갖고 내 뜻을 전달하려고 하면 수단은 소리를 대신한 문자 한 가지뿐이다. 그러니 말하는 수준으로 글을 쓰면 뜻이 제대로 전달되지 않는다. 말할 때보다 더 구체적이고 세세하게, 쓰는 입장에선 지나치게 늘어놓고 있다는 기분이 들 정도로 글을 써야 한다.

내가 하려는 이야기는 나에겐 익숙하지만 글을 읽는 사람에겐 처음이고 낯설다. 그러므로 내가 알아듣는 수준으로 '용건만 간단히'(내 경험으론 남자들은 여자들에 비해 이런 성향이 더 심하다. 자기 뜻을 알리기만 하면 된다고 여기고 있다.) 쓴다면 읽는 이의 머릿속에선 애매하고 어리둥절할 터이고, 심지어 악몽처럼 혼란스러울지도 모른다. 최악의 경우 페이지를 넘길 때마다 앞에서 읽은 내용은 머릿속에 남아 있지 않을 정도일 수도 있다.

따라서 읽는 이의 머릿속에서 그림이 그려지도록 구체적이고 상세하게, 차곡차곡, 이미지를 하나씩 쌓아 간다는 느낌으로 말을 쌓으면, 묘사문을 잘 쓰게 된다.

전범일 수 있는 묘사문을 하나 참고해 보자.

다음은 기억의 과정을 세세하게 그려낸 프랑스 작가 마르셀 프루스트의 『잃어버린 시간을 찾아서』 중의 일부이다. 이 글을 찬찬히 따라 읽어 보면 묘사문을 어떻게 쓰는지 감이 올 것이다. 이 글은 사물을 가리키는 구체적인 단어를 차곡차곡 쌓아올려서 그림이 그려지도록 만들고 있다. 아마 읽다 보면 그 동안 무심코 지나쳐 온 기억을 떠올리는 과정을 다시 한 번 꼼꼼히 짚어보고 싶어질지도 모른다.

소설 읽기에 익숙지 않은 사람도 읽기가 편하도록, 내 멋대로 말을 간략하게 줄이거나 약간 다듬은 예문이다.

…… 이렇듯 밤중에 깨어나 오랫동안 콩브레를 회상할 때면 내 머릿속에는 마치 불타오르는 푸른 불꽃이나 전깃불에 비쳐서 칠흑 같은 어둠 속에 잠겨 있는 건물의 겨우 한 모퉁이만이 다른 것과 구별되어 떠오르듯이, 뚜렷하지 않은 어둠 한복판에서 드러난, 빛나고 있는 벽의 일부만 떠오를 뿐이었다. 그 비교적 넓은 바닥면에 있는 것은 조그만 객실, 식당, 그리고 무의도적으로 내 고통들을 만든 장본

인인 스완 씨가 찾아오는 오솔길의 황홀한 어둠과 현관이었다. 그 현관에서 나는 층계의 첫 단으로 걸어 올라갔는데, 어렵사리 층계를 올라가 보면 그것은 불규칙한 피라미드형으로 끝이 뾰족한 형태를 이루고 있었다. 그 맨 꼭대기에는 내 침실이 있고, 침실에는 어머니가 들어오시곤 하는 유리문이 달린 작은 복도가 붙어 있었다. 한마디로 말하면 그곳은 언제나 같은 저녁 시간에 눈에 보이는 일체의 것들로부터 떨어져서 그것만이 어둠 속에 떠오르는 듯한 무대 장치, 즉 내가 잠옷으로 갈아입는 비극에서 필요한 무대 장치였고, 그곳에 있다 보면 마치 콩브레에는 좁은 계단으로 연결된 두 개의 층밖에 없고, 또 그곳에서는 저녁 일곱 시밖에 존재하지 않는 듯했다…….

과자 부스러기가 섞인 차 한 모금이 입천장에 닿는 순간, 나는 나의 몸속에서 이상한 일이 일어나는 것을 알아차리고 소스라치게 놀랐다. 뭐라 형용할 수 없는 굉장한 쾌감이 내 안으로 들어왔는데, 그것은 각각 흩어져 있어서 원인을 알 수 없는 쾌감이었다…….

나는 홍차의 맨 처음 한 모금을 맛본 그 순간으로 생각을 되돌려 본다. 똑같은 상태를 발견하지만 새로운 단서는 비치지 않는다. 나는 내 정신에게 한 층 더 노력하라고 요구한다. 그리고 이 정신을 다시 파악하고자 하는 정신의 약동이 무엇에도 꺾이지 않도록 모든 장애물, 모든 관련 없는 생각들을 떨쳐버리고 옆방의 기척에도 귀를 막고, 주의를 흩어지지 않게 하려고 한다. 그러나 정신은 점점 피로해질 뿐, 도무지 목적을 이룰 수 없다. 그 느낌에 나는 정반대로 무리

하게라도 마음을 산란하게 하고 정신으로 하여금 딴 생각을 하도록 하여, 마지막 시도를 해보려고 한다. 그러고 나서 다시 한 번 내 정신을 가로막고 있는 것들을 깨끗이 쓸어버리고 그 앞에 방금 맛본 첫 모금의 차 맛을 다시 가져다놓는다. 그러자 내 속에 무엇인가가 움찔 꿈틀거리면서 장소를 바꾸어 가며 떠오르려고 하는 것을 느낀다. 그것은 매우 깊은 물밑에서 닻을 끌어올리는 것 같은 느낌이다. 무엇인지는 알 수 없으나 그래도 그것은 천천히 올라오고 있다. 나는 그것의 저항을 느낄 수 있다. 그것의 반향이 거대한 공간을 지나 내 귀에 들려온다. 틀림없이 이런 식으로 나의 밑바닥에서 파닥거리고 있는 것은 이미지이자 시각적인 기억으로 그것이 이 차 맛과 결부되어 맛의 뒤를 따라 내 의식 속으로 떠오르려고 애쓰고 있는 것이다…….

이 맛, 그것은 마들렌의 부스러기 맛으로 옛날 콩브레에서 일요일 아침에 레오니 아주머니의 방으로 아침 인사를 하러 가면 아주머니가 홍차나 보리수차에 담가 나에게 내주었던 것이다…….

마들렌 조각의 맛이라는 것을 알게 되자마자 곧 아주머니의 방이 있는 도로 옆의 낡은 잿빛 가옥이 무대 배경같이 다가와서 그 뒤쪽에 뜰로 열려 있는, 나의 양친을 위해 세운 별채와 꼭 겹쳐졌다. (그때까지 내가 머릿속으로 생각하고 있었던 것은 단지 다른 것과 따로 떨어져 있는 이 별채의 한 모퉁이뿐이었다.) 그리고 그 집과 더불어 마을 전경이 떠올랐다. 아침부터 밤까지 갖가지 날씨 아래서 보게 되는 마을 말이다. 또 점심을 먹기 전 심부름을 가곤 했던 광장이, 물건을 사러간 거리가, 날씨 좋은 날에 지나간 길들이 나타났다. 그리고 일본 사람들의 놀이—물을 담은 도자기 찻잔에 작은 종잇조각을 담그면 그때까지 구별이 되지 않던 그 종이가 물에 약간 닿기만 해도 곧 펴지고, 꼬부라지고, 물이 들고, 각각 형태가 달라져서 꽃이랑, 집이랑 사람이라고 쉽게 알 수 있는 형태로 변해 가는—그 놀이와 같이 바야흐로 우리 집 뜰에 있는 모든 꽃들, 스완 씨 집 뜰에 있는 꽃들, 그리고 비본에 있는 수련 꽃들, 그 밖에 선량한 마을 사람들과 그들의 조촐한 집들, 성당과 온 콩브레와 그 근교, 이런 모든 것들이, 마을과 뜰과 마찬가지로 버젓이 형태를 이루면서 모두 나의 홍차 한 잔에서 튀어나왔던 것이다…….

묘사문 연습

아래 형식에 맞춰 글을 써보자.

"최근 내 마음을 크게 뒤흔든 일"이라는 제목으로 감정이 요동쳤던 일을 묘사하는 것이다. '화났다', '슬펐다', '기뻤다'처럼 감정이나 느낌의 말을 쓰는 것이 아니라 그때의 상황을 그림 그리듯이 쓴다. 일이 시작되었을 때부터 상황이 끝날 때까지 벌어진 일을 하나하나 뒤쫓으며 카메라로 찍는 것처럼 쓰면 된다.

라면을 끓이는 정도의 간단한 일도 길게 묘사하려고 들면 원고지 열 장 이상도 쓸 수 있다는 소설가들 사이의 농담이 있다.

처음 쓸 땐 길이가 짧아도 상관없다. 일이 진행되는 순서대로 시간을 따라서 쓰면 된다. 5시라고 첫 문장을 쓰기 시작했다면 마지막 문장은 5시 01분이라도 시간이 흘러 있는 게 좋다. 먼저 셋째 줄만 채워서 쓴다. 상황이 시작되고 끝났으면 펜을 놓고 자신이 쓴 글을 소리 내어 읽는다. 그런 다음 첫머리로 돌아가 셋째 줄에 쓰인 단어마다 그것을 더 구체적으로 보여 줄 수 있는 표현을 찾아 체크 표시(∨)를 하고 둘째 줄에 써넣는다.

예를 들면 여자라고 하면 인류의 절반인 30억 명 중 하나여서 막연하다. 거기다 '젊은'이란 단어를 붙이면 7억 명쯤으로 가리키는 범위가 좁아진다. 여자(30억 명쯤?)→ 젊은 여자(7억 명쯤?)→ 젊고 예쁜 여자(1억 명쯤?)→젊고 예쁘고 눈이 큰 여자(1,000만 명쯤?). 이런 식으로 범위를 좁혀가며 하나의 단어가 구체적인 한 사물을 가리킬 수 있는 수준(一物一語)으로 표현하도록 애써 보자.

그렇게 첨가해서 둘째 줄을 채웠으면 다시 한 번 셋째 줄과 둘째 줄을 합쳐서 한 문장이 되도록 소리 내어 읽어 본다. 그런 다음 또 다시 단어마다 체크(∨)하면서 덧붙일 말을 찾아서 이번에는 첫째 줄에 쓴다. 다 썼으면 세 개의 줄을 합쳐서 하나의 문장이 되도록 말을 이어가며 소리 내어 읽은 다음에 최종적으로 정서한다.

이런 식으로 글을 쓴다면 어렵지 않을 것이다.

이제 앞으로 시작될 자기 이야기 쓰기는 이런 묘사문으로 쓰도록 하자.

첫째줄 ____

둘째줄 ____

셋째줄 ____

첫째줄 ____

둘째줄 ____

셋째줄 ____

첫째줄 ____

둘째줄 ____

셋째줄 ____

첫째줄 ____

둘째줄 ____

셋째줄 ____

첫째줄 ____

둘째줄 ____

셋째줄 ____

2장

'지금 여기 나'의 이야기

자기 이야기 쓰기의 내용으로 살아온 날들에 대한 기억을 파고 들기 전에 우선 보통 말하는 마음이라는 틀을 생각하여 지금의 나를 정리할 필요가 있다. 현재의 자기를 확실하게 알아두면 기억을 파고드는 자기성찰이 자기중심적인 과잉 반추(hyper reflection: 끊임없이 자신을 관찰하고 자기 내면을 감시하는 자의식 과잉상태)로 빠지지 않을 수 있기 때문이다.

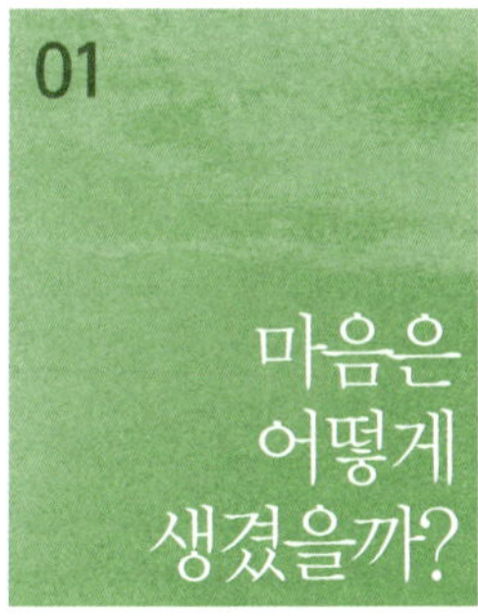

세 가지 시선

내 주변 사람들 입장에서, 그들의 눈으로 나를 소개하는 글을 써 보자. 실제 생활에서 다른 사람에게 '나'가 어떤 사람이냐고 물었을 때 나옴직한 대답을 상상해서 쓰면 된다. 말하는 사람으로 일상적으로 나와 관계를 맺고 있는 사람들 중 세 명을 정한다. 정하는 기준을 알아보자.

• 관계의 동심원

인간관계의 멀고 가까운 정도를 측정해 보는 손쉬운 방법으로 동심원 그리기가 있다.

나에게 기쁘고 신나는 일이 생겼다고 가정한다. 예를 들어 나 같은 작가라면 노벨 문학상을 수상했다는 소식처럼 기쁜 일은 없을 것이다. 상을 준다는 연락을 받았다면 어떡할까? 제일 먼저 누구에게 그 사실을 알리게 될까? 그 다음은? 그 다음은? 소식을 알리는 순서대로 원을 그리는 것이다. 아마 아래 그림과 같을 것이다.

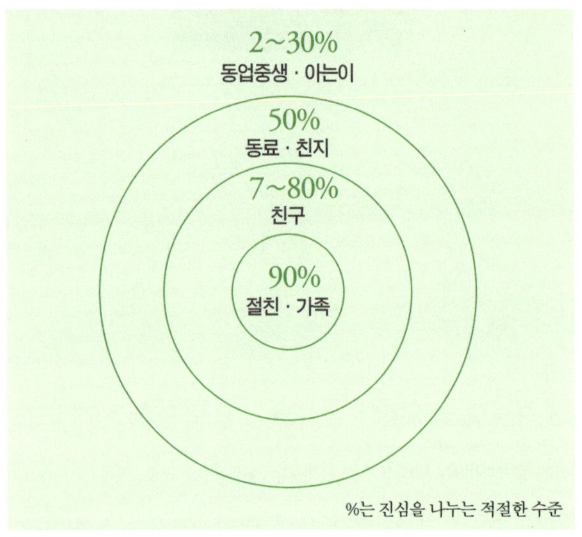

가장 가운데 있는 원엔 내가 처음 전화를 걸게 되는 사람이 들어간다. 엄마나 형제처럼 가족 중의 한 사람이거나, 아니면 요즘 말로 베스트프렌드, 절친이라고 부르는 사람일 것이다.

두 번째 원에는 두 번째로 전화를 걸게 될 가족이나 친구가 들어가는데 내가 보통 한 식구나 다름없다고 여기는 사람들일 것이다.

세 번째 원에는 흔히 중립적인 관계로 동료, 친지라고 불리는 사람들이 들어간다.

나머지 원 밖에 있는 사람은 그냥 아는 사람으로 흔히 동업중생이라고 칭해지는 일반 사람들이다. 같은 사회의 구성원이니까 같이 사회적인 조건을 만들어 가고 그에 따른 결과도 같이 겪을 수밖에 없는 사람들인 것이다. 좋거나 싫거나 간에 개인적으로는 인간적인 정을 나누고 있지는 않은, 공식적 관계에 있는 사람들이다. 비즈니스 때문에 안다든지, 그냥 안면만 있다든지, 시댁 식구처럼 법으로 묶여 있다든지 하여 내 의사보다는 법률적, 사회적 관습이 강하게 작용해서 만들어진 관계들이다.

세 가지 시선으로 글을 쓰기 전에 굳이 이런 그림을 그려 보라고 하는 까닭은 상대가 나의 어느 원에 속하느냐에 따라 내 진심을 보여 주는 정도가 달라지기 때문이다. 아마 첫 번째 원에 속하는 상대라면 내가 진심을 90퍼센트 이상 보여 주고 전적으로 믿고 믿어 주는 관계일 것이다. 할 말 못할 말 다 하는 사이고, 때로는 나를 나보다도 더 잘 아는 사람일 수도 있다. 햄릿이 호레이쇼에게 "그대를 벗으로 삼게 된 것을 하늘에 감사한다."고 고백할 때의 그런 친구이고, 요즘 사람이라면 베프, 절친이라고 부를 것이다. 아니면 엄마나 가족 중 한 사람일 수도 있다. 두 번째 원에 속하는 사람에겐 내 마음을 7, 80퍼센트 정도는 보여 주면서 지낸다고 할 수 있다. 좋아하고 솔직하게 이야기하기도 하지만 예의는 지킨다. 세 번째 원에 들어가는 사람은 기브앤테이크 관계랄까, 50대 50 정도로 균형을 지켜야만 원활하게 유지되는 관계이다. 너무 무람없이 굴어 함부로 치대거나 실수를 반복하다 보면 관계가 깨어지기도 한다. 그 밖의 원에 들어가는 사람은 공식적인 관계이다. 어쩔 수 없이 만나야 하는 상대일 수도 있다. 이럴 땐 나의 진심을 보여 줄 수도 있지만 비중이 20퍼센트를 넘지 않으며, 사회적으로 정해진 행동양식을 넘어선 행동을 하면 서로 당황하게 되며 갈등이 생긴다.

사회생활을 원활하게 하는 사람이라면 이런 동심원을 본능적으로 터득하고 있어서, 적절하게 상대를 가려가며 행동하고 있을 것이다. 상대가 내 친소 범위의 어디에 속하는지를 본능적으로 알아 그 사람에게 할 수 있는 말, 하지 말아야할 말들을 가려가면서 행동도 상황에 따라 다르게 하고 있을 것이다. 인간관계에서 이런 균형감각을 터득하지 못하여 아무렇게나 행동하면 상대를 당혹스럽게 하고 자신도 상처를 입게 되며, 주책 또는 똘아이란 말까지 듣게 된다.

이런 동심원을 바탕으로 나를 소개할 세 사람을 정한다. 낯선 모임 같은 데서 그가 나를 소개한다고 상상해 보자. 구체적으로 소개하는 사람의 이름까지 쓰고 그 사람의 말투까지 살린다면 더 쉽게 쓸 수 있다.

1) 첫 번째 시선

가족이나 절친한 친구처럼 나를 잘 아는 사람이 다른 이들에게 나를 소개한다고 상상하고 쓴다. 그는 나를 어떻게 보고 있을까? 이 글에서는 외면적인 나를 보여 주면서도 동시에 내 진심도 드러난다고 볼 수 있다. 조금 오글거리더라도 그 사람의 입을 통해 내 장점도 자랑하게 될 터이고 부족한 점도 드러날 것이다.

사진 앞줄 맨 왼쪽에 앉은 사람이 보이지? 내가 제일 아끼는 대학 후배야. 정○○라고 해. 인상이 차갑고 날카로워 보일 거야. 신입생 환영회 때 나도 이 후배를 보고 '우와, 찬바람이 씽씽 부는군. 한 성깔 하겠어'란 생각이 들었어. 그런 판단이 아주 틀렸다고는 할 수 없어도, 친해지니까 다른 면도 많이 드러나더군. 오히려 마음이 여리고 상처를 잘 받는 성격이더라고. 게다가 보기와 달리 겁도 많아. 그런 약한 면을 숨기려고 하다 보니 딱딱한 표정과 매몰찬 태도를 갖게 된 모양이야.

이 후배는 자아가 강하고, 자기 세계가 너무 분명해서 배타적으로 보일 때가 많고, 실제 그런 면이 자주 드러나기도 해.

시인과 촌장이 부른 '가시나무'라는 노래를 아니? 처음 그 노래를 들었을 때 나는 이건 ○○이를 노래한 거다, 싶더라니까. 본인도 그 노래를 들었을 때 가슴이 뜨끔했대.

나는 ○○이에게 제발 자기 틀을 깨고 나와 사람들에게 자신을 열고 대하면 지금보다 훨 행복해질 거라고 충고하지만 변하기가 쉽지 않은 모양이야. 두려운 걸까, 고집이 센 걸까?

○○이는 완벽주의 성향이 강해서 자기가 해야 할 일에 대해 늘 최선을 다하려고 하고 자기가 한 일에 쉽게 만족하질 못해. 또 실수를

하지 않으려고 너무 긴장하면서 사는데, 그런 모습이 안쓰럽기도 하더라. 그게 장점일 수도 있지만 자기를 너무 볶는 것일 수도 있잖아.

○○이를 알려면 좀 시간이 필요할 거야. 다른 사람에게 마음을 쉽게 주지는 않지만 일단 마음을 열면 좋은 친구가 될 테니까 첫인상에 집착하지 말고 천천히 사귀면 좋겠어.

절친한 선배의 입을 빌려 자기를 소개한 수강생의 글인데, 첫인상과는 전혀 다른 자신의 본심까지도 드러내고 있다. 또 "내 속엔 내가 너무도 많아……"로 시작되는 노래를 제시함으로서 스스로도 어느 모습을 진짜 자기라고 말하기 어렵다는 느낌을 표현하기도 했다. 너무 웅크리고 매사에 조심하는 자신의 모습을 중심으로 주로 단점을 부각시켰는데, 내 의견으로는, 자기 장점을 더 쓰면 좋았을 것 같다. 하긴 치유 글쓰기 수업에 등록하는 이들은 대체로 내향적 성향을 가진 이들이 많다 보니, 자기소개도 장점보다는 단점을 늘어놓는 글이 많은 편이다. 그 점을 고려하면서 읽으면 좋겠다. 또 완벽주의적 성향에 대해선 다른 장에서 설명하겠지만 흔히 생각하는 것처럼 생활에 도움이 되는 장점이 아니다. 글쓴이도 그 문제점을 조금은 의식하고 있는 듯 보인다.

아무튼 이런 글에는 스스로가 생각하는 자기 자신, 즉 자아(ego)가 드러나 있다.

김선미(고등학교 1학년생인 내 딸): 엄마는 한마디로 오버 그 자체야. 가족들 모두가 오버가 심하다고 지적하고 본인도 그걸 인정해. 너무 크게 웃고, 너무 자주 울어. 목소리도 너무 크고 손뼉도 너무 과장해서 치니까 내가 창피할 때도 많아. 엄마는 변덕이 너무 심해서 조울증이 아닌가 걱정될 지경이라니까. 지금은 나아졌지만 예전엔 히스테리가 심해서 오빠를 막 대하기도 했었어. 자식들에 대해 엄마는 방임과 과잉 애정표현 사이를 왔다갔다해서 우리 자식들이 되려 엄마를 걱정하기도 한다니까.

내 친구들 엄마하고는 달라도 너무 달라. 약속도 많고 술자리도 잦은 편이고 집안 살림에는 별 관심이 없어. 자식보다는 자신의 일에 애정과 관심이 더 많은 것처럼 보여. 희한하게도 엄마 친구들도 다 엄마 같은 사람뿐이야. 그렇지만 알뜰주부인 척하는 것보다는 지금 그 모습이 나는 좋아. 나는 일하는 엄마가 좋아. 뒤늦게 일을 시작하면서 많이 즐거워진 것처럼 보여서 마음이 놓여. 나름 젊게 살려고 애쓰고 있는 것도 좋아 보여. 소수자에 대해 관심을 기울이기도 하고 편견을 버리려고 노력하는 엄마, 자기 스타일이 있는 엄마인 것이 좋다. 무엇보다 나랑 이야기가 통하고 솔직해서 좋아…….

이 글은 앞의 예문과 달리 자신의 장점도 썼다. 자신의 장단점이 모두 들어간 솔직한 글이라는 점은 좋은데, 절친(베스트프렌드) 대신 딸을 화자로 내세운 게 조금 마음에 걸린다. 사견이지만 첫 번째 원에 해당되는 사람으로 단 한 명이라도 동성의 절친이 있어야 어떤 상황에 부닥치더라도 그럭저럭 살만한 인생이 된다. 나는 배우자보다 더 가까운 동성 친구가 꼭 있어야 행복하다고 생각한다. 가끔 자녀가 절친을 대신하고 있다는 사람을 만나는데, 성장기의 자녀라면 배우자보다 더 바깥 원에 속하는 게 이롭다는 점을 알면 좋겠다. 만약 나에게 배우자보다 더 가까운 절친이 있다면 조금 힘들다 하더라도 정신건강 문제나 인생살이를 걱정하거나 두려워할 필요가 없을 것이다. 인기리에 방영된 드라마, 〈섹스 앤 시티〉나 〈신사의 품격〉 같은 것들이 네 명의 절친을 중심으로 스토리가 전개되는 것도 다 그런 까닭이다.

2) 두 번째 시선

동심원에서 두 번째에서 세 번째에 걸쳐 있는 사람 한 명을 화자로 선택한다. 서로 호감을 갖고 있을 수도 있고 아닐 수도 있다. 하지만 대하는 게 불편한 사이는 안 된다. 그렇다고 아주 친한 친구처럼 진심을 다 보여 주는 사이도 못되는, 그냥 친구나 동료로서 자주 만나는 관계가 적당하다.

은미 씨는 일처리가 깔끔하고 속도도 굉장히 빨라요. 그래서 일이 술술 진행되기는 하는데, 놀랍게도 본인은 자신의 업무 속도에 스트레스를 많이 받는 것 같아요. 그럴 때는 표정도 어둡고 말도 잘 안 해서 무서워요. 사람들이 귀찮게 꼬치꼬치 물어봐도, 자신의 업무와 관련된 일이라면 언제나 친절하게 대답해 줘요. 일은 잘하는데 회사 동료들과는 자주 어울리지 않는 것 같더라고요. 전체 회식 때나 간신히 얼굴 보이고, 그런 자리가 아닌 사교적인 모임이나 술자리에는 일절 참석하지 않는 모양이에요. 사람들과 부대끼는 것을 좋아하지 않는 것 같아요. 그러면 안 되는데. 사실 그런 자리를 통해서 사람들과 친해지고 서로에 대해 조금씩 더 알게 되어 일할 때도 편하잖아요. 은미 씨는 그런 면에서 수동적이랄까 그래요. 아쉽죠.

나는 좀 더 친해지고 싶은데 접근하기가 어려워요. 극단적으로 말한다면 사람한테 관심이 없어 보이고 인관관계에 대해 큰 애착이 없는 것 같아요.

자신이 어디서나 가면을 쓰고 산다는 느낌이 드러나 있다. 여기서 가면이라고 하는 게 바로 사회적 역할, 페르소나이다. 누구나 페르소나를 갖고 있다. 이것이 없다면 사회관계를 제대로 꾸려나가지 못한다.

다음 예문 역시 호의적인 시각으로 관계 맺고 있는 상대에게 비친 자기 모습을 그리고 있다.

김○○는 한마디로 참 인간적이야. 어리버리하면서도 직장이고 가정이고 잘 꾸려나가는 걸 보면 용하다 싶어. '어당팔'이라는 건 그 사람을 두고 하는 말 같아. '어벙한 사람이 당수 팔(八) 단'이라고. 어벙해 보이면서도 한편으로는 날카로운 데가 있더라고.

나는 그 사람이 공연하는 거 보는 게 참 좋더라. 김○○가 술 좀 먹고 나서 춤추고 노래하는 걸 다른 사람들도 한 번 봐야 되는데. 혼자 보기는 아깝다니까. 술만 마셨다 하면 모든 사람들이 다 사랑스럽다고 난리도 아니야. 온갖 사람들에게 마구 전화를 해대고…….

그라고 우리 남편 빼고는 그렇게 책을 좋아하는 사람은 처음 봤어. 신기할 정도야. 진지하게 인생을 살아보려는 태도인 것 같아 김○○을 더욱 좋아하게 되었어.

그 사람의 사고가 너무 한쪽으로 치우쳐 있는 게 아닌가 걱정이 돼. 신문도 한○○만 보고, 자칭 극좌라고 하질 않나. 우리 동료들과는 생각이 많이 달라서 좀 껄끄럽기는 해. 아마 자기 남편과도 의견이 많이 다른 것 같던데…… 하긴 그래 봤자 직접 촛불 집회에 나가는 건 못 봤으니 말로만 극좌파일 거고, 별 문젠 일으키지 않을 거라고 봐. 가만히 보면 현실 생활에서는 안정 지향적이고 보수적인 면도 강하고…….

한마디로 이상주의자로서 세상 물정을 모르고 현실 감각도 없지만 그래도 항상 바람직한 것은 무엇인지 고민하면서 사는 그 자세가 좋아. 그래서 내가 그 사람을 옹호하는 거야.

3) 세 번째 시선

두 번째 시선이 중립적이거나 호의적인 입장에서 나의 페르소나(사회적 가면, 역할)를 그렸다면 기왕 쓰는 김에 내가 불편하다고 느끼는 페르소나도 묘사해 보자. 만나면 나도 모르게 긴장하게 되는 사람이 있을 것이다. 괜히 어색해진다고 할까, 왠지 그 앞에 서면 내가 작아지는 느낌이 든달까, 그런 상대이다. 서로를 충분히 알고 있지는 않다. 공식적으로 필요한 만큼만 알고 지낼 뿐이다. 어쩌면 비호감이 지나쳐서 적대적이라고 느끼고 있는 사이일 수도 있다. 그런 사람이 어느 자리에선가 나를 소개한다고 상상하고 글을 써보자.

다음 예문을 보자.

이번에 이은미 씨랑 같이 근무하게 됐다면서? 일꾼 한 명 데려갔구먼. 이은미 씨는 야무지고, 일처리도 깔끔한 사람이지. 하지만 되게 차가운 사람이지? 우리 부서에 있을 때 사람들이 가까이하려고 해도 잘 웃지도 않고, 자기 할 일만 할 때가 많았어. 누가 농담을 던져도 잘 받아넘기지 못하고. 더구나 모임이라도 있을라치면 왜 그렇게 빼고 도망치는 거야. 물론 사람을 함부로 대하지 않고 깍듯하기는 한데 인간적으로 가까이하기가 어려운 게 문제야. 한 마디로 재미는 없는 사람이야.

사람이 유머 감각도 있고 사근사근해야 함께 생활하기 편한데. 이건 뭐, 말수도 적고 뻣뻣해서 불편하기 짝이 없어. 게다가 좀처럼 틈을 보이지 않고, 실수도 하지 않으니 인간적이라는 느낌이 들지 않지. 함께 있으면 서걱거린다고나 할까. 나쁜 사람은 아닌데 정이 안 가는 거지. 함께 일하는 게 마음 편치 않고 까다롭기는 하지만 일은 믿고 맡길 수 있는 사람이니까 잘 해보라고.

제삼자의 입장에서 공식적인 역할을 하고 있는 자기의 장단점을 고루 쓴 글이다. 일에는 열심이고 능숙하지만 인간관계는 서툴러서 힘들어 하고 있는 면이 잘 표현되어 있다.

정○○ 선생 보면 답답해. 속 시원하게 뭐 하나 제대로 된 의견도 내놓지 못하고 논리적이지도 못해. 일처리는 미숙하고 꼼꼼하지도 않아. 착한 것 같기는 하지만 사람이 착한 게 다는 아니잖아. 사람들은 '인간적'인 게 좋다고들 하지만 어디 직장이라는 데가 '인간적'인 것만 갖고 해결되는 데냐고. 한마디로 프로 의식이 부족해서 난 정말 못마땅해. 직업의식이 없어. 우유부단하고 잘 울어서 짜증이 나. 나름대로 자기가 맡은 학급 아이들과는 잘 지내는 것 같지만 수업도 야무지게 잘하고 있는지는 의심이 가. 난 정○○ 선생 같은 사람은 마음에 들지 않아. 일을 깔끔하고 꼼꼼하게 처리하는 건 기본이라고 봐. 그리고 좀 현실감 있게 살아야 되는데 붕 떠 있는 거 같아. 같이 일을 하면 톱니바퀴 맞물려 돌아가는 것처럼 착착 해내는 맛이 있어야 하는데 고분고분하지도 않아…….

자신과 대립적인 사람의 입장에서 자기소개를 하다 보면 위의 예문처럼 단점만 늘어놓게 되는 사태가 생기기도 한다. 그러나 불편한 관계라고 해서 꼭 나쁜 관계인 건 아니다. 내 진심을 털어놓고 지내지 않는다고 해서 그 사람이 나를 적대시할 거라고, 나를 나쁘게 볼 거라고 지레 짐작하는 건 미성숙한, 어린애 같은 사고방식이다. 불편하긴 해도 호의도 적의도 아닌 중립적인 관계가 있을 수 있다.

아무튼 이렇게 공식적이고 예의바른 관계에 있는 사람의 입장에서 내 소개를 하게 되면 평소 내가 어려워하고 힘들어하고 있는 나의 사회적 역할, 페르소나가 드러난다.

나는 누구인가?

이번에는 가벼운 기분으로 어떤 사람이 "넌 누구냐?" 하고 물었다고 상상하고 그에 대한 대답을 50가지 쯤 써보자. 이번에는 문장으로 쓰지 않고 간단하게 단어만 쓴다. 또는 "나는 누구인가?"라는 제목으로 50번까지 번호를 써놓고 단어를 죽 늘어놓는 것이다. 이럴 때는 시간을 들이지 않고 되도록 빠른 시간 내에 재빨리 써야 자신이 잘 드러난다. 무조건 떠오르는 대로 가감 없이 쓴다.

대개 1번에 쓰는 건 이름이기 쉽다.

1. 이남희
2. 작가, 대학 강사, 등등……(직업이나 하는 일들)

3. 셋째딸, 누구의 동생 등등…… (개인적 관계 속에서 내 위치를 나타내
   는 단어들)

4. 작가회의 이사, 서울시민, 대한민국 국민 등등……(사회적 관계 속
   의 내 위치)

5. 극도로 내향적인 소심한 사람 등등……(나의 용모나 특징들)

혹은 다음과 같이 쓸 수도 있겠다. 자신의 감춰진 특성들을 쓰는
것이다.

박세은을 알려주는 스무 가지 사실

1. 등산과 여행을 좋아한다.

2. 숫자 특히 돈 계산에 약하고 정확한 계산이 요구될 때 힘들다.

   ▶ 어릴 때 산수시간에 문제를 늦게 푼다고 선생님께 심하게 혼났
   다. 이후로 산수 및 수학이라면 경기가 날 정도로 어렵고, 손을 떠
   는 경우도 있다.

3. 모두가 공감하는 '사실'에 대해, '다른 관점'으로 접근하는 경우가
   많다. ▶ 상식적으로 황당한 접근 할 때가 많아 4차원이란 말을 듣
   는다.

4. 다른 견해를 말할 때, '옳고 그름'을 가르치려들거나 '틀리다'고
   직접, 그 즉시 말하면, 상처받는다. 말한 사람과 거리가 생긴다. 시
   간이 지난 뒤에 말해 주면 이해하고 공감한다.

5. 지적 호기심이 많다. ▶ 그런 직종에 근무하는 사람에게 관심, 호감을 갖는다.

6. 존경하거나, 좋아하는 사람은 어떤 말을 해도, 이해하고 신뢰한다.

7. 불의를 못 참는다. ▶ 그 상황이 나에게 손해가 되어도 뛰어든다.

8. 언니에 대한 열등감이 있다. ▶ 타인에게 언니 이야기 할 때는 긍정적인 척한다.

9. 부모님에 대한 애증이 있다. ▶ '효녀'라는 말이 부담스럽다.

10. '말 많다', '목소리가 크다'라는 말에 상처 받는다.

11. 주위가 서먹하거나 순간 조용한 것을 참지 못해 내가 뭘 해야 할 것 같은 약간의 '책임감? 의무감?'을 느끼는 경우가 있다.

12. 호기심이 많아 새로운, 처음 보는 것, 장소, 사람을 두려워하지 않는 편이다.

13. 극과 극을 달린다. ▶ 열정 아니면 냉정함이 있다. ▶ 중간이 없는 편이다.

14. '결혼', '연애', '아줌마'라는 말에 부정적인 선입견이 있다.

15. 말 많은 남자를 부담스러워 한다.

16. '사랑'이란 말이 남용되는 게 싫다.

17. 진심어린 칭찬을 좋아한다. ▶ 비난이나 핀잔을 받으면 그 자리에선 웃어도 체한다.

18. 혼자만의 '동굴'이 있어, 그 안에 깊숙이 들어가면 나오는 것을 싫어한다.

19. 뾰족한 모서리를 보면 '쭈뼛' 하는 공포감이 들 때가 있다. 고소
    공포증도 있다
20. 완벽주의적 성향이 있다.

예문은 스무 가지지만 긍정, 부정 어느 쪽이든 되도록 많이, 가능하다면 50개쯤 쓴다. 그런 다음 쓴 것을 살펴보면서 그 중 다른 사람에게도 해당될 수 있는, 오직 유일하게 나만을 가리키는 것이 아니면 줄을 그어 지운다. 그렇게 지우다 보면 남는 건 아무것도 없다는 걸 발견할지도 모른다.

그렇다면 '나'라고 하는 것, '자기 자신(self)'이라고 부르는 것, 마음이라는 건 무엇일까? 나는 무엇일까? 나라고 할 때 남는 건 이름뿐일까? 궁금할 것이다.

마음을 말할 때 많이 언급되는 의식과 무의식 두 개의 단어부터 살펴보자.

의식과 무의식

A씨는 아들이 세 명인데, 큰아들 요구라면 거절하지 못하는 경향이 있었다. 심지어 분에 넘치는 비싼 학비가 드는 곳으로 유학 보내달라는 요구를 거절하지 못하고 경제적으로 심한 출혈을 하고 있기까지 하다. 또 큰아들이 불퉁거려도 다른 아들에게 하는 것처럼 되받아치거나 꾸짖지 못할뿐더러, 다른 사람 눈에는 아버지가 아들

에게 쩔쩔 매고 있는 것처럼 보인다. 부모가 자식 눈치를 보며 사는 것 같다. 친지들이 왜 큰 아들에게만은 쩔쩔 매느냐고 물으면, A씨는 그렇지 않다. 난 부모로서 당연히 아들에게 해줘야 하는 일을 하고 있을 뿐이다, 큰아들한테 쩔쩔 매거나 눈치 보는 게 아니라고 펄쩍 뛴다.

A씨의 과거에 문제가 있었다. 연년생으로 두 아들을 두었는데 아들이 어렸을 때는 편애가 심했었다. A씨 자신이 성장기에 얻었던 마음의 상처를 큰아들에게 투사한 결과 큰아들에겐 요구가 많고 까다롭고 엄격했으며, 작은아들에겐 너그러웠었다. 심지어 그 집 할머니까지 어린애에게 어른처럼 행동하라고 너무 심한 요구를 한다고 잔소리할 정도였다. 그러다 사춘기가 되자 큰아들은 반항하기 시작했고, A씨는 자기 잘못을 깨달았는지 태도를 고쳐 편애하지 않고 아들들을 대하려 하게 되었다. 지금 A씨나 큰아들은 초등학생 때까지의 일은 대부분 잊고 있다. 한번은 내가 무심코 큰아들과 밥을 먹으면서 초등학교 시절에 일어난 일을 꺼냈더니, 기억나지 않는다, 이상하게 자신은 초등학교 시절 기억은 거의 남아 있지 않다고 대꾸했다. 또 A씨 역시 자신은 절대 아들들을 편애한 적이 없다고 굳게 믿고 있다. 말하자면 A씨와 큰아들, 두 사람이 다 고통스러운 기억을 의식에서 내쫓아버린 것이다. 이런 걸 심리학에선 방어 기제로서 억압이라고 부른다.

의식에서 쫓겨난 기억은 마음에서 사라지는 게 아니라 무의식으로 내려가 자리 잡게 된다. 그리고서 은연중 그 사람의 말과 행동에 영향을 끼치게 된다. 무의식의 영향을 받아서 하는 말과 행동은 의식으로 컨트롤할 수 없기 때문에 때론 치명적이다.

A씨의 무의식에는 큰아들을 구박했던 기억이 숨어 있어 그에 대한 죄책감으로 큰아들만 보면 자기도 모르게 다른 아들을 대할 때와는 다르게 쩔쩔 매고 눈치를 보게 된 것이다.

인간의 마음

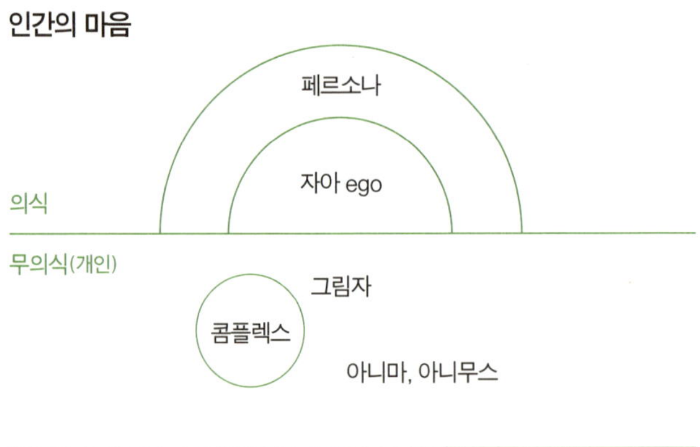

몸을 제외한 나(자기self, 마음)를 위처럼 그림으로 나타낸다면 마음은 크게 두 부분으로 나뉜다. 의식과 무의식이다. 그림에선 대략 절반 정도로 그려놓아 비슷한 것처럼 보이지만 실제로 무의식은 의식과 비교할 수 없이 크다. 무의식은 우리가 모르고 있는 것이기 때문이다. 그렇다고 해서 무의식의 존재를 전혀 느낄 수 없는 것은 아니다.

A씨 경우처럼 까닭 모를 어떤 감정을 막연히 느끼게 되거나, 의도하지 않았던 말이나 행동이 불쑥 튀어나와 당황하게 될 때, 이게 어디 숨어 있다가 나왔을까 고개를 갸웃거리는데, 그건 무의식 속에 들어 있었다. 무의식 속에 있는 것들은 보통 땐 지각하지 못하고 지내지만, 긴장이 풀렸다든지, 스트레스가 쌓여 자기 컨트롤이 안 될 때 같은 순간에 강박적인 말이나 행동으로 불쑥 모습을 드러낸다.

프로이트의 저서 『실수의 분석』에는 무의식의 영향에 관한 재미있는 일화가 많이 나온다. 유럽에서는 대학 교수가 강의를 맡게 되면, 첫 강의는 전임자의 업적을 칭송한 다음 시작하는 게 통례였다고 한다. 그런데 어떤 교수가 그 자리에서 "나는 전임자의 업적을 말할 자격도 없습니다."라고 겸손한 말로 시작하려고 했으나, 자기도 모르게 "나는 전임자의 업적을 말하고 싶지 않습니다."라고 실수하고 말았다. 프로이트는 이 사례를 전임 교수를 신통찮게 여기고 있던 그 사람의 속마음이 드러난 것이라고 보았다. 전임자를 존중하지 않는 건 예의에 어긋나는 짓이라 여겨서 그런 생각을 의식에서 쫓아내 버렸으나 지나치게 긴장한 나머지 무의식에 숨은 생각이 말로 튀어나왔다는 것이다.

무의식은 의식과 비교할 수 없이 크다. 빙산이 부력을 받아 바다 표면에 떠올라 있으려면 바다 속에 잠긴 빙산의 나머지 부분은 열 배 이상 커야 하는 것처럼 의식과 무의식의 관계도 그렇다고 생각하면 된다. 의식은 빙산의 일각(바다 위로 솟아 눈에 보이는 부분)에 지나지 않는다. 영화로 유명한 타이타닉호가 대서양에서 조난당한 사건을 떠올려 보면 쉽게 이해할 수 있다. 거대한 호화 여객선 타이타닉호는 유럽에서 미국으로 운항하던 중 대서양에서 빙산과 마주쳤다. 선장은 크고 강력한 여객선을 몰고 있다는 자부심으로 눈앞의 빙산이 작다고 얕보고 항로를 바꾸지 말고 돌진하라고 명령했다. 부딪쳐보니 바다 속에 숨어 있는 빙산의 나머지 부분은 엄청나게 커서 배가 부서졌고, 사상 최대의 조난 사고가 일어나 승객 수천 명은 익사하고 말았다.

바다에 떠 있는 빙산처럼 무의식은 의식보다 열 배쯤 더 크다, 혹은 스무 배쯤 더 크다, 고 말할 수는 없다. 왜냐하면 의식은 우리가 알고 있는 것이지만 무의식은 말 그대로 모르는 것이어서 어느 정도의 크기라고 단정지을 수 없기 때문이다.

외부 세계의 자극으로 일어난 심리 에너지는 일단 의식에 머물러 생각으로 지각되거나 감정으로 포착되지만, 잊어버리거나 억압하게 되면(이런 생각을 하면 내가 힘들어져, 혹은 이런 생각을 하는 건 잘못이야 … 등등의 방어 심리로) 무의식으로 물러나 거기에 자리를 잡는다.

'내가 한다'가 무의식이라면 '내가 하는 걸 내가 알고 있다'는 의식이다.

무의식은 내가 일부러 조작하거나 컨트롤할 수가 없으며, 무의식은 의식에게 여러 가능성을 열어 보이거나 의식에서 부족한 면을 보충하여 마음이 균형을 이루고 있도록 작용하고 있다.

자기 마음을 의식하려고 노력하면 할수록 무의식에 있던 것들은 더욱 활발하게 올라오게 되어, 무의식에 휘둘려 내 의도와 다르게 말하고 행동하는 일이 줄어들게 된다. 콤플렉스를 가진 사람이 자기가 그런 콤플렉스를 가진 사실을 깨닫고 그 원인을 찾게 되면, 정상 영역에 있어야 할 에너지가 그 콤플렉스에 과다 집중되어 있던 현상에서 놓여나 심리적, 생리적 역기능인 콤플렉스적인 반응을 일으키지 않게 된다. 이런 걸 의식화라고 한다.

자아와 페르소나

앞에서 쓴 세 가지 시선으로 나를 소개하는 글을 다시 읽어 보자. 세 가지 글이 정도는 다를지언정 각각 내 자아(ego)와 페르소나(persona)를 드러내고 있을 것이다.

마음의 의식적인 부분은 자아와 페르소나로 나뉜다. 뭉뚱그려 '나'라고 말하지만 둘은 다르다. 예를 들어 교사인 여성이 일상생활에서 진정한 나로서 살고 있다고 느끼지 못한다, 하루의 대부분 교사라는 역할을 연기하면서 사는 느낌이 들어 고민이라고 한다면, 교사인 자신과 진짜 자아를 분리해서 생각해 보라고 권하는데, 전자는 페르소나 후자는 에고를 가리키는 것이다.

흔히 진짜 자아라고 부르는 에고는 외부에 직접 드러나지 않는다. 사회에서 통용되는 이런저런 행동방식이나 역할을 틀로 삼아 표현되게 된다. 사회적인 그 틀과 자아가 뒤섞여 만들어진 게 페르소나이다. 다른 말로 '사회적인 나' 혹은 '사회적 자아'라고 한다.

페르소나는 그리스 말로 연극에서 쓰는 가면을 가리킨다. 고대 그리스에선 지금처럼 화장술이 발달하지 않아 배우들은 분장하는 대신 가면을 쓰고 무대에 올랐는데, 천사역이면 천사가면, 악마역이면 악마 가면을 써서 관객들이 쉽게 알아볼 수 있게 했다. 그처럼 역할에 따라 다르게 쓰는 가면을 페르소나라고 한다.

페르소나는 나 자신이긴 하지만 진정한 나 자신은 아니다. 그것은 외부 세계와 자아가 어떤 역할을 맡기로 타협해서 만들어낸 결과물이다.

앞에서 "나는 누구인가?"에 대한 답으로 단어 50개쯤 써놓은 것을 살펴보면 거의가 페르소나에 해당될 것이다. 이름, 누구의 자녀나, 형제라든지 누구의 배우자, 누구의 부모, 누구의 친구 등등. 범위를 넓혀 어떤 일을 하는 사람, 또 사회 일반적으로 누구라고 불린다든지 하는 것, 또 어떤 모임의 일원이거나 어떤 나라 국민처럼 단체의 구성원인 나 자신.

사람은 누구나 가정에서든 사회에서든 어떤 역할을 요구받아 그걸 받아들이거나 거부하면서 살아간다. 또 어떤 칭호를 얻거나 말과 행동과 태도로서 자신은 어떤 사람이라고 주장(표현)하여 남들에게 그런 사람으로 인정받기도 한다. 그렇게 해서 내가 갖게 된 사회적 가면들이 페르소나이다.

페르소나는 진정한 나는 아니지만 그렇다고 나와 관계가 없는 것도 아니다.

어떤 경찰관이 여린 마음에 인정이 많다고 하자. 경찰관으로서 역할을 할 때는 여린 마음, 인정이 많은 특징은 뒤로 밀어놓고 엄격하고 절도 있게 준법적인 행동을 하도록 요구받게 된다. 그러지 않으면 경찰관답지 못하다, 업무수행 능력이 모자란다는 평가를 받을 것이고, 이럴 때 심리학에 눈 밝은 사람이라면 그는 경찰관이라는 페르소나를 제대로 해내지 못한다고 평할 것이다. 진심이 하고 싶어 하는 행동은 경찰관으로서의 페르소나가 요구하는 행동과는 따로 떼어서 별도로 생각할 줄 알아야 한다. 즉 사정이 딱한 범법자를 만나 인정에 끌리는 마음이 일어난다면 공적으로는 법을 어긴 것은 벌을 받도록 하게 하고(페르소나) 그 사람의 딱한 사정을 봐주고 싶은 마음(자아)은 사적으로 표현해야 하는 것이다.

어느 여성작가가 자녀가 어렸을 때 산속 동굴에다 아이를 버리고 오는 꿈을 꾸었다고 고백하면서 그래서 자신은 나쁜 사람이라고 했다. 이 경우도 엄마로서의 페르소나와 진정한 자아를 혼동하고 있다고 볼 수 있다. 엄마로서의 페르소나를 제대로 감당하지 못했다고 해서 나라는 인간 전부가 나쁘다고 섣불리 판단할 수는 없다. 엄마로서의 페르소나는 아이가 성장할 때까지 내가 잠시 맡고 있는 사회적 역할이기 때문이다.

치유 센터 와락을 설립 운영하고 있는 정신과의 정혜신 박사는 한국에서 성공한 CEO의 특징을 인터뷰를 통해 조사해 보았더니 그 중 첫 번째가 상황에 따라 그에 적절한 페르소나를 바꿔서 쓸 줄 아는 능력이었다고 어느 잡지에선가 말하고 있다.

페르소나는 다른 사람과 어울려 사는 일을 도와준다. 페르소나가 있기 때문에 사람들은 어떤 상황에 처했을 때 어떻게 행동해야 하는지 경험하지 않아도 알게 된다. 예를 든다면 어떤 사람도 태어날 때부터 교사이지 않다. 그러나 교사는 어떻게 생각하고 말하고 행동한다는 사회 일반의 합의가 있기 때문에, 교사라는 역할을 맡게 되었을 때 무리 없이 교사의 역할을 해낼 수 있다. 이때 교사로서의 내 모습은 나의 여러 페르소나 중 하나에 불과하다.

앞에서 세 가지 시선으로 쓴 글에 드러난 것처럼 현실에서 우리는 여러 가지 페르소나를 갖고 살아간다. 그 중엔 마음에 드는 것도 있고(두 번째 시선), 내 마음에 들지 않거나 감당하기 버거운 것(세 번째 시선), 다른 사람과 갈등을 빚지 않으려고 억지로 해내고 있는 것도 있다. 하지만 아무리 마음에 드는 페르소나라고 해도 그게 진정한 '나'는 아니다. 사회적 요구에 맞춰 필요에 따라 잠시 쓰고 있는 가면일 뿐이다. 그러므로 내가 처한 사회적 조건이 달라진 뒤에도 예전의 페르소나에 사로잡혀 그게 바로 자기 자신이라고 착각하게 되면 심리 장애나 갈등이 일어난다. 결혼해서 내가 처한 조건이 바뀌었는데도 미혼 시절의 자유분방한 모습이 진정한 자기인데 배우자나 자식 때문에 진정한 자기로 살지 못한다, 혹은 진정한 자기를 억압하고 있다고 한탄한다든지 하는 건 페르소나를 모르거나 이해하지 못해서 생긴 착각이다.

인간관계에 쉽게 적응하도록, 서로 조화를 이루고 살도록 도와주는 게 페르소나지만 하나의 페르소나에 사로잡히면 위험해진다. 페르소나의 팽창이라고 부르는 현상인데, 자기가 가진 페르소나 하나에 사로잡혀, 상황이나 필요에 따라 다른 페르소나로 바꿔 쓰지 못하고 그것만이 진정한 자기 자신이라고 고집할 때 일어나는 부작용이다.

서머싯 몸의 소설 『비』에 나오는 선교사가 대표적인 예이다. 남태평양을 유람하는 배가 비 때문에 타히티 섬에 정박해 있었다. 승객 중에 창녀가 있어 배가 정박 중인 것을 기화로 매일 밤 난잡한 술파티를 여는가 하면 하루가 멀다 하고 남자를 바꾸어 들이는 등 동료승객들이 눈살을 찌푸릴 행동을 하고 있었다. 승객 중에는 선교사가 있었다. 그는 창녀를 선도하겠다면서 매일 그 방을 찾아가 설교하고 기도하곤 했다. 그런 노력이 효과가 있었던지 드디어 창녀는 술파티를 열지 않게 되었고, 옷차림이며 행동도 조신해졌다. 그런데 어느 새벽 선교사는 면도칼로 목을 그어 자살해 버렸고, 창녀는 그날로 다시 난잡한 파티를 열었다. 작가가 찾아가서 까닭을 궁금해 하자 창녀는 밀어내고 문을 꽝 닫으며 외친다. "남자는 다

돼지야!"

　설명하자면 그 선교사의 경우에는 성직자라는 페르소나에 사로잡혀 도덕적으로 순결하지 못한 행동을 저지른 자신을 용납하지 못해 자살했다고 볼 수 있다.

　나는 우등생이니까 성적이 떨어지게 되면 죽는 게 낫다든지, 훌륭한 엄마여야 하는데 아이들을 때리고 소리 질렀으니 나는 나쁜 사람이라고 심하게 자책하는 일도 다 페르소나 팽창의 전형적인 예이다.

　페르소나의 팽창은 현실에서 자주 만날 수 있다. 직업 군인인 아버지가 집에서도 상명하복의 군대식 규율을 지키라면서 가족을 괴롭힐 때도 아버지는 군인이라는 페르소나에 사로잡혀 있는 것이고, 기자가 퇴직을 하고 난 뒤에 예전과 달리 후한 대접을 받지 못하게 되자 세상이 잘못되었다고 원망한다든지 하는 것도 같은 사례일 것이다. 나의 큰아버지 경우, 공직자로 평생을 지내다 정년 퇴직하셨는데, 나중에 치매에 걸리자, 동네에서 무슨 행사만 열렸다 하면 슬며시 단상의 귀빈석에 가 앉아 있는 버릇이 있었다. 그 집 며느리는 행사를 진행할 수 있도록 제발 할아버지 좀 모셔 가라는 전화를 여러 차례 받아야 했다. 이것도 자신이 바로 공직자라는 페르소나에 사로잡혀 그 지위에서 물러난 뒤에도 그런 대우를 받아야 할 사람이라고 믿고 있는 사례라고 할 수 있다.

　페르소나가 팽창되면 사회적으로 적응 능력이 떨어지고 신경증에 걸리기 쉽다. 때문에 사회 교양 강사들 사이에서는 강연 내용이 가장 받아들여지지 않는 곳이 고위층이나 교수와 같은 지위에서 은퇴한 사람들이 모인 청중이라는 설이 있다. '왕년에 내가 이런 사람이었는데…' 하는 과거 자기 지위에 현재도 사로잡혀 있어 청이불문(聽而不聞 : 소리는 듣지만 내용을 알아듣지는 못함) 귀가 닫힌 상태인 것이다.

이런 페르소나를 제대로 이해하지 못할 때, 상황에 따라 요구되는 이런저런 역할을 하는 다른 사람을 위선자요 거짓으로 가득 찬 사람이라고 매도하는 일이 벌어지기도 한다.

● 페르소나의 상실

반대로 자신에게 주어진 사회적 역할을 받아들이려 하지 않거나. 익히지 못했을 때는 페르소나의 상실이라는 병증을 겪는다. 외부 세계와 관계를 맺는데 많이 서툴러 사회 부적응증으로 고통을 겪거나, 자기 역할을 해내지 못하여 관계상실 증상을 보일 수도 있다. 더 심각해서 어떤 페르소나도 받아들이려 하지 않는 사람이 있다면, 은둔형 외톨이거나 반사회적 인격장애라고 할지도 모른다. 아버지는 아버지다워야 하고 자식은 자식다워야 하며 임금은 임금다워야 하고 신하는 신하다워야 한다, 는 공자의 정명론은 사람이 자신이 처한 사회적 상황이 요구하는 페르소나를 받아들여 그에 맞춰 행동해야만 본인도 힘들지 않고 사회관계도 원활하게 돌아간다는 뜻이다.

공연히 싫은 동성 친구 묘사하기

‘공연히 싫다’, ‘까닭 없이 싫다’는 말은 특별하게 내세울 만한 이유는 없는데 싫다, 혹은 심리 에너지가 강렬하게 요동치는 정도로 싫다는 의미이다.

앵무새가 말을 배울 때 욕을 가장 먼저 배운다고 한다. 아이들이 말을 배울 때도 욕부터 배운다. 욕에는 다른 어떤 말보다 에너지 많이 들어가게 마련이어서 마음에 쉽게 각인되기 때문이다. 내가 아는 분 남편은 늘 느려터진 성격이 문제가 되곤 했다. 그런데 그 분 아들이 아버지를 꼭 닮았다. 아들의 유치원 참관일, 부부가 참석하여 수업 광경을 지켜보는데 교사가 이리로 와 줄서라고 지시하자 다른 아이들은 재빨리 달려가는데도 큰 아들은 해찰하면서 딴전을 피우고 있었다. 유리문 너머로 그 광경을 지켜보는 부부는 아들의 느려터진 행동을 안타까워했다. 그런데 두 사람의 반응엔 차이가 있었다. 엄마는 그저 “재가 느려서 걱정스럽네.” 하고 이성적으로 생각했다면, 아버지는 주먹을 쥐고 “저 녀석, 저래서 나중에 뭐가 될까 걱정이다.”라고 부르르 떨면서 분개했다고 한다.

그 남편처럼 강렬한 에너지가 담길 정도로 싫은 동성 친구를 한 명 찾아 그 사람이 가진 특징을 조곤조곤 묘사하는 글을 써보자. 만약 동성인 친구를 찾기 어렵다면 동성인 연예인이라도 좋다. 아무튼 이번에 쓰는 글은 까닭 없이 싫은 동성이라는 점에 방점이 찍힌다. 다음 예문을 읽어 보자.

대학 동기 한 녀석을 이야기해 보자. 아마 이게 이번 과제와 그나마 부합되는 게 아닌가 싶다…… 내가 재수를 해서 들어간 과에 이 녀석은 장학생 비슷한 걸로 들어온 모양이었다. 그런 사실을 녀석이 하도 자랑하고 돌아다닌 탓에 나까지도 알게 되었다. 처음부터 뺀질뺀질하게 생긴 얼굴이 마음에 들지 않았고, 촌에서 올라온 놈이 서울 말투를 흉내 내느라 어색한 억양인 것도 거슬렸고, 너희들은 성적이 안 돼서 어쩔 수 없이 이 과에 들어왔지만 나는 정말 역사학을 전공을 하고 싶어서 들어온 거다, 라는 거들먹거림이 느껴지는 행동도 싫었다.

2학기가 막 시작되던 때로 기억되는데, 비가 내리는 와중에도 우리 학생들은 학생회관 쪽으로 몰려가면서 '어용교수 물러나라, 어용 신문 폐간하라'고 데모를 하고 있었다. 그런데 그 녀석은 같은 과 동기 여학생과 한 우산을 쓰고 다정하게 팔짱까지 낀 채 구경하고 있다가 나랑 눈길이 딱 마주쳤다. 녀석은 내게 비웃음을 씩 날리는 거였다. 그 여학생은 과 동기들이 다들 좋아했던 데다, 누구는 데모하고 누구는 연애하나 싶어서 그 녀석이 더욱 싫어질 수밖에 없었다.

우리의 악연은 거기서 끝나지 않았다. 다음해 봄 학원민주화투쟁의 일환으로 수업 거부를 하고 있는데, 그 녀석은 사교 모임 같은 걸 만들어 남녀 학생 몇 명이서 오붓하게 모이곤 한다는 소문이 들렸다.

내가 수업거부 운동에 참여하자고 권유하러 갔더니, 녀석은 '참가하는 것도 자유지만 이렇게 따로 모이는 것도 자유다'라고 떠벌리면서 동료 학생들에게 미안한 기색이라곤 보이지 않았다.

　더구나 그런 성향이었던 녀석이 나중에는 태도를 확 바꿔 과대표로 나섰을 때는 가증스럽기 짝이 없었다…….

이 글처럼 싫게 느껴졌던 상황과 싫었던 특징들을 죽 나열한다. 그런 다음 내가 쓴 글을 읽으면서 거슬리는 특징들마다 빨간 밑줄을 쳐본다.

　이 글은 그림자는 원리 원칙과 공적인 것을 우선으로 해야 한다는 자아의 그림자로서 사익 추구, 그리고 어른스럽게 행동해야 한다는 억압으로 생긴 유아적인 태도에 대한 반감 등에 밑줄이 쳐질 것이다.

　위의 예문은 설명하듯이 대충 썼지만 아래 나오는 예문은 내가 권한 묘사문으로 쓴 것이다. 한 번 읽어 보자.

　벨소리에 손을 뻗어 휴대폰을 잡는다. 액정 화면에 뜨는 후배 수연이의 이름을 확인하자 받기가 싫어진다. 힘없는 목소리로 어려운 사정을 늘어놓을 거라고 예상하니 가슴이 답답해진 탓이다. 받을까 말까 망설인다. 하지만 누군가의 목소리가 듣고 싶어 용기를 내어 전화 걸었는데, 받지 않을 때의 쓸쓸함이 떠올라 전화를 받게 된다.

"선배님, 저 수연이에요."

벌써부터 목소리에 기운이 하나도 없다. 나는 애써 반가운 척 목소리를 높이며 웃음을 담는다.

"잘 지냈어? 별일 없지?"

내가 묻자 기다렸다는 듯 자신에게 일어난 일상사를 세세하게 늘어놓기 시작한다. 연로한 어머니 모시고 사는 어려움, 직장동료와의 갈등, 최근 소개팅에서 실패한 사연 등…… 듣다 보면 나는 점점 피곤해진다. 그랬구나. 음. 힘들겠네. 그래도 기운내야지. 이런 말로 그녀를 위로하긴 하지만, 입안에선 다른 말이 튀어나오고 싶어 맴돈다. 이제 그만 좀 해. 그렇게 소리를 지르고 싶다. 만약 이런 내 마음을 안다면 수연이는 충격을 받을지도 모른다. 후배의 어려운 사정을 모르는 건 아닌데, 안쓰럽기는 한데, 나를 믿고 있어 미안하기는 한데…… 하지만 이런 기분이 드는 건 나도 어쩔 수 없다.

수연이를 처음 만났을 땐 총명한 인상이어서 끌렸었다. 전공지식이 풍부해서 맡은 일을 잘 처리했고, 취미와 관심도 다양했다. 인간관계도 능숙하게 조정할 줄 알아 수연이 주변에는 늘 사람이 바글거렸다. 관계에 서툰 내가 이직해서 처음에 어렵지 않게 적응할 수 있었던 건 수연이 덕분이었다. 다른 사람들과 만나도록 나를 데리고 다녔기 때문이었다. 무슨 이유인지 수연이는 처음부터 나를 따랐다. 말이 많은 편도 아니고 사람들에게 쉽게 틈을 보이지 않는 내게 그녀가 먼저 다가왔다. 갈등이 생길 때면 자주 내 편을 들어주었다. 자기 속

사정을 나에게 털어놓으면서 친하게 지내려고 했다. 어떤 사람들은 나에게 여동생을 하나 키우는 것처럼 보인다고 말했다. 친해지고 보니 수연이에게는 그늘이 있었다. 상처가 많은 성장기를 갖고 있었다.

그런데 갑자기 그녀를 대하는 내 마음이 차가워지기 시작했다. 언제부터인지 정확하지 않다. 그리고 수연이가 특별히 잘못을 한 것도 없었다. 여전히 상냥한 태도로 챙겨 주고, 멀리서 나를 보면 환하게 웃으며 달려와서 내 팔짱을 낀다. 가끔 내가 좋아하는 꽃을 책상 위에 꽂아 주기도 한다. 잡담을 하지 않아 재미없는 사람으로 알려진 나를 그래도 상대하고 좋아해 준다. 그런 수연이가 싫고 부담스럽게 느껴지는 것이다. 때로 나도 모르게 퉁명스러운 목소리와 차가운 표정으로 대하고 나서 후회하기도 한다. 이런 내가 당혹스럽기까지 하다.

곰곰 생각해 보니 이런 일이 처음은 아니다. 친구나 동료에게 어느 날 갑자기 이유도 없이 차가워진 마음을 드러내 당황스럽게 만들곤 했다. 일부러 괴롭히려는 건 아니었는데……

그들에게는 모두 공통점이 있었던 것 같다. 한없이 착하면서 나에게 자신의 그늘을 드러냈던 사람들이다. 힘든 일이 있어도 좀처럼 내색하지 않고 살아가려 노력하는 나로서는 그런 이들이 감당하기 어려운 존재들이었던 것 같다.

싫어하는 이유야 당연하다. 일상적으로 사람들은 상대가 너무 치대면 부담스러워지게 마련이다. 다시 말해 처음에는 나를 도와줘서 호감을 느꼈고, 서로 반대되는 면에 끌리기도 했지만, 이제는 내가 원하는 만큼 거리를 지켜 주지 않는 데에서 피로감을 느끼게 된 것이다. 그러나 글쓴이는 일반적인 피로감을 넘어선 정도이다. 어쩌면 자신의 삶도 힘들고 피곤하다고 하소연하고 싶은 터라 수연이라는 후배의 하소연이 유난스레 거슬리게 느껴진다고 볼 수 있다. 글쓴이의 일상생활은 많이 힘든 상태일 것이다. 그걸 하소연하고 위로받고 싶지만, 남에게 응석부리는 걸 용납하지 못하는 성격일 것이다. 그런데 무의식에선 다른 사람에게 자신의 어려움을 하소연하고 위로받고 싶은 강한 욕구가 있다. 의식이 용납하지 못하는 무의식적인 욕구라서 이런 갈등이 심해지는 것이다. 아마 그런 욕구를 억압하지 말고 인정해 줘야만 수연이라는 후배처럼 하소연하고 위로를 구하는 사람을 정도 이상으로 싫어하게 되지 않을 것이다.

그리고 그 정도 깨달음으로 끝내지 말고 후배의 특징들을 더 살펴보면서 밑줄을 그어 보자. 밑줄 친 특징들은 앞으로 내가 가끔씩이라도 허용해 줘야 스트레스가 줄어들, 무의식에 숨어 있는 욕구들일 것이다.

그림자

뮤지컬로 각색되어 인기를 얻은 『지킬 박사와 하이드 씨』라는 소설은 작가 루이스 스티븐슨이 꿈에서 모티프를 얻었다고 한다. 지킬 박사라는 부자에다 학식이 높고 자선 사업에도 열심이어서 사회적으로 존경받고 있는 신사가 다른 사람으로 변하는 약물을 개발하여 자기에게 직접 투약하는 실험을 하다가, 밤이 되면 하이드 씨라는 전혀 다른 사람으로 변해 런던의 밤거리를 돌아다니며 극악무도한 범행을 저지른다. 처음엔 하이드 씨로의 변신을 자기 의지대로 할 수 있었으나 점차 지킬 박사로 사는 낮에도 하이드 씨의 인격이 지배하게 되어 파멸에 이른다는 줄거리다. 그 소설 때문에 지금도 '지킬 박사와 하이드 씨'라는 말은 인간의 양면성, 혹은 이중인격을 가리키게 되었다. 이 이야기는 우리 마음에 숨은 자아와 그림자의 관계를 단적으로 보여 준다.

키가 큰 나무는 그림자도 그만큼 길듯이 자아가 커지는 데 비례하여 그림자도 점점 커진다. 그림자는 누구에게나 반드시 있는 자아 발달의 결과물이다.

갓 태어난 아기는 자신의 욕구를 표현하기도 하고 외부 세계의 자극에 반응하기도 하지만, 아직은 어머니와 자기를 구분하지 못하고, 심리 에너지도 조직되어 있지도 않다. 서너 살 즈음이 되면 비로소 '나'라고 하는 의식이 생기는데, 이때부터 자아가 만들어지기 시작한다. '나'라고 심리적 복합체인 자아 콤플렉스는 자석처럼 여러 경험을 끌어당겨 기억하는 주체를 만들게 되고, 그로 인해서 어제의 '나'가 오늘의 '나'이기도 하다는 자아 동일성의 감각도 생긴다. 때로는 어둠의 세계에 잠겨 있는 무의식의 내용을 잡아당겨 '나'라고 하는 의식에 포함시키기도 하고, 외부 세계에서 들어오는 여러 인상과 그에 대한 반응들을 끌어당겨 '나'라고 하는 기억에다 포함시키기도 한다. '나', '에고', 혹은 '자아'라고 부르는 의식의 내용은 그렇게 만들어진다. 그 때문에 최초의 기억은 통상 서너 살 즈음에 시작된다.

그런 자아의 뒷면에 있는 그림자는 자아와 반대되는 무의식적인 여러 심리 내용이다. 억압되어 의식화될 기회를 잃고, 분화되지 못하고 발달되지 못한 채로 남아 있는 원시적 심리 내용이라고 할 수 있다. 여기서 분화되지 못했다는 것은 서툴고, 거칠고, 세련되지 못했으며, 도덕적으로 다듬어지지도 않았다는 뜻이다. 사회적으로 허용되지 않아서 자아에 포함되지 못한 어두운 열정이나 동물적인 본능, 충동들은 그림자에 가서 머물면서 꿈이며 환상, 기분, 충동, 예감, 직관과 같은 방식으로 은연중 자아에 영향을 미치게 된다.

물체라면 반드시 그림자가 있는 것처럼 그림자를 거느리지 않은 자아는 없다. 의식이 긴장을 늦추고 느슨해진 순간, 그림자는 예기치 않게 모습을 드러내어 당사자나 주변 사람들을 놀라게 만든다.

어려운 손님을 맞아 이틀 정도 미소를 지으며 상냥하고 좋은 모습을 보이려 노력하면서 지낸 다음 그 직후 가게에 들렀다가 계산원이 늑장을 부린다고 평소의 자기답지 않게 화를 벌컥 냈다든지 하는 경험은 누구나 있을 것이다. 이런 경우 지나치게 자아를 좋은 쪽으로 밀어붙이는 바람에 무의식이 균형을 이루려는 반작용을 하여 그림자가 튀어나온 것이라고 설명된다.

시소를 떠올려보면 된다. 한쪽이 높이 올라가면 반대쪽은 그만큼 아래로 내려간다. 자아와 그림자와의 관계도 마찬가지이다. 정도 이상 바른 생활인으로 긍정 마인드로만 자아를 몰아붙이게 되면 예기치 않은 순간에 그 반대의 모습이 격렬하게 튀어나오게 된다. 그래야 균형이 맞기 때문이다.

공적으로 모범적으로 살아야 한다고 강요받는 성직자, 교육자, 정치가와 같은 직업을 가진 사람들이 스캔들이 일어났을 때 보면 일반 사람보다 더 지저분하고 추악한 행태여서 세상이 놀라게 되는 것도 다 이런 이유이다.

자신에게 그림자적인 요소가 있다는 사실을 부정하고 억압하면 할수록 그림자는 무의식에 잠겨서 더 은밀한 영향력을 발휘하여 심리적 장애를 일으키기가 쉬우며, 예치기 못한 순간 거친 모습으로 튀어나와 여러 갈등을 빚는다.

그렇지만 그림자가 꼭 부정적인 존재인 것만은 아니다. 그림자 속에는 삶의 활력이랄까, 에너지가 들어 있다. 그림자를 억압하여 자아와 그림자 사이의 관계가 단절되면, 그 사람의 생활은 생기를 잃게 되고, 메마르고 삭막한 기분에 빠져들게 된다. 삶의 열정, 활기, 창조적 에너지 같은 것들이 그림자 속에 들어 있기 때문이다. 지나치게 자아만 강조하다 보면 (사회적 규범에 맞춰 자신을 다듬고 그 밖의 것들은 다 자신이 아니라고 부정해서 억압해버리면) 사는 게 왠지 쓸쓸하고 권태롭다든지, 생활에 의욕을 느낄 수 없다든지, 강박적인 신경증에 걸린다든지, 창조성, 자발성이 죽어버려 재미라곤 전혀 느낄 수가 없는 이상 현상을 겪게 된다.

• 그림자의 투사

그림자는 곧잘 외부의 다른 사람에게 투사된다. 투사는 내가 그러려고 작정해서가 아니라 무의식적으로 일어난다. 내 그림자를 투사한 대상에게는 좋거나 싫다는 강렬한 감정이 동반되는데, '내 감정을 나도 어떻게 할 수가 없다'는 말처럼 이성적으로 생각하면 자기가 지나치다는 걸 알면서도 컨트롤되지가 않는다.

자아의 뒷면에 숨어 나도 모르는 작용을 하는 그림자를 알아보는 쉬운 방법은 앞에서 말한 대로 '공연히 싫은 동성인 친구'를 묘사하여 그 특징을 알아보는 것이다.

나도 젊은 시절 교사 노릇을 할 때, 교무실 어느 부서에 가든지 공연히 싫어서 인사도 잘 안하고 말도 섞지 않으려고 했던 여선생이 한 명씩은 꼭 있었다. 지금 생각해 보면 그들은 다 같은 타입이었다. 소위 '내숭과'라 불리는 아주 여성스런 몸가짐과 언행을 가진 사람들이었는데, 아마도 젊은 시절 내가 여성적인 특성을 과도하게 억압하면서 남성적인 삶의 태도를 추종하느라, 그 억압된 여성적인 특성들이 내 그림자에 응집되어 그런 이들에게 투사되었던 것이라고 짐작하게 된다.

그처럼 그림자를 억압하고 전연 인정하지 않으면 투사가 일어나게 마련이다. 그럴 때 자신에게 문제가 있다고는 생각하지 못하고 상대방에게 문제가 있기 때문이라고 착각하여, 감정적으로 대응하고 비난하기도 한다.

반대로 어떤 사람에게 자신의 바람(원망, 소망)을 투사하여 지나치게 열광하거나 집착하게 되는 수도 있다. 스타에게 열광하는 팬덤 현상도 그림자의 반대편에 있는 충족되지 못한 욕구의 대리만족이라는 투사로 설명할 수 있다.

그림자의 투사는 일상생활에서 광범위하게 일어난다. 개인적인 차원을 넘어 나라와 나라, 민족과 민족 사이에서도 그림자의 투사가 일어나 상대방을 멸망시키려고 할 정도로 미워하기도 한다. 한국인들이 일본인들을 교활하고 약삭빠르다고 비난하는 것도 한국인들 자신의 그림자를 투사한 것이다. 한때 독일인들은 유대인들을 장사에 열을 올리는 돈만 아는 무리라고 싸잡아 비난하다가 결국은 제2차 세계대전에서 홀로코스트라는 대학살극을 벌였다. 독일인 자신의 그림자를 유대인들에게 투사한 것이다. 또 미국의 백인들은 충동적이고 절제 못하는 자신들의 그림자를 흑인들에게 투사하여 흑인들은 본능적이고 동물적이며 절제할 줄 모른다고 비하하고 있기도 하다.

내가 싫어하는 동성 친구를 묘사한 글을 분석하여 그 특징을 정리해 보자. 그 특징이 바로 내가 억압하고 있는 요소이다. 그런 특징들을 행동으로 옮기도록 가끔씩은 자신을 허용해 보는 것이 좋다. 그러면 따분하고 무기력하던 생활에 활기가 돌아오고 감정적으로 생기가 넘치고 창조적으로 살 수 있을 것이다.

콤플렉스

판매원들의 고전적인 수법으로, 물건을 구경하는데 판매원이 당신은 돈이 없어서 이 상품을 못 사는 거라고 암시하는 바람에 애초에 살 생각이 없이 구경만 하던 물건을 구입하고 후회한 경험이 있을지도 모른다. 많은 사람들이 알게 모르게 돈에 구애를 느끼는 심리, 즉 콤플렉스가 있기 때문에 판매원은 그걸 자극하여 상품을 사도록 만드는 것이다.

이처럼 콤플렉스는 스스로의 의식적인 생각으로 조절되지 않는, 나도 모르게 나를 움직이는 무의식에 숨은 힘이라고 할 수 있다. 심하면 내 마음속에 내가 아닌 다른 사람이 있어 나를 조종하고 있는 것 같기도 하다.

콤플렉스는 일상적으로 흔하게 쓰이는 말로서, '오이디푸스 콤플렉스'라고 하면 아들이 아버지에겐 반감을 느끼고 어머니를 친애하는 성향을 뜻하고, 키가 작아 콤플렉스를 느낀다든지 하는 말을 쉽게 내뱉기도 하며, 가난해서, 머리가 나빠서, 스펙이 좋지 않아서 등등, 자신이 모자란 점 때문에 주눅이 든다는 뜻으로도 '콤플렉스'라는 말을 많이 쓰고 있다. 그렇지만 이렇게 말로 드러낼 정도라면 심각한 콤플렉스는 아니라고 할 수 있다. 본인이 의식하고 있는 수준이라면 어느 정도 자기 컨트롤이 되어 일상생활에 지장을 초래하지는 않을 수 있기 때문이다. 문제는 자신이 갖고 있는 줄 모르는, 때로는 주변에서 그 콤플렉스를 지적하면 과잉 반응(펄쩍 뛰며 부정하고 화를 내게 되는)을 보이게 되는, 남들이 알까봐 꺼려지는 것들이다.

교사 시절의 경험으로 키가 가장 작은 1번 남학생들은 어느 반이든 골초였다. 아마 "작은 고추가 맵다"는 속담처럼 신체가 작은 대신 용감해 보이려고 무리를 하기 때문일 것이다. 자기가 키 작다는 사실에 집착하여, 키 문제만 나오면 자기도 모르게 흥분하거나 마음을 상해서 오버스런 행동하면, 오히려 그 때문에 주변 사람들은 그가 키가 작다는 사실에 콤플렉스를 느끼고 있다는 걸 쉽게 알아차린다.

모임에서 돈이 드는 어떤 일을 하자는 제안이 나오면 부자는 지금 가진 돈이 없어서 못한다고 쉽게 말할 수 있지만, 가난한 사람은 가진 돈이 없어서 못한다는 말을 쉽게 하지 못하는 것도 마찬가지이다. 또 음식점에서 다른 사람 몫까지 자기가 계산해야 할 것처럼 느끼는 것도 돈 콤플렉스를 가졌다고 볼 수 있는데, 본인은 자신이 돈에 구애받지 않음을 보여 주었다고 생각하지만, 실상은 주변 사람들이 그의 콤플렉스를 눈치 채게 된다.

콤플렉스는 본인은 갖고 있다는 사실을 잘 의식하지 못하지만 주변 사람들은 쉽사리 알아차린다. 때문에 충고랍시고 다른 사람의 콤플렉스를 건드려 싸움이 크게 벌어지는 일이 많다. "옆에서 시중드는 사람이나 가까운 가족의 눈에도 위대하게 보이는 영웅은 없다"는 게 나폴레옹의 시종이 한 말이라고 하는데, 가까운 사이에선 애쓰지 않아도 상대의 콤플렉스가 잘 드러난다는 뜻이다. 그러니 가까운 사람의 콤플렉스가 내 눈에 보인다고 해서 그것이 내가 그 사람보다 눈 밝고 똑똑한 증거라고 착각하지 말아야 한다. 원래 콤플렉스란 게 당사자의 눈에는 안 보이지만 주변 사람들 눈에는 훤히 보이기 때문이다.

콤플렉스는 때로 그 사람의 성취 동기를 높여 주기도 한다. 콤플렉스가 있기 때문에 그걸 커버하려고 갈고닦고 노력해서 높은 업적을 이루기도 하는 것이다. 하여 '위대한 콤플렉스'라는 말이 생겼다.

나폴레옹은 키가 작은 데다, 코르시카라는 우리나라로 치면 진도쯤 되는 궁벽한 섬 출신이어서 파리 사교계에 등장했을 땐 촌뜨기라고 멸시를 받았다. 그런 자신의 콤플렉스를 넘어서려고 노력하다 보니 프랑스의 황제가 되고 유럽을 재패하게 되었다고 한다. 그뿐 아니라 역사적으로 커다란 업적을 남긴 사람들을 살펴보면 대부분 한 가지 이상은 자신이 열등하다는 콤플렉스를 갖고 있어, 그걸 극복하려고 노력했던 경우가 많다. 아인슈타인은 학생 시절 게으르고 뚱뚱했다고 하며, 에디슨도 학교에서 쫓겨난 학생이었고, 링컨도 가난한 환경에서 어렵게 성장하여 미국 대통령이 되었다. 이런 걸 보상 심리라고 하는데, 자신에게 남보다 열등한 부분이 있으므로 대신 다른 면에서 뛰어난 성취를 이루고 싶어 하는 심리 작용을 뜻한다.

자신의 콤플렉스를 알고 싶다면 가까운 사람에게 솔직하게 말해 달라고 부탁하는 게 가장 쉬운 방법이긴 하다. 그러나 자신의 콤플렉스를 지적받았을 때 마음의 상처를 입지 않기는 어렵다. 상대의 콤플렉스를 언급하다 보면 싸우게 되는 경우가 비일비재하다. 그렇기 때문에 가까운 사람으로선 아무리 요청해도 솔직하게 말해 주기 어렵다.

콤플렉스를 알아보는 무난한 방법은 자유 연상 글쓰기일 것이다. 과거 마음에 상처를 받았던 기억 중 유난히 아픈 장면을 떠올려본다. 떠오르는 대로, 어떻게 써야겠다고 의도하지 말고, 흘러나오는 대로 그냥 쓴다. 무슨 말이 나오든지 무조건 쓴다. 의도하지 않는다. 쓰다가 막히는 부분, 머뭇거려지는 부분, 유난히 저항이 일어나 쓰기 어려운 부분이 있다면 바로 그 부분이 핵심이니까 그걸(code를 따라) 붙잡아 파고들면 자신의 콤플렉스가 확연히 드러날 것이다.

콤플렉스 문제에서 좋은 소식은 자신이 그런 콤플렉스를 갖고 있다는 걸 의식하기만 하면 나도 모르게 나를 조종하는 콤플렉스의 무의식적인 힘이 약해진다는 사실이다.

아니마, 아니무스

통상적인 부모의 연배로 따진다면 나는 비교적 늦게 태어난 자식이어서, 내가 사춘기가 되었을 무렵, 부모님은 중년을 넘어 노년기로 접어들고 있었다. 그 무렵부터 두 분의 부부싸움은 자식들 눈을 꺼리지 않을 정도로 치열해져서 나로선 도무지 이해할 수가 없는 지경이었다. 어렸을 때 아버지는 지독한 가부장적 사고를 가진 분이어서, 집안일은 나 몰라라 하고 밖으로만 도셨고, 말도 거의 없었다. 어머니는 아버지의 뜻이라면 군소리 없이 따르면서 살림에만 충실했는데, 심지어 아버지가 퇴근하시면 우리 형제들이 웃는 소리도 크게 내지 못하게 단속하실 정도였다. 그런데 어느 순간부터 아버지가 자상해지셨다. 좋게 말해 자상이지, 가정 내의 사소한 문제까지 일일이 참견하고 잔소리하셨고, 어머니는 어머니대로 목소리가 커지고 친구들과 어울려 밖으로 나돌아 다니게 되셨다. 때문에 부부 싸움이 벌어지곤 했는데 어머니는 한 마디도 지지 않고 대들었고 항상 아버지보다 목소리가 더 커서, 아버지는 약이 올라 어쩔 줄 몰라 발만 구르곤 하셨다.

그 시절 나는 우리 부모가 성격이 안 맞아서 문제라고 생각했었다. 아니면 결혼이라는 제도 자체가 잘못된 것이거나. 그러나 지금 와서 생각해 보면 두 분은 중년을 넘으면서 내면에 억압되었던 각자의 남성성과 여성성이 고개를 들기 시작했는데 그런 사실을 모르고 적응하지도 못해서 벌어진 현상이었다.

　남자의 마음속에 숨은 궁극의 여성상, 혹은 여성성을 ‘아니마’라고 하고 여자의 마음속에 숨은 궁극의 남성상, 혹은 남성성을 ‘아니무스’라고 한다.

　사람은 태어날 때 남성과 여성, 양성의 특질을 다 가지고 있다고 한다. 하지만 신체적으로 여성의 모습이면 남성적 특질을 억압하고 여성적 특질만 키워 나가게 된다. 그러느라 억압된 남성성은 무의식으로 내려가 아니무스로 뭉쳐지고, 반대로 남성이어서 억압된 여성성은 아니마로 뭉쳐진다는 것이다. 신체적으로 성적인 성숙이 최고조에 달하는 청년기에는 반대편 성적 특질에 대한 억압도 최고조에 달한다. 여성이 가장 여성답고 남성이 가장 남성다운 시기이다. 그러다 중년에 접어들면 숨어 있던 반대편 성의 특질들이 슬금슬금 고개를 쳐드는데. 중년기가 되면 남성들은 여자보다 더 섬세하고 가정적으로 변하고, 여성들은 여느 남성보다 더 용감해진다. 그런 변화를 두고 한국 사회에서 ‘아줌마 현상’이라는 농담 비슷한 용어가 나온 지도 꽤 된다. 이런 아니마, 아니무스의 작용을 이해하지 못하면 중년기를 넘어선 부부는 상대방의 변화를 이해하거나 용납하여 적응하지 못한 결과 싸우게 마련이다.

　또 아니마, 아니무스는 상식적으로 이해하기 어려운 연애 감정을 이해할 수 있는 단서가 된다. 남들이 보기에는 도저히 아니다 싶은 상대에게 맹목적으로 빠지는 경우가 있다. “눈에 콩깍지가 씌면 곰보도 보조개로 보인다”는 속담처럼 미인도 아니고, 인간성이 좋은 것도 아니고, 조건도 나쁜 어떤 여성에게 어떤 남자가 맹목적으로 빠져 버려 주변에서 아니라고 말려도 듣지 않을 뿐더러, 심지어 자신이 가진 것을 다 잃어도 그녀와의 사랑은 이루고야 말겠다는 낭만적인 사랑에 빠지는 경우가 있다. 이럴 때 상대 여성이 그 남성의 아니마와 일치하기 때문이라고 해석하게 된다. 물론 여성이라면 아니무스와 일치하는 남성을 만나서 그렇다고 본다.

확실한 건 아니지만 아니마, 아니무스는 타고난 천성에 더하여 반대쪽 부모의 영향을 받아 만들어진다고 한다. 내가 아는 친지는 사위가 네 명인데 요즘 와서 가만히 살펴보니 어쩜 그렇게 비슷비슷한지 모르겠다고 말한다. 또 어떤 여성은 처녀 시절, 절대 아버지 같은 남자와 결혼하지 않겠다고 눈에 불을 켜고 고르고 골라서 결혼했는데, 이제 와서 보니 남편과 친정아버지가 비슷하다고 말한다. 이런 게 다 아니마, 아니무스가 이성 부모의 영향을 받아 만들어진다는 증거가 아닌가 싶다.

집단 무의식

꿈에는 낮에 경험한 인상이나 생각을 정리하는 꿈이 있고, 또 그 사람이 아직은 의식하지 못하고 있지만 풀어야할 갈등이나 문제를 암시하는 꿈이 있으며, 또 하나는 드물긴 하지만 앞으로 벌어질 일을 미리 보여 주는 예지몽도 있다.

한번은 술자리에서 귀신 이야기가 나왔는데, 예지몽을 꾼 경험담이 단연 인기였다. 어렸을 때 심하게 앓다가 까무룩 잠이 들었는데 하얀 도포를 입은 할아버지가 문가에 서서 손짓하는 걸 보았고 다음날 친척이 죽었다는 소식을 들었다고 했다. 사람들은 비명까지 섞어가며 저승사자였을 거라고 떠들었다. 나는 그런 꿈을 꾼 적이 없어서 그런지 그 꿈을 꾼 사람이 굉장한 것 같았다. 아무튼 그 사람은 이야기 끝에 그게 자기 내면 어디에 숨어 있었는지 궁금했다고 했다, 그래서 한동안은 사후 세계 방문기나 저승에 다녀온 경험담에 매료됐다고 했다.

융에게 이런 꿈이 어디서 나왔느냐고 묻는다면 집단 무의식이라고 대답할 것이다.

자기를 돌아보는데 집단 무의식까지 알아야 할 필요가 있을까 싶지만 그래도 조금은 알아두는 것이 마음의 전체적인 그림을 그려 보는 덴 도움이 될 것이다.

집단 무의식이란 개념은 융이 심리학에 남긴 커다란 업적이다. 융이 처음 집단 무의식을 생각한 것은 제1차 세계대전 직전이었다. 융은 자기를 찾아와 상담하는 환자들의 꿈이 비슷한데 놀랐다. 환자들은 서로 모르는 사이인데다, 생활환경도 각자 다른데도 비슷한 꿈을 꾸었다고 하는 것이었다. 예를 들면 알프스의 빙하가 녹아내려 유럽이 물바다가 된다든지, 사방에서 불이 일어나 유럽 전체가 타오른다든지 하는 내용이었는데 같은 꿈을 가져온 환자들 사이에는 아무런 접점을 찾을 수가 없었다. 그러다 얼마 지나지 않아 제

1차 세계대전이 일어나 유럽이 아수라장이 되었고, 그제야 융은 그런 꿈들은 무의식이 앞으로 일어날 일을 보여 준 예지몽이라고 깨닫게 되었다. 마치 동남아에 쓰나미가 닥치기 직전, 인간을 제외한 쥐나 다른 동물들은 고지대로 줄줄이 옮겨가는 현상이 있었다고 하는데, 동물적 직관처럼 생물로서의 인간의 본성에도 한 개인을 넘어선 인류 공통의 무엇인가가 있다는 것이다. 융은 사람에게는 인간으로서 공통되는 무의식이 있다고 주장하고, 그것을 개인 무의식과 구별하여 집단 무의식이라는 이름을 붙였다.

융은 주장하기를 집단 무의식에는 인류가 단세포 동물에서 시작하여 양서류, 포유류, 영장류, 인간에 이르기까지의 진화해 온 경험이 축적되어 있다고 한다. 거기엔 듣거나 배우지 않아도 인간이라서 본능적으로 알고 있는 직관과 같은 것들이 포함된다. 따지고 보면 우리의 일상에는 말로 표현할 수는 없어도 그냥 아는 것들이 많다. 우리의 느낌도 이러저러해서 그렇다고 설명할 수 있는 것보다는 왠지 그렇다, 그냥 그런 것 같다고 말하게 되는 것들도 많이 있다. 인간이니까 공통적으로 아는 것, 느끼는 것 등은 집단 무의식에서 나온다고 보는 것이다.

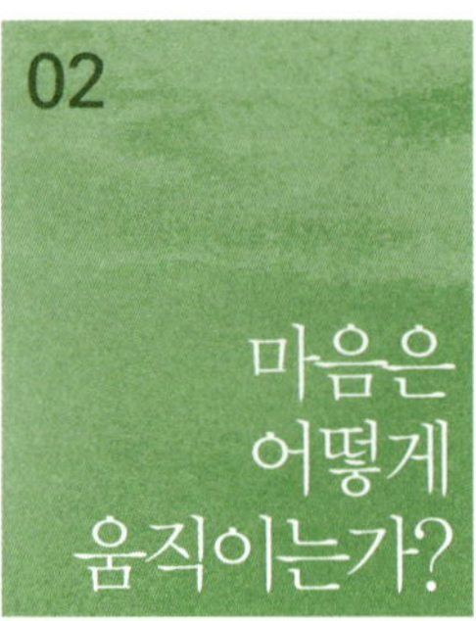

내가 좋아하는 것들

연습장을 꺼내놓고 다음 네 항목을 써놓는다.

1. 내가 좋아하는 물건

2. 내가 좋아하는 장소

3. 내가 좋아하는 일

4. 내가 좋아하는 사람

그런 다음 즉시 떠오르는 말을 적는다. 쓰고 난 뒤 이게 아니라 다른 건데, 싶을 수도 있다. 그래도 일단 써놓은 단어를 중심으로 "내가 좋아하는 것들"이라는 제목에 어울리는 글을 쓴다. 내가 좋아하는 것들을 알려서 나의 특성을 드러낸다는 느낌이면 되니까 긴장하지 말고 좋아하는 이유까지 찬찬히 풀어서 쓰면 된다. 사연이나 상황을 그림 그리듯이 쓰면 더욱 좋다.

　내가 좋아하는 것들? 갑자기 이런 물음이 던져지자 딱 떠오르는 것이 없었다. 난 뭘 좋아하지? 좋아하는 게 이렇게 없었나 싶기도 했다. 즉시 떠오르는 것을 써야 한다는 압박을 받은 뒤 그냥 급하게 메모하듯 썼다. 지금은 그렇게 쓴 글을 정서하고 있다.

　집에 돌아오는 길에 다시 곰곰이 생각해 봤다. 급하게 쓴 것 말고도 여러 가지 좋아하는 물건, 일, 장소, 사람 등이 있었다. '그럼 그것들은 1순위가 아닌가?' 하는 의문도 생겼다. 그렇게 꼬리를 물다 보니 그건 단지 그 순간에 떠올랐을 뿐, 로또의 번호처럼 수많은 것들 중에 한 개가 나왔을 뿐 내가 좋아하는 것은 매우 많다는 생각도 들었다. 그러나 처음에 적었던 것들로 나를 소개하려 한다.

　이제 친구들은 만나지 못하면 예전엔 컴퓨터 채팅을 했던 것처럼 핸드폰 채팅을 한다. 그러나 스마트폰을 갖고 있지 않은 나는 제외되고 있다. 답답해선지 한 친구가 빌려준 아이팟 터치는 한 줄기의 빛이다. 물건을 살 때 오래 망설이는 편이기도 하지만 통신비가 많이 나오는 게 싫어서 살까 말까 갈등하고 있는 나를 위로해 준 물건이다. 심심할 때는 게임도 하고 음악도 들을 수 있어서 소중하고, 또 친구의 물건이기에 더욱 소중하다.

가장 좋아하는 건 친구들. 낯가림이 심해서 친구가 많지 않다. 그 중에서도 많은 시간을 함께했고 많은 이야기를 나눈 몇 명의 친구가 있다. 나이, 성별, 하는 일이 모두 달라 어떻게 만났냐고 물어보면 난감한 조합이다. 처음에 속했던 그룹이 각기 달랐는데 나중에 5명이 남아 같이 만나게 되었다. 사람 때문에 마음을 다치면 공감해 주는 이 친구들 덕분에 나쁜 기분을 쉽게 털어내기도 한다. 슬플 때 우울할 때 고민이 있을 때, 그 힘든 시간들을 나눌 수 있는 추억이 있는 친구들이 있어 지나올 수 있었다. 그런데 요즘은 어쩐지 조금씩 변해가는 것 같고 나만 그대로인 것 같아 외로운 적도 있지만, 한편으로는 나도 어서 자라야겠구나, 변해야겠구나 하는 생각이 들기도 한다.

친구들을 만날 때 사는 지역이 다 달라 중간지점인 광화문 부근에 있는 ○○카페를 좋아한다. 사실 이 카페가 아니더라도 친구들이 부담스럽지 않게 올 수 있고 조용하게 이야기를 나눌 수 있는 장소라면 다 좋아한다. 약속 전에 한두 시간쯤 일찍 가서 조용히 책을 읽는 일도 작은 즐거움이다. 약속이 없을 때도 한적한 카페의 창가 편한 소파에 앉아서 책을 읽는 일을 좋아한다. 조용한 카페는 시간이 좀 지나면 가게 자체가 없어지곤 하는 문제가 있다. 그래서 마음에 드는 장소가 언제 사라질지 몰라서 불안하다.

내향적인 면이 강하게 드러난 글이다. 게다가 은근한 고집이 엿보여 자기만의 사고 패턴을 맴도는 직관적 성향도 보여 준다.

같은 내향성이긴 하지만 다른 아래 예문을 쓴 사람의 감정적 특징과 비교해 보면 감정형과 직관형 차이가 느껴질 것이다.

내 고향에는 유명한 ○○해수욕장이 있다. 그 해수욕장은 중고교 시절엔 금지구역이었다. 해수욕장 한켠에 작은 테마파크가 있어, 밤마다 논다하는 사람들이 몰려드는 바람에 학생들은 가면 큰일 나는 곳이었다.

나는 그 해수욕장의 오전 나절을 좋아한다. 아침 10시경 바닷가에 가면 눈부신 햇살, 부드러운 바람, 햇빛을 받아 반짝이는 물결, 한적한 백사장이 펼쳐져 있다. 사람들이 거들떠보지도 않는 아침 바다. 오후나 밤엔 해수욕장 일대 유흥가에 사람들이 북적대지만, 아침에는 고요하다. 마음을 편안해진다. 슬슬 산책하면서 백사장에 파도치는 것도 보고, 잠시 벤치에 앉아 뛰어노는 아이들이나 주인과 산책 나온 개들을 구경하는 것이 즐겁다.

내가 좋아하는 일은 구경하는 것이다. 그러니까 그냥 가만히 있는 것이라고 할까. 어쩌면 빈둥대는 것을 좋아한다고도 할 수 있을 것이다. 목적이나 이유 없이 TV를, 책을, 지나가는 사람들을 멍하니 보고 있을 때가 있다. 모든 행동에 무슨 뜻이나 이유가 있어야 하는 건 아니지 않을까 싶다. 지난 몇 년 직장생활을 하는 동안 쉬고 싶은데도 특별한 취미생활을 하지 못한 상태여서 멍하니 구경하기를 좋아하는지도 모른다. 이런 사실을 인정하기까지는 시간이 좀 걸렸다. 빈둥대는 걸 좋아하고, TV 시청을 좋아한다는 건 게으름뱅이라는 증거인 것 같아서이다. 하지만 최근 들어 그냥 게으름뱅이인 것을 인정하고 맘 편하게 살기로 했다.

예전엔 취미하면 독서, 좋아하는 물건하면 책이라고 대답했다. 사실 학생 시절에는 나름 책을 많이 읽는다고 자부했다. 그러나 직장생활을 하면서 실용서 외 다른 책을 읽는 게 죄책감이 들다보니 어느덧 책과는 멀어졌다. 더는 양심이 찔려 책을 좋아한다고 말할 수 없게 되었다. 달리 좋아하는 물건을 생각하다 보니, 예쁜 노트나 종이, 혹은 깔끔한 디자인의 문구가 떠오른다. 어린 시절 꿈이 작가여서 나의 '작품'을 쓸 거라며 노트를 모았었다. 어느새 쓰지 않은 노트가 열 권이 넘지만 그냥 신주단지처럼 모셔 두고 있다. 지금은 모으지 않지만, 가끔 예쁜 공책이나 노트, 편지지를 보면 사고 싶다는 맘에 몇 십 분, 몇 시간 그 앞을 떠나지 못한다.

사람도 명확하게 누구를 좋아한다, 라고 말할 수 있다면 얼마나 좋을까? 사실 사람을 싫어하는 건 아니다. 미혼에다 남자친구도 없고, 철이 덜 든 탓인지, 강하게 집착하는 누군가가 없을 뿐이다. 부모님과 가족들은 고맙고 죄송하고 물론 사랑하지만, 누구 한 사람 딱 떠오르거나, 생각하면 애처롭고 안타까운 맘이 드는 그런 사람은 없다.

한국 사람들에게 많은, 전형적인 내향 감정형인 사람이 쓴 글이다. 내면에 깊은 열정을 품고 있으나 겉으로는 무덤덤하게 보이는 성격이다. 몽상하기를 좋아하며 겉보기에는 그다지 활동적이지 않다. 감정의 기복도 잘 드러나지 않아 뭘 느끼고 있는지 남들이 알아채기는 어렵다. 그의 내면에서 꿈틀거리는 다양한 감정은 일상에선 대체로 감춰져 있다.

좋아하는 것들과 그 이유를 조목조목 써보면 자신의 성격 유형도 알 수 있다.

다음 예문을 보자.

좋아하는 것이라…… 커서가 깜박이는 것을 멍하니 바라본다. 의외로 내가 좋아한다고 할 만한 것들을 표현하기 어렵다고 느낀다.

기타. 어느 덧 30대 후반이 된 나는 낭만을 자꾸만 잊어가는 느낌이 들어 그것을 일깨워 주는 기타를 좋아한다. 감싸안으면, 품에 쏙 들어오는 기타. 아름다운 소리를 가지고 있지만 어설픈 내 솜씨 때문에 제 기량을 드러내지 못하는 기타. 언젠가는 원래 가진 멋진 소리를 내게 될 거라고 믿고 있다.

여행. 20살이 된 다음부터 열심히 아르바이트하고 저축해서 겨우 떠나곤 했던 여행들을 좋아한다. 남들의 일상을 구경꾼이 되어 기웃거렸던 여행의 소소한 즐거움들이 새록새록 떠오른다. 겨울에도 비행기를 타고 몇 시간만 가면 만날 수 있는 이국의 여름도 좋다. 시간이 있을 땐 돈이 부족하고, 돈이 있을 땐 시간이 없어서, 원하는 만큼 가보지 못한 여행, 그 중에서도 단숨에 겨울에서 여름으로 넘어갈 수 있는 여행을 좋아한다.

담배. 피곤한 하루 일과를 마치고 집으로 돌아가면서 차 안에서 피우는 담배를 좋아한다. 대학 1학년 때, 새로이 시작된 인생에서 좌절을 느낄 때면 조금씩 늘던 담배. 숨어서 피우는 게 싫어서 사람들 눈치 보지 않고 마음껏 피우리라 작정하고 거리를 걸으면서 손에 계속 담배를 끼고 있었던 적도 있었다. 하지만 뭔가가 빠진 듯 허전했다. 그냥 한국의 보편적인 여자인 나는 숨어서 몰래 즐긴다는, 비도덕적이고 일탈된 기분을 즐겼던 게 아닐까 싶었다. 요즘도 흡연자임을 숨기지는 않지만 그래도 역시 그늘에 숨어서 피우는 담배 맛이 최고다.

맥주. 혼자 있을 때 텔레비전을 켜놓고 키득거리면서 홀짝홀짝 마시는 맥주를 정말 좋아한다. 하지만 건강에 위협이 될 거라는 생각과, 점점 불어나는 똥배 때문에 조금은 염려가 된다. 그래서 사나흘에 한 번 정도로 조절하려고 애쓰고 있다.

가르치는 일. 나는 아이들을 가르치는 걸 좋아한다. 수업에 열중해 있는 아이들의 눈을 볼 때 비로소 내가 쓸모 있는 존재라는 느낌이 든다.

가족. 돌아가셨지만 저 세상에서도 나를 지켜 주고 있을 할머니와 항상 믿고 응원해 주는 부모님. 전업주부로 살게 되자 쓸데없이 가방 끈만 길다고 한숨 쉬는 언니, 요구가 많은 얄미운 동생. 그리고 남편. 써줄까 말까 고민했음을 고백하며.

좋아하는 것들? 평상시에 생각하지 않던 명제들이라서 쓰는 내내 기분이 유쾌했다.

앞으로는 사소한 일상에서 더 많은 기쁨을 맛볼 수 있기를 바란다.

앞의 두 예문이 내향적인 성격을 드러낸다면 이 예문은 외향성을 보여 준다. 물론 극단적인 외향성이라고 할 수는 없다. 아마 극단적으로 외향적이라면 평소 이렇게 자기를 돌아보는 글쓰기를 하려고 들지 않을 것이다. 되돌아보거나 반성하는 일을 무의미하다고 여기고 심지어는 반성해 보라는 말에 스트레스를 받을 것이다. 외향성은 심리 에너지가 밖으로 확산되는 성향이어서 관심이 외부 세계의 경험에 쏠리기 때문이다. 그러나 그렇게 자꾸 경험만을 쌓아 가다 보면 어느 순간 축적된 그 경험들의 의미를 찾을 필요가 생겨 반사적으로 반성과 자신을 되돌아보는 일에 몰두하기도 한다. 하지만 대체로 기억을 곱씹는 반성과 성찰은 내향형의 특징이다.

자, 외향적, 내향적이란 말은 우리가 익히 아는 것이긴 하지만 다시 한 번 정리를 해보자.

생각의 방향 : 외향과 내향

나에겐 내향과 외향이란 말을 들으면 스위치를 켜듯 자동으로 떠오르는 기억이 있다.

고교 시절, 피카소 전시회를 관람하고 그 소감을 발표하는 미술 과제가 있었다. 당시는 피카소가 죽기 전 한창 유명세를 떨칠 때였고, 내가 살던 작은 도시에서도 그의 전시회가 열릴 정도로 연일 화제였다.

사실 피카소 그림은 난해하다. 전기를 읽어 보면 피카소는 열두 살 때 이미 렘브란트처럼 사실 묘사에 충실한 그림을 그렸다고 한다. 피카소의 아버지는 스페인 바르셀로나의 미술 교사였는데, 아들이 천재라는 것을 깨닫자, 교직도 내던지고 아들을 가르쳤다. 피카소는 스무 살이 되자 스페인을 떠나 파리로 유학 가서 그대로 프랑스에 정착하였다.

바르셀로나에 가면 피카소 박물관이 있으니까 기회가 되면 한번 둘러보는 것도 좋을 것이다. 멋진 건물이라 휴식하기에도 좋고, 피카소라는 인간을 느낄 수 있으며, 눈이 호강하는 터라 흐뭇해진다. 아무튼 그 박물관엔 그의 그림을 연대별로 전시해 놓아 어렸을 때 그린 그림과 말년에 그린 그림까지, 그의 작품 세계가 변화해 간 과정을 한눈에 볼 수 있다. 내가 보기엔, 피카소는 일반 사람들이 그림 솜씨가 발달하는 것과는 반대로 흘러갔던 것 같다. 어렸을 때는 렘브란트 못지않은 사실에 충실한 그림을 그렸다면 점점 화면이 해체되어 가다가 말년에 이르면 유치원생이 낙서해 놓은 것 같은 그림을 그린 것이다.

피카소는 말년에 도자기 그림에 매혹되어 다량의 도자기 그림을 남겼는데, 내가 고교 시절 과제로 관람해야 했던 전시회는 바로 그

도예 작품들이었다.

전시회를 다녀온 학생들은 미술 시간에 토론을 했다. 학생들의 의견은 두 갈래로 나뉘었다. 대가다운 위대한 그림을 보고 감동을 받았다는 측과 도대체 뭐가 뭔지 모르겠더라, 꼭 어린애가 낙서해 놓은 것 같던데, 그런 걸 유명한 화가가 그렸다고 한다고 꼭 감동을 받아야 하느냐는 반론이었다. 내 기억엔 감동을 받았다는 측은 신문에서 미술평론가가 이런 저런 평을 했다고 길게 인용하기도 하면서 이유를 댄 반면, 반박하는 측은 감동이란 내 마음에서 저절로 우러나는 것인데, 어떤 권위자가 훌륭하다고 말했다고 해서 감동을 받았다는 말은 진정성이 없다고 반박했던 것 같다. 그때 미술 선생님은 어느 쪽 편도 들지 않고 말다툼을 부추기는 식이어서 토론은 점점 격렬해졌고, 나중엔 상대방이 위선적이다, 독선적이다, 하고 비난하는 감정적인 공격까지 오갔었다.

지금 생각해 보면 그때 피카소 그림이 감동적이었다고 했던 학생들은 외향적인 성격이고, 왜 감동받아야 하는지 모르겠다고 했던 학생들은 내향적인 성격이었다고 짐작된다.

외향, 내향은 원래 심리학의 용어이다.

쉽게 말해서 마음의 움직임을 시냇물 같은 흐르는 물이라고 상상해 보자. 마음이라는 심리 에너지의 흐름이 주로 바깥 세계로 향해 있으면 외향적이라고 하고, 주로 자신의 내면 세계에 쏠려 있으면 내향적이라고 한다.

외향적인 사람은 관심이 외부 세계에 쏠려 있다. 어떤 일을 생각하는 기준도 외부 세계에 있다. 에너지를 얻는 곳도 주로 외부 세계이다. 이렇게 마음이 외부 세계와의 긴밀한 관계를 맺으면서 움직이기 때문에, 남들과의 소통이 쉬우며 적극적이고 사교적이고 활동적이다. 이런 사람들은 다른 사람들과 더불어 있어야 편안함을 느끼고, 친구도 여러 사람과 폭넓게 사귀고, 인간관계의 폭이 넓은 편이고, 자신의 마음이나 생각을 쉽게 드러낸다. 한 가지 문제를 집중적으로 파고들기보다는 상식 수준에서 다양하고 폭넓은 지식을 갖고 싶어 한다.

그렇기 때문에 그림을 감상하고 평가하는 태도도 내향적인 사람과 다르다. 외향적인 사람은 외부 세계, 즉 다른 사람들이 어떻다고 판단하는가, 평론가가 뭐라고 해설했는가 하는 데 관심이 쏠려 있고 그를 기준으로 감상하기 때문에 내면의 느낌도 자연스럽게 외부 세계를 따라가게 된다. 미스코리아 진에 뽑힌 여성이 있다면 외향적인 성격을 가진 사람들 눈에는 그렇게 보려고 애쓰지 않아도 당연히 한국 최고의 미인으로 보이는 것이다.

내향적인 사람은 심리 에너지가 반대로 움직인다. 관심이 자기 마음속에서 일어나는 주관적인 심상에 쏠려 있으므로, 누가 어떤 말을 하든지 일단 무시하고 보는 성향이 있다. 아무리 권위 있는 해설이라고 하더라도, 그보다는 자기 느낌이 더 중요하다. 따라서 누가 그 그림을 어떻게 해설했는가 하는 건 관심 두지 않고 그 그림이

나에게 어떻게 보였는가, 내가 어떻게 느꼈는가, 하는 것부터 내세운다. 이런 사람들은 대체로 생각을 여러 번 곱씹는 경향이 있으며 무슨 일에서든 자기 생각이나 느낌을 중요시한다. 남들이 보기에는 말이 없는 편이며, 사람들과 함께 있으면 스트레스를 받고, 개인적인 공간에 머물 때라야 비로소 편안해한다. 친구를 사귀어도 내 마음을 알아주는 진정한 벗이면 한 명이라도 충분하다고 여겨서 소수의 사람들과 친하게 지내는 성향이 있고, 자기 생각을 표현하는 일엔 서툴다. 또 폭넓은 지식을 갖기보다는 한 가지 문제에 깊이 파고드는 걸 좋아한다.

문제는 두 성격 유형 사이에 의견충돌이 일어나면 외향적인 사람은 내향적인 사람을 객관적으로 당연한 사실인데도 부정하고 자기 생각만 내세우는, 아집에 사로잡힌 사람, 독선적이고 이기적인 사람이라고 여기게 되고, 내향적인 사람은 외향적인 사람을 주견이라곤 없는 아첨꾼, 곡학아세(曲學阿世: 자기 의견을 굽혀서 세상 사람들의 비위를 맞춘다는 뜻)하는 사람, 위선자라고 간주하게 된다는 것이다.

이렇게 극단적으로 다르지만 현실에서는 외향, 내향이 명확하게 구분되지 않는 경우도 많다. 평소 자신을 내향적이라고 생각했는데, 어떤 상황에 부닥치자 외향적인 사람보다 더 적극적이고 사교적으로 행동하고 있기도 한다. 조용하고 말수도 적고 수줍어하는 사람이 어떤 모임에서는 사교적이고 활발하게 행동한다든지, 조용하게 틀어박혀 학문 연구만 하던 학자가 정치판에 뛰어들게 되자 여느 정치가보다 더 설치고 다녀서 사람들을 놀라게 만들기도 하는 것이다. 그런데 그런 행동은 오래가지 못한다. 내향적인 사람이 외향적인 성격을 흉내 내게 되면 얼마 못가 피로를 느끼고 지쳐 버린다. 또 외향적인 사람이 내향적인 성격을 흉내 내어 틀어박혀 고독한 생활을 하면 스트레스를 심하게 받다가 결국 활기를 잃어버린다. 자신의 성향과는 다른 생활방식 때문에 쌓이는 스트레스를 방치하다 보면 신경증이 생기는데, 그런 경우엔 자신의 성향에 어울리는 생활방식으로 돌아오면 회복된다.

자신의 성격이 외향, 내향인지 간단히 알 수 있는 팁인데, 사람들과 함께 지내는 동안 중간 중간 혼자 있을 필요를 느낀다면 주된 성향이 내향적이라고 보면 되고, 혼자 지내게 되면 기운이 빠져 사람들과 어울려야 비로소 활력이 생긴다면 외향성이다.

극단적인 내향적 성격으로 융은 히틀러를 예로 들었다. 청년 시절 히틀러는 소심하고 자기 속으로만 파고드는 성격이라, 남들 앞에서 말 한마디 변변히 못할 정도로 수줍었다고 한다. 그러나 정치판에 뛰어들자 외향적인 사람보다 더 적극적인 언변과 극성스러운 활동으로 독일을 넘어서 세계를 지배하려는 야망을 품었다. 이처럼 내향적인 사람의 내향성이 극에 치우치면 무의식은 외부 세계를 지향하게 되고 외부 세계를 과대평가하여 지나치게 중시하거나, 또 그 외부 세계에서 두각을 나타내고 지배하려는 욕망을 보이기도 한다.

생각하는 방식: 사고와 감정

어떤 부인이 자동차 사고가 나서 남편에게 전화를 걸어 그 사실을 알렸다. 그때 부인의 바랐던 건 남편이 무엇보다도 불운을 공감해 주고 격려해 주는 것이었다. 그런데 남편이 대뜸 물었다.

"자동차는 어디 있는데?"

부인은 충격을 받고 펄펄 뛰었다. 아내보다 자동차를 더 걱정하는 무정한 남편과 여태껏 살아온 자신이 불쌍하다며 이혼하는 게 낫겠다고 울고불고 했다. 그런데 남편의 해명이 걸작이었다.

"당신은 괜찮으니까 전화를 했을 거 아냐? 그럼 그 다음으로 궁금한 건 당연히 자동차잖아."

이처럼 여자와 남자의 생각하고 말하는 방식의 차이가 극명하게 드러나는 사례도 드물다고 하겠다. 남녀의 이런 차이는 요즘은 꽤 알려진 것 같다. 특히 『화성에서 온 여자, 금성에서 온 남자』라는 책이 나온 뒤로 그런 듯하다. 그 책에는 같은 사물이나 사건을 두고도 남자와 여자가 사고와 감정이라는 두 가지 방식으로 다르게 보고 반응하는 사례를 상세하게 제시하면서 설명하고 있는데, 그 책을 읽고서야 비로소 남자의 본성을 이해하게 되어 부부싸움이 줄었다는 여성도 있다.

그 책이 반대편 성의 사고방식을 이해하는 데 도움이 되기는 하지만, 그 차이를 단순히 남녀라는 젠더(gender)의 차이라고 단정 지은 것은 모자란 구석이 있다. 남성은 사고 기능이 우세한 사람이 많고 여성은 감정 기능이 우세한 사람이 많다는 정도일 뿐, 때로는 여성이 사고기능을 중심으로 생활하고 남성이 감정 기능을 중심으로 생활하는 일도 있기 때문이다.

융은 마음이 판단하는 방식을 사고와 감정 기능으로 나누어 설명했다.

사고 기능이 우세한 사람은 외부 세계의 일이나 사물을 대하면 먼저 옳은가 그른가 하는 문제부터 따지게 된다. 시비 판단이 앞서는 것이다. 예를 들어 사고형의 사람에게 캔에 든 음료수를 건넨다면 그의 눈길은 자동으로 캔에 표시된 음료수의 성분이나 원산지표시에 가서 머문다. 그리고는 이 음료수가 제대로 만들어졌는가, 건강에 이로운지 해로운지 등등을 따진다.

나도 사고 기능이 우세한 편인지 누가 병에 든 토마토주스를 주기에 무심코 상표부터 읽었다. 거기엔 토마토주스 원액이 포르투갈산이라고 쓰여 있었다. 준 사람에게 그 흔한 토마토조차도 지구 반대편에서 가져온다는 게 이상하지 않느냐고 말했다. 그러자 상대는 마셔서 갈증이 해소되면 됐지, 별 걸 다 따진다고 통박했다. 그 친구의 말로는 어떤 음료를 받으면 좋거나 싫어서 마시거나 안 마시면 되는데, 그에 앞서 옳다 그르다고 판단하는 내가 이상하다는 거였다. 그러나 그 친구 역시 판단은 하고 있다. 좋다 싫다는 것도 판단이다. 이런 사람은 감정 기능이 우세한 편이다. '맞다, 틀리다'라는 시비 판단이 아니라 '좋다, 싫다'는 호오 판단을 하는 것이다.

감정 기능이 우세한 사람은 세상을 머리가 아닌 가슴으로 대해야 한다고 믿는다. 그리고 객관성보다는 주관성을 앞세우며, 세상은 정의롭기보다는 조화로운 곳이어야 한다고 생각한다. 또 사사로운 개인적인 면부터 관심을 두게 되며 문제를 해결하는 방식은 공감을 위주로 하여 설득에 비중을 둔다.

그에 비해 사고형은 머리로 세상을 대하고, 원리 원칙에 따라 분석하려고 하여 객관성을 중시하는 것처럼 보이고 문제가 생기면 옳고 그름으로 나누어 해결해야 한다고 믿는다. 대개는 원리 원칙을 강조하며 주관적인 관점을 떠나 객관성을 확보할 때라야 세상이 제대로 돌아간다고 주장한다.

감정 기능이 우세한 사람은 외부 세계를 대할 때 좋다, 싫다는 판단부터 하게 된다. 그렇게 하겠다고 작정해서가 아니라 자동으로 그렇게 마음이 움직인다. 그걸 보고 사고 기능이 우세한 사람은 생각이라는 걸 좀 하고 살아라, 어떻게 세상을 감정적으로 살려고 하느냐는 등등의 잔소리를 하는데 이런 말을 들으면 감정형은 상처를 받는다.

옳고 그름뿐 아니라 좋고 싫음도 일종의 판단이다. 때로는 그게 더 중요한 판단일 수도 있다. 때로는 어떤 일이나 사물이 내 마음에 드는지 안 드는지 몰라 혼란스러울 수도 있는 것이다. 그런 증상은 사고 기능만 내세워 극단으로 치달았을 때 겪는 혼란이다. 반면, 좋다 싫다만 내세워 단세포적인 반응을 보이는 것은 감정 기능만 내

세울 때 일어나는, 세상사를 제대로 보지 못하는 증상이다. 어느 쪽이든 자기 마음이 작동하는 방식을 자각해서 장점은 살리고 단점을 보충해야 심리적으로 건강할 수 있고, 또 다른 사람과의 갈등도 줄일 수도 있다.

생각하는 근거: 감각과 직관

시비 판단이든 호오 판단이든 판단을 내릴 때 무엇을 근거로 하는지도 사람마다 다르다. 자신이 왜 그렇게 판단했는지 근거를 조목조목 대는 사람이 있는가 하면, 그저 막연히 그런 느낌이 든다고밖에 말하지 못하는 사람도 있다. 세부를 자세하게 거론하며 근거를 대는 사람은 감각 기능이 우세한 사람이고 왠지 그런 것 같다고 우물쭈물하는 사람은 직관 기능이 우세하다고 할 수 있다.

텔레비전에서 카드회사 광고를 본 적이 있다. 남녀가 레스토랑에서 음식을 주문하는 장면이었다. 여성이 샐러드를 주문하는데 열 가지도 넘는 요구 사항을 늘어놓는다. 양상추는 잘게 찢어서 밑에 깔아 달라, 토마토는 한입 크기보다 작게 썰어라, 드레싱소스의 오일은 스페인 산으로 무슨 상표여야 하고 식초는 한 스푼 정도 넣어야 하고…… 등등 주문을 받는 웨이터는 점점 입이 벌어지고, 상대 남자도 감탄의 눈길로 그녀를 다시 본다. 그리고 이어지는 멘트. 이렇게 까다로운 당신의 취향에 꼭 맞는 **카드.

요즘 문화적 유행이 세밀하고 까다롭게 굴수록 멋지고 세련된 사람으로 간주하고 있는데, 사실 그런 트렌드에 어울릴 정도로 자기 판단의 근거를 자세하게 구분해서 조목조목 댈 수 있는 사람이 과연 몇 명이나 될까 싶었다.

융의 성격 유형으로 본다면 그 광고의 여성 캐릭터는 감각 기능이 우세한 타입이다. 그 정도는 아니지만 내 언니와 나 사이에서도 감각형과 직관형의 차이를 느낀 경우가 있었다.

어머니가 석 달 이상 병원에 입원하셔서 언니와 내가 번갈아가며 병원을 드나들었다. 어머니의 병실은 16층이라 1층 로비에서 엘리베이터를 타고 올라가곤 했다. 한 달 정도 지났을 즈음, 언니와 함께 엘리베이터를 탔는데, 승객 중에 귀여운 꼬마가 있었다. 아이를 좋아하는 언니가 꼬마에게 말을 걸었다.

"6층 좀 눌러 줄래?"

꼬마는 어렵지 않다는 듯 발돋움을 하고 엘리베이터의 숫자판을 손가락으로 짚어가다 꺅 소리를 질렀다.

"5층, 7층! 6층이 없네."

꼬마는 웃음을 참지 못했다. 나도 깜짝 놀랐다. 매일같이 엘리베이터를 탔지만 그 건물에 6층이 없다는 걸 몰랐던 것이다. 나중에 계단으로 오르내리며 한 층씩 점검해 보니 6층 전체가 기계실이어서 승객용 엘리베이터에는 6층이 없었다. 언니는 처음부터 알았다고 했다.

"어떻게 모를 수가 있어? 한 달씩이나 탔고 다녔는데."

"모르는 게 당연한 거잖아. 내가 갈 16층만 보면 되지, 딴 층에 관심을 가질 이유가 없잖아."

"그래도 한 달 이상 엘리베이터의 숫자판을 봤을 텐데 안 보였다는 게 이해가 안 돼."

우리는 서로가 이해되지 않아서 고개를 갸웃거렸다.

감각 기능이 우세한 사람은 무엇을 보든 자동적으로 세부에 눈길이 가고 알아보고 기억한다. 어떤 느낌이나 생각이 어디서 온 것인지 파악하는 게 감각 기능이기 때문이다. 직관은 반대로 느낌이나 생각은 있지만 그것이 어디에서 왔는지 설명하기를 어려워한다. 때문에 왠지 그렇다, 막연히 그런 느낌이 든다고만 말하게 된다.

만약 누가 문을 열고 들어서려다 방을 잘못 찾았다는 걸 깨닫곤 도로 나가는 일이 일어났다고 가정하자. 그 사람이 만약 감각 기능이 우세하다면 잠깐 들여다본 방안 풍경을 자세하게 설명할 수 있을 것이다. 어떤 물건이 어떻게 놓여 있었다든지, 어떤 사람들이 어떻게 앉아 있었다든지. 심하면 방안에 있는 사람들의 모습까지도 세세하게 묘사할 것이다. 그러나 방안 분위기가 어땠는지를 물어보면 우물쭈물 대답하지 못할 것이다. 반면 직관 기능이 우세한 사람은 잠깐 들여다본 방안 풍경의 세부는 묘사하지 못한다. 심지어 남자 몇 명 여자 몇 명인지도 대답하지 못하기도 한다. 대신 방안 분위기가 심각했다든지, 즐거운 것 같았다든지 하는 문제는 뜸들이지 않고 선뜻 대답할 수 있고 대부분 들어맞는다. 때문에 직관 기능이 우세한 사람은 누가 누구와 닮았다든지 하는 패턴이나 유형은 쉽게 알아차리곤 한다.

감각형은 디테일에 강하다. 이런 사람은 의미가 무엇이고 앞으로 어떻게 될 거라는 미래를 생각하기보다, 현재, 이곳의 문제에 관심이 쏠려 있다. 부분들을 순서대로 하나씩 짚을 수 있는 것이 강점이기 때문에 처음 가보는 장소라도 약도가 있으면 헤매지 않고 잘 찾는다. 또 감각 기능이 우세하기 때문에 지금 나를 유쾌, 불쾌하게 하는 요소들을 알아채고 쾌감을 주는 사물을 쫓아가는 데 관심이 쏠린다. 사실적이고 실리적이다. 그에 비해 직관 기능이 우세한 사람은 전체 큰 그림(패턴)에 관심이 쏠려서 세부를 무시한다. 말하자면 숲은 보고 나무를 보지는 못하는 사람이다. 길눈도 어두운 편이어서 몇 번 갔던 장소도 찾지 못하고 쩔쩔매어 길치 소리를 들으며 때론 기계치이기도 하다. 감각형이 현재 이곳의 세부에 관심을 둔다면 직관형은 미래나 전체 큰 그림에 예민하다. 그러나 직관형에게 왜 그렇게 될 거라고 예상하느냐고 물으면 구체적인 대답은 못 할 것이다.

사실 감각과 달리 직관은 설명하기가 어렵다. 무의식적인 기능이기 때문이다. 융은 이렇게 설명한다. "직관이란 그 파악하는 내용이 무엇이든 한 뭉치의 본능적 파악이라고 할 수 있다." 그러니까 무의식적으로 직접 알아차리고 그냥 아는 것이다. 그러므로 직관은 무의식적인 지각이라고 바꿔 말할 수도 있다.

감각과 직관 역시 사고와 감정 쌍과 마찬가지로 어느 기능이 우세한 게 좋다, 나쁘다 단정 지을 수는 없다. 어느 쪽이든 장점이 있고 단점도 있다.

그런데 요즘 문화적 유행은 앞에 예로 든 광고처럼 감각형이라야 유행을 앞서가고 세련되었다고 세뇌하면서, 의미를 생각하기보다는 디테일에 매달리게 하고, 감각적이지 않으면 열등하다고 느끼게끔 만들고 있다. 이것은 우리가 추종하고 있는 미국 문화를 만든 미국인들의 성격 유형이 주로 외향 감각형이 많기 때문에 생긴 현상으로 짐작된다.

직관과 감각에 대한 설명은 이 정도로 마무리 하고 다음에 마음의 여섯 가지 기능을 요약한 표를 덧붙이니 참고하면 좋을 것이다.

마음이 움직이는 방식

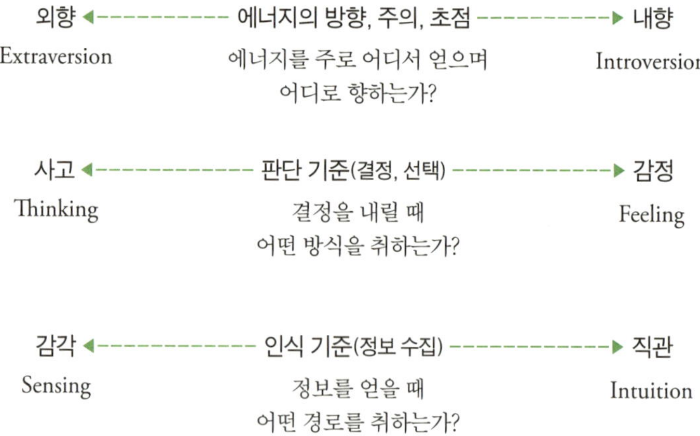

유형을 나타내는 표현

외향	내향	감각	직관	사고	감정
활동적	반성적	세부에 집중	패턴에 집중	머리	가슴
외부로	내부로	현재에 관심	미래에 관심	객관적	주관적
사교적	말이 없는	실리적	상상적	정의	조화
사람들과 함께	개인적 공간	사실적	개혁적	초연	관심
다수	소수	차례로	임의대로	비개인적	개인적
표현적	조용한	안내에 따라	예감에 따라	비판	감사
넓게	깊게	일관성	다양성	분석	공감
		즐기다	희망하다	정확, 철저	설득
		노력	영감	원리원칙	가치들
		유지	변화		

여덟 가지 성격 유형

마음의 움직이는 방식으로 외향과 내향, 사고와 감정, 감각과 직관이라는 세 쌍의 대립항을 조합하면 여덟 가지 유형이 나온다. 물론 사람의 성격을 여덟 가지 범주만 가지고 다 설명하기는 어렵지만 자기를 알고 상대를 이해하여 갈등을 줄이는 데는 여덟 가지 성격 유형을 아는 정도로도 충분할 것이다.

여덟 가지 성격 유형은 융의 이론인데, 나중에 다른 심리학자들이 이를 더 세분화하여 예순네 가지로 성격을 분류하는 MBTI라는 걸 만들었다.

1) 외향 사고형 : 자연과학자, 대중 지도자 타입

대표적인 사람은 외부 세계에 흥미를 갖고 거기서 일반적인 법칙을 발견하려고 노력하는 과학자 같은 이들이다. 예를 들면 다윈 같은 사람이다. 옳고 그르다는 판단이 중심이고, 객관성을 강조하며 상식에 따르는 판단을 하고 통념에 따라 행동한다. 공평무사, 원리 원칙을 중요시하며 관심이 개인의 내면보다는 객관적이고 눈에 보이는 외면에 주어져 있다. 이 유형의 사람들이 좋고 싫다거나 아름답고 추하다고 판단하는 건 외부 세계의 객관적인 기준을 따른다. 이들은 말을 할 때면 일반적인 것을 강조하면서 감정이 들어 있지 않은 완곡한 표현을 사용하곤 하는데 감정 표현은 서투르거나 제대로 하지 못한다. 다른 사람이 보기에 냉혹하며 인간미라곤 없는 사람으로 여겨지기 쉽다.

의식적인 태도는 객관적인 것을 지향하지만 그걸 너무 강조하다 보면 무의식적인 태도는 반대로 주관성으로 치우치게 되어 이기적이고 감정적이고 독선적인 성향을 띠게 되는데, 긴장을 푼 사적인 자리나 사생활에서 무의식적 태도가 튀어나와 내향적인 사람보다 더 자기중심적이고 독선적이며 유아스런 모습을 보이는 경우도 있다. 공평무사하고 원리 원칙에 충실하여 존경을 받는 사회 지도층 인사가 가정생활에서 부인에게 아이들처럼 군다는 말을 들으며 업

신여김을 당하거나(아들 2명을 가진 부인이 말한다. "난 아들 둘이 아니라 셋을 키우고 있어.") 밖에선 공명정대한 리더인데 가족에게는 감정적 독선적이라고 원망 받는 드라마의 아버지 캐릭터도 이런 유형을 희화화한 것이다.

또 이런 유형의 사람일수록 종교나 어떤 신앙에 빠지게 되면 무비판적으로 믿는 광신도가 되기 쉬운데, 이런 현상 역시 의식과는 반대되는 무의식적 태도에서 나온 결과라고 할 수 있다.

2) 내향 사고형 : 철학, 인문학자 타입

이 유형의 사람들도 옳고 그름이라는 사고 판단을 중심으로 생활하는 게 특징이다. 그러나 외향 사고형과 달리 판단의 기준을 외부 세계가 아닌 자신의 내면에서 찾으려 한다. 즉 남들이야 뭐라고 하든지 '내가 납득할 수 있어야 한다'는 점이 가장 중요하다.

무슨 일이 벌어지면 이들이 제일 먼저 관심을 두는 건 진실 혹은 진정성 문제고, 보다 근본문제가 무엇인지 밝혀내는 게 중요하다고 줄기차게 주장한다. 그런데 이들이 말하는 진실이란 객관적인 게 아니라 자신의 마음속에 기준을 둔 옳다는 판단을 뜻한다. 이들은 자신의 생각을 추구하는 데 집요하고 끈질긴 면이 있어서 같이 토론하는 사람들을 질리게 만들기도 한다. 이런 유형은 철학이나 심리학, 사회과학과 같은 인문학을 연구하는 학자들 중에 많으며 자기 내면에 관심이 쏠려 있기 때문에 다른 사람의 영향을 잘 받아들이려 하지 않고 의사소통도 쉽지 않은 편이다. 때문에 내향 사고형이 남들에게 주는 인상은 무뚝뚝하고 거만하고 고집도 세다. 이들은 외향 사고형과 달리 자기 생각을 객관적으로 표현하는 데 서투른 편이며 때로는 소통에는 관심이 별로 없기도 하다. 때때로 이들은 주관적인 진실과 자기 인격을 혼동하기도 하고 객관적인 표현력 결핍을 대신 예민한 감정으로 표출하기도 한다. 이들은 이지적이며 깐깐하게 따지는 사람으로 보이지만, 무의식 깊은 곳에는 무조건적인 믿음과 정열이 숨어 있는데 때때로 그게 드러나 주위 사람들을 깜짝 놀라게 만든다.

3) 외향 감정형 : 분위기 메이커, 연기자 타입

이 유형은 여성들이 많다고 한다. 옳고 그른 사고 판단보다는 좋고 싫은 감정 판단을 중심으로 생활하는데 그 판단 기준이 외부 세계에 있다. 즉 일반적으로 통용되는 좋고 싫음에 부합되는 객관적인 감정 판단을 한다는 뜻이다. 어떤 일이 벌어지면 '맞느냐, 틀리느냐'를 생각하기보다 '좋다, 싫다'는 반응부터 나오는데 그 좋고 싫은 게 다른 사람들이 통상적으로 좋다, 싫다고 하는 판단을 따라간다. 남들이 울고 있으면 애쓰지 않아도 슬퍼져서 울게 되고, 남들이 웃고 있으면 분위기에 따라 저절로 웃게 된다.

이런 유형의 사람들은 친구를 쉽게 사귀며 다른 사람들을 즐겁게 해줄 줄 알아 모임에서 분위기를 띄우는 역할을 한다. 이런 유형의 사람이 등장하면 가라앉았던 분위기가 확 살아난다. 즐겁고 유쾌한 성격이지만 사고유형 사람들이 곧잘 내뱉는 "생각 좀 해보라"는 말에 쉽게 상처를 받는다. 보는 사람에 따라서는 변덕이 심하다고 여겨지기도 하는데, 이는 상황이 변하면 그 사람의 감정도 따라 변하기 때문이다. 이런 사람들이 다른 사람에게 보여 주는 애착은 오래가지 않는다. 사랑은 쉽게 미움으로 바뀐다. 따라서 감정적이고 기분파이다. 이 유형의 사람들이 가장 싫어하는 건 생각하는 일이다. 무엇인가를 진득하니 따져보고 의미를 찾아내는 일을 못 견뎌 한다. 이들의 생각은 감정에 종속되어 있으므로 사고형의 사람이 보기에는 자기 생각이라곤 없이 분위기에 휩쓸려서 살아가는 것 같다.

의식에서 이런 외향 감정적인 태도에 일방적으로 치우치다 보면 감정이 지닌 싱싱한 활기는 사라지고 겉치레를 일삼는 위선적인 태도로 변할 위험이 있으며 본성을 지나치게 억압하면 히스테리 증세를 보이기 쉽다.

4) 내향 감정형 : 외유내강의 조용한 타입

이 유형도 여성들에게 많다. 이들도 감정 기능을 중심으로 생활하고 있기는 하지만 그 감정은 마음속 기준에 따라 움직이며 밖으로는 잘 표현되지 않는다. 겉보기에 말수가 적고 접근하기 어려우며 외부 세계에 무관심한 것 같아 다른 사람은 이들의 속내를 알기가 어렵다. 그러나 이들의 감정은 잘 분화되어 있어 무엇이 진짜 중요한지 알고 있다고 할 수 있다. 남들에게 영향을 끼치려고 하지 않고 또 남의 기분을 북돋아 주려고도 하지 않는다. 흔히 차갑다거나 신비하다는 인상을 주는데 그런 인상이 지나치면 침울하고 의기소침하다는 말을 듣게 되기도 한다. 우리나라 사람에게 많은 유형으로 서양인들이 동양인들의 표정이 무감각해 보여 속내를 알 수 없다고 하는 것은 이런 유형을 두고 나오는 말이다. 의식에서 감정적 태도를 드러내지 않고 억압할수록 무의식은 열정적인 성향을 띠게 되어 그것이 폭발하면 깊고 열정적인 사건을 일으켜 주변을 깜짝 놀라게 만들기도 한다. "얌전한 강아지가 부뚜막에 먼저 올라간다"는 속담은 이 유형을 가리킨다고 할 수 있다. 의식에서 감정이 강조되면 그만큼 무의식에서는 사고가 강조되는데 그것이 표출되면 바로 뒷담화가 된다.

5) 외향 감각형 : 맛있는 음식점이나 멋진 취향 등 외부 사물이 주는 감각에 민감한 타입

이 유형의 사람들에게 중요한 것은 감각을 진하게 불러일으키는 외부 사물들이다. 자신에게 쾌락을 주는 감각을 중요하게 여겨 거기에 매여서 산다고 할 수 있다. 이들은 세부에 관심이 있기 때문에 질문을 해도 아주 구체적으로 하며 약도를 그려 주면 쉽게 찾아온다. 실제적이고 빈틈이 없는데 이처럼 쉴 새 없이 외부 세계를 경험

해 나가려고 하다 보니 자신이 경험한 것들을 반성하고 정리하는 덴 서툴고 소홀하다. 사실 뒤돌아보고 반성하고 의미를 찾는 문제엔 관심이 없다. 개념적, 추상적인 것을 싫어하며, 앞일을 생각하지 않으려 하고, 별 생각 없이 그저 살아가는 것으로 충분하다고 여긴다. 이들은 뭐든지 구체적으로 지각할 수 있어야 편안하게 여긴다. 그러므로 이런 유형의 감정이나 사고에는 깊이가 없다. 반복되는 일을 따분하게 여기고 감각을 좇아서 생활하기 때문에 관능적인 향락주의자라고 할 수 있다. 이 때문에 외향 감각형은 자신에게 쾌감을 주는 약물이나 술, 섹스 등의 중독에 빠지기 쉽다.

의식에서 감각적 태도가 일방적으로 강화되다 보면 무의식에서는 반대로 어두운 직관에 치우치게 되어 음모론 같은 것에 흥미를 보이며 잘 빠져든다.

6) 내향 감각형 : 자기 내면에서 일어나는 이미지를 세분화할 수 있는 타입

이 유형은 겉보기엔 우둔하고 멍청해 보일 수 있다. 감각을 중심으로 생활하기는 하지만 외부 세계에서 오는 것이 아닌 자신의 마음속에 만들어지는 감각이다. 객관적인 외부의 자극으로 인해 만들어진 주관적인 내면의 감각이 중심이 된다는 뜻이다. 이들에게 감각이란 무엇보다도 자기 내면과 관련된 주관적인 것이라야 의미가 있으며 객관적인 세계는 그 다음 문제이다. 그리고 외부 세계를 대

할 때도 표면보다는 그 이면을 들여다보려고 하는데, 이들이 느끼기엔 외적인 세계란 자신의 내면 세계에 비해서는 평범하고 보잘것없다.

이런 유형에는 예술적 감각이 뛰어난 사람이 많아 예술가들이 많다. 하지만 내향형들이 공통적으로 갖게 되는 의사소통의 문제, 자기를 표현하는 데 어려움을 느끼는 경우가 많다. 이런 사람들은 내면에서 다양하게 일어나는 이미지들을 제대로 표현하는 외부와의 소통 문제에 걸려 넘어지곤 하는 것이다.

겉으로는 무리 없이 적응하는 것 같고, 어떤 일에 별다른 반응을 보이지 않다가도 엉뚱한 곳에서 분노를 드러내기도 한다. 현실 문제에는 무관심하기 때문에 다른 사람에게 이용당하기 쉽고, 외부 세계를 과대평가하다 보니 때로는 이해할 수 없는 지배욕에 사로잡히기도 한다.

7) 외향 직관형 : 유행이나 문화 등 세상의 변화에 예민한 타입

이 유형도 여성들에게서 많이 발견된다고 한다. 경솔과 불안정함이 특징이다. 얼핏 다른 사람을 이용한 다음 쓸모없어졌다고 무자비하게 내버린다는 비난을 받기도 한다. 왜냐하면 이들은 외부 세계의 새로운 가능성을 찾아내는 능력이 있는데, 문제는 하나의 가능성에 대한 흥미를 오래 지속하지 못하고, 얼마 못가서 다른 가능성을 찾으려고 이리저리 옮겨 다닌다는 것이다. 그러나 실제로

이 유형의 사람들은 자신이 다른 사람과의 관계에서 손해를 보고 있는지 이익을 보고 있는지 생각하고 있는 건 아니다. 그저 자신의 흥미가 가는 대로 옮겨 다니는 것뿐이다.

이들에게는 내년에는 뭐가 유행할 거라든지, 주식 시세가 오르고 내릴 거라든지, 앞으로 사회가 어떻게 변할 거라든지, 하는 식으로 미래의 흐름이나 트렌드를 예측하는 능력이 있다. 그러나 자신의 느낌이나 판단을 구체적으로 근거를 대면서 설명하지는 못한다.

이들은 어떤 사람이나 사물에 어떤 가능성이 있는지 알아채서 그게 현실에서 실현되도록 도와줄 능력이 있다. 예를 들면 천재 예술가의 가능성 알아보고 발굴하여 세상에 소개시키는 사람인 것이다. 이 때문에 융은 이런 유형을 미래를 창조하는 사람들이라고 했다.

이들의 문제점은 따뜻한 사람으로 보이지는 않는다는 것이다. 또 자신의 건강이나 자기 감각에는 소홀해서 배려하지 못한다. 때문에 병이 난 다음에야 자기를 뒤돌아보고 후회하게 된다. 의식에서 이런 태도가 일방적으로 강조되다 보면 무의식의 반작용이 커져서 오히려 건강 염려증(심기증)에 걸리기도 한다.

8) 내향 직관형 : 자신을 이해받지 못하는 선구자나 천재라고 여기는 타입

몽상가, 괴짜, 예언가, 현실에서 인정받지 못하는 아이디어로 가

득 찬 예술가가 이 유형의 대표적인 사람들이다. 이들은 다른 사람들이 보기에는 무슨 생각을 하고 사는지 이해하기 어려운 수수께끼의 인물일 수 있다. 때론 자신도 세상에서 이해받지 못하는 천재라는 생각에 사로잡혀 있기도 하다. 이들에게 중요한 문제는 정신세계에 있어서 앞날의 가능성이다. 그래서 이들의 관심은 시대를 앞서가 미래를 생각하기 때문에 지금 시대에는 이해받지 못한 채로 일생을 보내게 되기도 한다. 이들은 아이디어는 많지만 현실에 적응하는 데 필요한 현실 감각은 서툴러서, 그 아이디어를 다른 사람에게 이해시키지 못하는 경우가 많다. 특히 이 유형은 같은 내향형과도 제대로 의사소통을 하기 어려우며 객관적 현실엔 관심을 두지 않으려고 하고, 현실을 무시하는 버릇이 있다. 그래서 다른 이들에게 현실 감각이 없다는 말을 자주 듣게 된다.

여덟 가지 성격 유형이 각각 현실에 반응하는 예

줄기세포 논문을 조작해서 발표했다는 기사를 접했을 때 보일 첫 번째 반응을, 각 성격 유형별로 상상해 본다면 다음과 같을 것이다.

1. 외향 사고: 공신력 있는 기관에 맡겨 조작인지 아닌지 시비를 가려야 한다.

2. 내향 사고: 조작이 가능했던 우리 사회의 근본적인 문제를 성찰해야 한다.

3. 외향 감정: 다들 그 사람이 좋은 사람이라고 하고 내게도 그렇게 보여서 지지했는데 이제 보니까 실망이야.

4. 내향 감정: 사람의 진실문제가 저렇게 소란을 피운다고 달라지진 않지만 내게도 진정성이 안 느껴지니까 조작한 게 맞을 거야.

5. 외향 감각: 그 연구에 관계된 사람을 만난 적이 있는데 양복은 이태리제고, 신발은 구찌 등 사치스러운 차림새인데다 접대하는 데 돈을 물 쓰듯 하더라고. 어쩐지, 냄새가 났어.

6. 내향 감각: 조작이라는 말이 우리에게 안겨주는 수치심을 자세히 들여다보면 그 속에는 변방이라는 열등감이 들어 있다.

7. 외향 직관: 앞으로 줄기세포 연구에 대한 대중의 관심은 사그러들고 당분간 생명공학과 관련된 주식은 폭락할 것이다.

8. 내향 직관: 인류의 발전은 줄기세포 연구 같은 데 달려 있지 않다. 보다 근본적인 해결은 인간 개개인의 도덕적 품성을 드높이는 데서 찾아야할 것이다.

이처럼 같은 사건이나 사물을 바라보더라도 사람마다 근본적으로 차이가 있다는 사실을 깨닫고 인정하면 상대를 이해할 수 있어 인간관계의 갈등도 덜해지고 스트레스도 덜 받게 된다.

그리고 요즘처럼 외향 감각형이 전형 내지 모범이 된 사회에서는 그렇지 않은 다른 성격 유형을 가진 사람들은 위축되거나, 자기에게 문제가 있다고 생각하기 쉽다.

『만들어진 우울증』이라는 책에선 내향형의 특징인 수줍음을 정신병으로까지 간주하게 된 현대 미국 사회의 문제점을 파헤치고 있는데, 외향 감각형이 아닌 사람들을 억지로 외향적으로 만들려고 하다가 일어나는 여러 부작용이 적나라하게 밝혀져 있기도 하다. 그러니 문화적 유행을 무조건 추종하고 절대적인 기준으로 삼아 그에 휘둘리지 말고, 타고난 그대로, 있는 그대로의 자기 자신을 알고 믿고 장점을 살려가는 게 중요하다.

사람은 제각기 다르게 타고난다. 외모가 다른 것처럼 성격도 마찬가지이다. 자기를 안다는 것, 자기를 찾는다는 건 있는 그대로의 자기를 제대로 알고 인정한다는 뜻이다. 그러므로 사람마다 다양한 성격을 타고난다는 사실을 알고 그 장점과 단점을 살펴보고 보완할 수 있는 것은 보완하더라도 강제로 자기를 어떤 틀에 끼워 맞추려고 하지 않는 것이 바로 자기실현의 방법이다.

지금 여기에 있는 나에 대해 명확한 그림을 그릴 수만 있다면 기억을 파고들어 가는 여행에서 의지할 수 있는 든든한 닻을 마련한 셈이니, 앞으로 어린 시절의 기억을 더듬는 과정에서 으레 만나게 될 어두운 터널을 어렵지 않게 지나갈 수 있을 것이다.

3장

내가 생각하는 나

기억의 고고학적 발굴

자신이 살아온 날들을 되돌아보면서, 다음과 같이 세 시기로 구분해서 각 시기에 해당되는 기억 중에서 가장 강력하게 떠오르는 일을 써보자.

1. 성에 눈뜰 무렵 가장 강하게 기억에 남는 일

(여자라면 첫 생리가 시작되었을 때, 남자라면 첫 몽정을 했을 무렵)

2. 초등학교 시절 가장 기억에 남는 일

3. 초등학교에 들어가기 전 가장 기억에 남는 일

반드시 1번부터 시작해서 3번까지 순서를 지켜서 쓰는 게 좋다.

1. 사춘기 또는 청년기 초기 : 입시 때였다. 나는 문예창작과에 가려고 했다. 그래서 종로 3가에 있는 어떤 작가의 오피스텔로 과외를 받으러 다녔다. 스스로 의식적으로 기억을 지웠는지 그 작가의 이름은 기억나지 않는다. 그저 시를 굉장히 많이 외우고 있고 날씨가 좋지 않으면 몸에 통증이 느껴진다면서 술을 마시곤 했다는 정도만 기억난다.

아침부터 비가 내리던 날이었다. 오피스텔에 도착해 보니 그 작가님은 술을 꽤 드신 듯한 상태였다. 나를 보자 매우 반기면서 보고 싶었다며 와락 껴안았다. 그리고는 키스를 하려고 했다. 나는 확 밀치고 그곳을 빠져나왔다. 보통 때도 야한 얘기를 곧잘 해서 나를 당혹스럽게 만들곤 했는데 그날은 너무한다는 생각이 들었다. 다시는 과외를 받으러 가지 않았다.

나는 중단한 이유를 말하지 못해 부모님의 꾸지람을 받아야만 했다.

2. 8살 때부터 12세 사이 : 초등학교 4학년 때 일이다. 담임선생님은 성질이 고약한 노파였다. 언제나 신경질이 잔뜩 난 표정과 태도로 학생들을 대했다. 아마도 담임선생님은 나를 안 좋게 보고 있었던 것 같다. 내 목소리가 조금 높은 편이긴 했지만, 항상 나만 시끄럽다고 혼내곤 했다. 한번은 뒤에 앉은 친구가 쪽지를 줘서 펼쳐 보고 키득거리다가 걸렸다. 남자와 여자의 성기를 조악하게 그려놓은 그림이었다. 선생님은 나를 창녀 보듯이 경멸하는 눈길로 쪽지를 빼앗더니 방과 후에 남으라고 했다. 나는 남아서 혼나는 것도, 그 시선도 무서워

자꾸 눈물이 났다. 한편으로는 나만 갖고 그런다, 싶어서 억울하기도 했다. 그 후 얼마 동안은 기가 팍 죽어서 말없이 지냈다.

3. 가장 초기 기억 : 학교에서 돌아와 보니 피아노가 있었다. 조그만 방을 절반이나 차지한 까맣게 빛나던 삼익피아노였다. 엄마는 피아노를 배우는 동생과 나를 위해 적금을 부었던 모양이었다. 나는 신나서 쿵쾅거리며 피아노를 치며 기뻐했다. 지금 생각해 보면 엄마는 정말 무리를 한 거였다. 다섯 명의 식구가 방 두 개짜리 셋방에 사는데 피아노를 사다니. 당시만 해도 피아노란 사치스런 물건이었다. 퇴근하고 집에 온 아빠는, 피아노를 보자 멈칫하더니 아무 말도 하지 않고 휙 나가 버리셨다. 나는 놀라서 뒤쫓아 갔다. 나는 울면서 따라가며 불렀으나 아빠는 걸음을 멈추지 않았다. 하는 수 없이 그냥 돌아와 보니 이번엔 엄마가 울고 있었다. 어른들도 눈물을 흘린다는 걸 나는 그때 처음 알았다.

다음 예문은 시기 구분을 셋으로 한정하지 않고 많은 나이부터 시작해서 가장 어렸을 때까지 떠오르는 대로 파고들어간 글이다.

1. 그때가 정확히 12살이었는지 모르겠다. 초등학교 졸업할 때까지 걸핏하면 엄마한테 혼나고 맞곤 했다. 잔뜩 맞고 난 뒤 빈 방에 혼자 앉아 벽에 기대어 있다. 벽은 몸서리쳐질 정도로 차갑고 서늘

하다. 나는 끝끝내 울지는 않는다. 벽보다도 더 차가워지고 단단
하게 굳은 채 멍하니 허공을 응시한다. 그러다 머리를 벽에 박고
또 박는다. 머리카락을 쥐어뜯으며 자신을 학대한다.

2 7살쯤이었던 것 같다. 아빠라는 사람이 난폭하고 잔인한 욕설을
퍼붓고 있었다. 어린 내가 옆에 있는데도 광분해서 "눈싯깔을 뽑
아 죽인다" "대갈통을 까부셔 죽인다"는 등 사투리가 섞인 욕설
을 퍼부으며 눈을 부라리고 이를 악물었다. 그때 처음으로 나는
내 귀에도 똑똑히 들릴 정도로 "개 같은 새끼"라고 소리 내어 말
했다.

3. 4살쯤 나에게는 유일한 친구이자 장난감인 갈색 곰돌이 인형이
있었다. 집에서 내가 유일하게 눈을 맞추고 속내 이야기를 하는
존재였다. 어느 날 보니 곰돌이가 납작해져 있었다. 내가 모르는
사이에 할머니와 엄마가 자기들끼리 무슨 얘기를 하다 드러누우
면서 갈색 곰을 끌어다 머리에 베었던 것이다. 나는 소리치며 버
둥거리다 목 놓아 울었다. 갈색 곰을 보호하려고 했다. 그들은 내
울부짖음 같은 건 아랑곳하지 않고 여전히 곰을 베고 누워 있었
다. 간신히 빼앗아 보니 곰은 짓눌려 납작해졌고 눈동자에선 생기
가 사라져 있었다. 질식해서 죽은 것 같았다. 가슴이 찢어지는 듯
아팠다. 아무리 울어도 들은 체하지 않는 그들이 높고 단단한 벽
같았다. 아득했다.

4. 몇 살 때인지 정확히 모른다. 아주 어렸던 것 같다. 아빠와 함께 살

집을 찾아서 걷고 있다. 길은 먼지 날리고 허허롭고 희뿌옜다. 살림도구도 없는 빈 방에 간신히 연탄불을 때고 잤다. 자다가 아빠가 새벽에 연탄가스를 맡았다고 했고, 우리 가족은 그 집을 버리고 다시 길을 떠났다.

5. 텅 빈 방안. 살림은 단출한데 가지런히 정돈되어 있고, 나는 작은 유아용 이불에 눕혀져 있다. 자다가 깼다. 아무도 보이지 않았다. 바지허리 고무줄이 등에 배겨서 아팠다. 엉엉 소리 내어 울었다. 고무줄은 두껍고 등이 편편하지 않아 몹시 불쾌했다. 두 손을 움켜쥐고, 온몸에 바짝 힘을 주어 최대한 크게 울어보지만 아무도 나타나지 않았다. 높다란 천정과 시멘트로 만들어진 네모난 방은 차갑고 날카롭고 위협적으로 나를 둘러싸고 있었다. 그 기억 때문인지 조금 큰 뒤에도 누워서 잠들기를 기다릴 때면 천정이 밤의 어둠 속에 숨어 나를 노려보는 승냥이같이 느껴져 무서웠다. 하지만 도망치지 못하고 겁에 질려 못 박힌 듯 꼼짝도 못하고 있다. 지금도 혼자 방에 있으면 이상한 두려움에 휩싸일 때가 있다. 누군가 와서 나를 구해 줘야 할 것 같다. 그럴 땐 이불을 뒤집어쓰고 한없이 잠을 잔다.

이렇게 나이를 거꾸로 하여 기억을 파들어 가다 보면 기억이 쉽게 떠오르게 된다. 위의 예문처럼 길지 않아도 된다. 간단하게 사건을 한 문장 정도로라도 쓴다. 자신이 알아볼 수 있으면 된다. 아마 1

번이 가장 쉽게 기억에 날 것이다. 그 다음 2번으로 초등학생 시절의 기억을 쓰자. 그리고 3번 초등학교에 입학하기 전 기억은 되도록 가장 어렸을 때 기억을 중심으로 쓰자.

세 가지 이상 단계적으로 기억을 파헤치고 나면, 그것을 키워드 삼아 본격적으로 한 기억씩 써나가는 과정이 바로 자기 이야기 쓰기가 된다. 물론 글은 묘사문으로 쓰도록 해보자. 쓰기 전에 그 상황을 세팅해 본 다음 등장인물로 부모와 내가 나오도록 정하고 그때 벌어진 일을 순서대로 자세히 그려 나간다.

가장 중요한 게 3번의 기억이다. 이 기억을 파헤치다 보면 어린 시절 내 부모가 나를 어떤 존재로 취급했는지 제대로 알게 된다.

물론 대부분의 부모는 자식을 사랑으로 키우려고 하지만 자기가 의도한 대로 행동하지 못했던 일도 꽤 있을 것이다. 그러니 내가 앞장서서 미리 규정하면 안 된다. 미리 판단하고 글을 쓰면 글도 그 판단에 따라 조금씩 왜곡되어 진정한 내 모습이 드러나지 않게 된다. 즉 부모님이 나를 소중히 여겼고 사랑해 주셨다, 고 미리 규정해 놓고 쓰기 시작하면 무의식에서 생각하는 나 자신의 진짜 모습이 드러나지 않는다는 것이다. 여기서 중요한 건 내가 미리 규정하지 말아야 한다는 점이다. 선입견은 괄호 쳐서 밀어놓고 떠오르는 대로 그냥 써야 한다.

어렸을 때의 기억을 되살려 쓰는 까닭은 자신의 자아상을 알기 위해서이다. 무의식이 생각하는 나라는 사람인 자아상을 알아보려는 작업이다.

자아상이 무엇인지 설명하기 전에 그 개념에 쉽게 접근하도록 소개하고 싶은 두 인물이 있다. 둘 다 세기의 유명인으로 세상 사람이 선망하는 부와 명성을 누렸으나 행복과 불행의 양 극단에서 살아간 터여서 한 번 비교해서 이야기해 볼 만하다.

마릴린 먼로와 안데르센

요즘 청소년들에게 장래 갖고 싶은 직업을 물어보면 연예인을 많이 꼽는다. 왜 하필 가수나 연기자가 되고 싶어? 이유야 명쾌하다. 노래나 연기를 하다가 스타덤에 오르면 많은 이들의 관심과 사랑을 받고 돈도 많이 벌 텐데, 당신이라면 싫겠어? 사랑과 명성, 부 모든 걸 한꺼번에 얻을 수 있다는 이유이다. 하긴 질문한 사람도 웬만해선 아니라고 부정하지 못할 것이다. 내 성향에는 맞지 않는다든지 하는 핑계를 댈지 몰라도.

스타가 되면 만인의 사랑과 부를 한꺼번에 얻게 되는 건 사실이다. 세계적으로 알려진 스타, 마릴린 먼로를 살펴보자. 그녀는 낙하산 공장에서 페인트칠 하는 가난한 여공에서 일약 세계적인 스타로 출세했다. 그녀가 죽은 지 50년이 지났지만, 아직도 그녀에 대한 관심은 식을 줄 모른다. 〈8년만의 외출〉에서 보여 준 바람에 치맛자락이 올라간 그녀의 사진은 지금도 여기저기서 많이 눈에 띄고, 작년엔 시카고 중심가에 실물 크기의 그녀 동상이 세워졌으며, 그녀의 유골이 놓인 납골당 바로 위 칸 사용권이 경매에 붙여지자 56억 원을 넘는 금액에 낙찰되기도 했다. 스타덤에 올라 부와 명성을 누렸고, 죽은 뒤 수십 년이 지난 뒤에도 대중의 뜨거운 관심을 받고 있으니, 마릴린 먼로의 삶은 최고 스타의 인생 그자체일 것이다. 그러나 과연 그녀는 행복했는가?

마릴린 먼로는 1926년 로스앤젤레스에서 태어났다. 아버지는 딸이 태어나자 집을 나가 소식을 끊었고, 어머니는 혼자 딸을 키우는 동안 우울증이 심해져서, 결국 딸이 일곱 살이 될 무렵 정신병원에 들어갔다. 그 후 마릴린 먼로는 고아원과 여러 위탁 가정을 전전하며 자란다. 그 과정에서 하녀처럼 부려지고 학대를 당했다고도 하며, 양부의 성추행에 시달렸다는 설도 있다. 그녀는 열여섯 살이 되자 위탁 가정을 뛰쳐나와 결혼하고 낙하산 공장에 취직하여 낙하산에다 위장페인트칠 하는 일을 했으며, 열여덟 살에 사진 모델로 발탁되어 활동하다가 배우의 길로 들어섰다. 스무 살에는 〈이브의 모든 것〉이란 영화에 출연하여 주목을 끌기 시작했고 나중엔 메이저 영화사 20세기폭스사를 대표하는 여배우가 되었으며 할리우드의 섹스 심벌로서 세계적인 명성을 누렸다.

먼로는 영화에서는 금발의 백치 미녀로서 외모는 예쁘지만 머리는 텅 빈 여성이라는 이미지를 보여 주었지만 실제로는 머리가 좋았던 것 같다. 육체파 배우로만 각광받는 게 불만이었던지 뒤늦게 액터스 스쿨에서 연기 공부를 해서 골든 글로브 여우주연상을 받았으며, 또 향수 샤넬 넘버 5에 얽힌 일화를 보면 영리했다는 걸 짐작할 수 있다. 인터뷰에서 기자가 잠잘 때는 무엇을 입고 자느냐고 묻자 샤넬 넘버 5를 뿌리고 잔다고 대답한 일화는 유명하다. 아마 그 말을 듣는 순간 남성들의 눈앞엔 향수만 뿌린 마릴린 먼로의 알몸이 확 떠올랐을 것이다. 언론에 대고 그렇게 도발적으로 대답한 걸 보면 백치이기는커녕 섹스 심벌이라는 자신의 대중적 이미지를 어떻게 꾸미고 가꾸어 갈지 계산할 줄 아는 머리를 갖고 있었음에 틀림없다.

부와 명성, 대중의 사랑, 영리한 두뇌에 더하여 그녀는 세상 여자들이 동경하는 남성들과 사랑도 나누었다. 유명하고 인기 있는 남성들과 염문을 뿌리다가 전설적인 야구 스타 조 디마지오와 그 다음엔 미국을 대표하는 극작가 아서 밀러와 각각 결혼했다.

1962년 그녀는 서른일곱 살의 나이로 수면제 과용으로 죽었다. 그녀의 죽음이 자살이 아니라 FBI의 음모라는 주장이 책으로 나오기도 했지만, 죽기 직전 그녀가 밤새도록 전화를 붙잡고 이 사람 저 사람에게 외로움을 호소한 일은 사실이었다고 한다.

아무튼 마릴린 먼로는 세상 여자라면 누구나 갖고 싶어 하는 미모, 부, 명성, 유명한 남자들과의 연애와 결혼 등, 모든 걸 다 누렸지만, 그렇다고 해서 꼭 행복한 건 아니라는 사실을 보여 준다.

마지막 남편이었던 극작가 아서 밀러는 훗날 마릴린 먼로와의 결혼생활을 회상하며 먼로는 불쌍한 사람을 보면 그냥 지나치지 못할 정도로 심성이 착한 여성이었으나, 같이 사는 게 대단히 힘들었다고 했다. 그의 말에 따른다면 마릴린 먼로는 기분이 극단적으로 오르내렸으며, 한번 의기소침해지면 옆에서 아무리 도와주려고 노력해도 소용이 없었다. 때때로 자신은 무가치하고 쓸모없는 인간이라는 생각에 사로잡히곤 했는데, 한번 그렇게 우울감에 빠져들면 옆에서 무슨 말을 해도, 무슨 짓을 해도 소용이 없었고, 먹고 씻고 자는 일상적인 행동조차 하지 못할 정도로 마비 상태에 빠져들곤 해서 주변 사람들이 곤욕을 치렀다는 것이다. 그 때문에 선량하고 좋은 여성이었으나 감당할 수가 없어 헤어졌다고 한다.

이와 대비되는 인물로서 안데르센의 인생을 살펴보자.

『인어공주』,『미운 오리새끼』,『성냥팔이 소녀』와 같은 동화로 유명한 안데르센은 1805년 덴마크의 오덴세에서 태어났다. 아버지는 구두 수선공, 어머니는 남의 집 빨래를 해주는 세탁부였다. 아버지 쪽 가계의 정신적 내력은 그리 건강한 편이 아니었던지 할아버지는 정신병원에서 생을 마쳤고, 아버지도 몽상과 우울증에 빠져 지내다가 환각 상태에서 죽었다고 한다.

어렸을 때 안데르센은 음성이 고와서 성가대원이 되는 게 꿈이었으나, 사춘기를 지나면서 목소리가 갈라져 꿈을 포기해야만 했다. 열한 살에 아버지가 죽어 어머니는 재혼을 했는데, 양부는 안데르센을 학교에 보내려고 하지 않았다. 열세 살 때 그는 시인이 되겠다면서 무일푼으로 고향을 떠나 수도 코펜하겐으로 갔다. 갖은 고

생 끝에 후원자를 얻어서 늦은 나이에 학교를 다닐 수는 있었으나, 자신이 원했던 시인이나 극작가로는 빛을 보지 못해 무지 고생했고, 그러다 우연히 쓴 동화가 인정받게 되어 동화작가로 전 유럽에 명성을 떨쳤다.

안데르센 역시 마릴린 먼로 못지않게 가난하고 불우한 환경에서 성장했으나, 어린 시절 어머니가 양육한 방법은 정반대였던 것 같다.

물론 너무 가난해서 구두 수선방을 겸한 단칸방에서 살면서 침대조차 없어 백작의 장례식에서 썼던 관을 얻어다 침대로 쓸 지경이었고, 가난한 데다 순진한 성격이어서 노상 동네 아이들의 놀림을 받았으며, 열세 살 때는 돈 한 푼 없이 집을 나온 뒤로 평생 가정을 꾸리지 못하고 떠돌아다니면서 살았다.

자서전을 읽다 보면 어린 시절 어머니가 안데르센을 소중히 여기며 키웠다는 사실이 두드러져 보인다. 무조건 품에 끼고 보호하면서 무슨 일이든지 대신 해주는 과잉보호를 한 게 아니라, 자신에게 주어진 아이라는 존재를 하늘이 내려준 선물인 양 감사해하고 감탄하면서 키웠다고나 할까.

그의 자서전에는 이런 일화가 나온다. 안데르센이 대여섯 살 때 어머니와 함께 남의 밭으로 이삭을 주우러 갔다. 밀레의 〈이삭줍기〉라는 그림도 있듯, 당시 유럽에선 추수가 끝난 밭이라면 빈민들이 들어가 떨어진 이삭을 주워 모아 식량으로 삼아도 되는 풍습이 있었다. 그런데 밭주인이 유난히 욕심꾸러기여서 이삭을 주우러 온

빈민들을 채찍을 휘둘러 내쫓았다. 사람들은 겁에 질려 달아났으나 어린 안데르센만은 주인을 똑바로 올려다보면서 말했다.

"아저씨가 뭔데 나를 때리나요? 하나님이 보고 계시잖아요."

주인은 깜짝 놀라 어린 친구의 이름을 묻고 은화까지 주었다. 안데르센의 어머니는 그 일을 동네사람들에게 자랑하곤 했다.

"내 아들 한스 크리스찬이랍니다. 이상하게 사람들은 이 아이에게만은 친절해진답니다."

그녀는 언제 어떤 경우나 아들을 편들어 주었으며, 비록 그날 벌어서 그날 먹는 빈궁한 처지였으나 정신적으론 풍요롭다고 느낄 정도로 틈날 때면 갖가지 구전 설화와 같은 이야기를 들려주었고, 열세 살에 무일푼인 채 코펜하겐으로 떠날 때도 그녀만은 아들의 계획을 지지하고 격려해 주었다.

자신을 믿고 다른 사람들의 시선이나 평가에 함부로 휘둘리지 않을 수 있는 내면의 강인함이 마릴린 먼로에게는 없었고 안데르센에게는 있었다.

이렇게 양극단의 모습으로 살아간 두 사람의 인생은 생각할 거리를 던져 준다. 둘 다 불우한 어린 시절을 보냈지만 왜 한 사람은 행복한 인생을 살았고, 하나는 불행할 수밖에 없었을까? 어떻게 안데르센은 거듭되는 실패와 세상의 악평과 험담, 핍박에도 불구하고 의연하게 자기를 믿고 밀고나가 마침내 세계적인 동화작가가 될 수 있었을까? 왜 마릴린 먼로는 그보다 더 화려할 수 없는 크나큰 성공을 거두었음에도 결혼생활조차 유지하지 못할 정도로 고독과 혼란으로 방황하다가 자살할 수밖에 없었을까?

사람은 외부 사람들이 나를 어떻게 대하느냐, 어떻게 평가하느냐에 따라 행, 불행이 만들어지는 게 아니라 내가 나를 어떻게 생각하느냐에 따라 만족하게 되거나 행복해지기 때문에 그렇다.

이런 자기 평가를 자아상이라고 하는데 자아상은 어린 시절에 만들어진다.

자아상

자아상이란 스스로가 믿고 있는 자기 모습이다. 겉모습이 아니라 자신은 어떤 사람이라는 자기평가, 혹은 무의식적으로 믿고 있는 자기라는 인간의 가치다.

자기가 어떤 사람이라는 믿음은 어린 시절에 만들어져 대체로 변하지 않고 평생을 간다고 한다. 프로이트는 세 살 이전의 경험이 무의식에 깔려서 그 사람을 지배한다고 했고, 우리 속담에도 "세 살 버릇 여든까지 간다"는 말도 있다. 어린 시절 양육하는 주변 사람들(대개는 부모)이 그를 어떤 사람으로 대했는가에 따라 그 사람은 자신이 그런 존재라고 믿으며 살아가게 된다는 소리이다.

사람은 자기 얼굴을 직접 보지 못한다. 거울에 비친 영상을 보고서야 자신이 어떻게 생겼다고 알게 된다. 만약 어떤 사람이 오목거울만 있는 세상에 태어나서 자랐다면 자기 모습은 코와 입이 불룩 튀어나오고 얼굴은 몸집에 비해 큰 가분수라고 생각할 것이다. 만약 볼록거울만 있는 세상에서 태어나 자랐다면 몸은 길고 얼굴은 아주 작으며 팔다리는 거미처럼 쭉 뻗어 있는 게 자기 모습이라고 믿을 것이다.

그처럼 자신이 어떤 가치를 가진 존재인가 하는 판단도 어렸을 때 주변 사람들이 자기를 대한 경험으로 만들어진다. 만약 자신이 남들에게 존중받을 만한, 뭘 하든지 사랑스럽고 소중한 인간이라고 믿어서 자긍심으로 가득 차 당당하다면, 어렸을 때 주변에서 그런 사람으로 대했기 때문이다. '어머니가 안 낳으려고 했는데 생긴 아이다', '네가 있어서 부모는 힘들고 고생하고 있다', '짐스럽다'는 태도로 아이를 대했다면 그 아이는 어른이 되어서도 자신은 이 세상에 있을 자격이 없다는 느낌이 무의식에 깔려 있을 것이고, 혹시 누군가의 짐이 되지나 않을지 전전긍긍 눈치를 보게 되고 주변의 평가에 따라 자존감이 오르내릴 것이며, 언제나 자신감 없는 당당하지 못한 태도로 살아갈 것이다. 물론 자녀를 그렇게 키우려고 작정한 부모는 없다. 그러나 마음 따로 행동 따로인 게 보통의 인간이다. 그게 문제다.

이 세상에 모습을 완벽하게 되비추는 거울이 없듯 부모들 역시 마음은 있으면서도 생각대로 행동하지 못하곤 하는데, 아이에게 결정적인 영향을 끼치는 것은 부모의 말이나 생각이 아니라 태도와 행동이다.

완벽한 거울을 만들려면 완벽한 평면으로 된 유리판이 있어야 한다. 과학 기술의 발전에도 불구하고 지금도 완벽한 평면 유리는 없다고 한다. 옷가게나 성형외과의 거울은 세로로 길어 보이게 만드는 것처럼 얼핏 모습을 완벽하게 비춘 것 같아도 잘 살펴보면 거울마다 조금씩은 상이 왜곡되고 비틀려 있다. 믿어지지 않는다면 겉면을 유리로 덮은 빌딩을 관찰하면 된다. 아무리 평평한 유리판으로 덮었어도 빌딩 표면에 비친 거리 풍경이 심하게 일그러져 있는데 평면이 크면 클수록 왜곡은 두드러지게 보인다. 그러니까 거울로 보는 자신의 얼굴이 완벽한 내 모습은 아닌 것이다.

부모도 자녀를 사랑하여 잘 대하려고 마음먹지만, 이런저런 상황이나 핑계로 자녀를 충분히 사랑해 주지 못하고 때로는 심각한 상처를 안겨준다. 그런데 아이는 부모도 잘못을 할 수도 있는 인간이라는 사실을 생각하지 못한다. 『어릴 때 나는 아버지가 하나님인 줄 알았다』(폴 오스터)는 책 제목처럼 아이는 부모의 말과 행동, 태도를 절대적이라고 받아들인다.

치유 글쓰기를 진행하는 동안 많은 사람들이 어렸을 때 부모가 자신을 불필요한 존재, 짐이 되는 존재, 무가치한 존재로 대했던 기억을 꺼내 놓았다.

나만 해도 그렇다. 나는 아들을 간절히 바라는 집안에서 셋째도 딸이라는 실망을 안겨주면서 태어났다. 위로 오빠가 하나 있었으나 전쟁통에 죽었고, 큰아버지도 아들이 없어 둘째이자 막내인 나의 아버지가 아들을 낳아야만 집안의 대를 이을 수 있었다. 그런데 세 번째도 딸을 태어난 것이다. 큰언니의 기억에 의하면 아버지는 태어난 뒤 일주일이나 나를 들여다보지도 않았다고 한다. 또 아버지 친구분 말씀으론 내가 태어난 뒤 아버지는 한동안은 고개를 갸우뚱거리며 혼잣말처럼 "이럴 수는 없는데, 이럴 수는 없는데" 하고 중얼거리고 다니셨다고 한다. 내 부모의 실망은 이처럼 엄청났다. 그리고 4년 뒤 남동생 두 명이 태어나, 나는 5남매 중 셋째딸로 관심을 받기 어려운 위치에서 어린 시절을 보냈다. 축구로 치자면 시작부터 위치 선점이 잘못된, 그 때문에 이런저런 심리적 문제를 안게 된 전형적인 예인 셈이다.

남녀 차별이 심한 우리 사회에서 나처럼 딸로 태어나 인생 초기에 푸대접을 받은 예는 흔하다. 심지어 어떤 여성은 어머니가 너를 임신한 걸 알고 중절하려고 했는데 어쩔 수 없이 낳았다는 한탄을 어렸을 때부터 귀에 못이 박히도록 들었다고 한다. 읍내 병원에 가서 지우려고 했는데 농번기라서 하도 바쁘다 보니 시기를 놓쳤다는 것이다. 또 박정희 전 대통령의 어머니 백남의 여사가 그랬던 것처럼 일부러 간장을 마시고 장작으로 배를 때리고 사다리에서 굴러 떨어지고 했지만 유산이 되지 않아 하는 수 없이 낳았다는 경우도 많다.

아니, 딸 아닌 아들로 태어났다고 꼭 소중한 대우를 받는 건 아닌 듯하다. 아들이긴 해도 부모의 기대가 형에게로 쏠려서 형에게 치였고, 뭐든지 양보해야 되고, 뭘 해도 알아주지 않는 환경에서 자랐다든지, 강보에 싸여 우는데 생활고로 짜증이 난 아버지가 강보 채 자신을 내동댕이친 기억을 가진 사람도 있었다. 불과 생후 8개월 때의 일인 것 같은데 기억이 났다고 했고, 옆에 있던 누나가 듣고 놀라면서 실제 일어났던 일이라고 했다. 하필 그 무렵이 아버지가 가장 힘들었을 때였다는 것이다.

아무튼 어린아이에게는 부모가 곧 세상 전부이고 그 세상이 자기를 어떻게 대했는가 하는 경험은 어린 뇌에 깊이 아로새겨져 성장한 뒤에도 세상이 자신을 그렇게 대할 거라는 믿음의 근거가 되는데, 그게 바로 자아상이다.

사람이 사는 덴 적절한 수준의 자존감이 필요하다. 마릴린 먼로처럼 자신을 무가치하고 쓸모없는 존재라고 믿고 있는 걸 자존감이 낮다, 또는 낮은 자아상을 갖고 있다고 말한다.

낮은 자아상이 만들어내는 심리적 장애로 우선 열등감을 들 수 있다.

열등감

열등감이란 자신을 낮게 평가하는 심리이다.

낮은 자아상으로 만들어지는 열등감은 지속적으로 작용하여 이런저런 장애를 빚는다. 그러나 일상 속에서 크게 문제를 일으킬 정도는 아니더라도, 사람들은 종종 짧은 순간 솟구치곤 하는 열등감을 경험하기도 한다. 일시적인 열등감은 갑자기 불쑥 솟구쳤다가 자신이 열등감을 느낀다는 사실을 의식하게 되면 곧 수그러든다. 그렇더라도 그 순간만큼은 엄청 고통스럽다.

우선 왜 열등감이란 감정이 존재하는지 알아보기로 하자.

인간관계에는 두 종류가 있다. 하나는 사랑관계이고, 또 하나는 경쟁관계이다. 열등감은 자기가 처해 있는 인간관계를 경쟁관계라고 해석하고, 거기서 우열을 가리는 다툼을 미리 피해서 자기를 보호하려는 심리라고 한다.

내가 키우는 강아지 중 처음 데려올 때 컵에 들어갈 정도로 작아서 세 살이 넘은 지금도 1킬로그램 남짓 덩치가 아주 작은 녀석이 있다. 그런데 이 녀석은 다른 개들과 교류하기를 유별나게 좋아한다. 산책을 나가면 개들은 다른 개들이 남긴 흔적에 코를 대고 쿵쿵거려 주변 소식을 얻는다. 인간이 뉴스가 궁금해서 텔레비전을 켜거나 신문을 읽는 것과 같다. 그런데 이 녀석은 남겨진 흔적이 아니라 다른 개에게 직접 다가가서 냄새를 맡으려고 한다. 그럴 때 재빨리 상대의 덩치를 보고 자기가 꿀린다 싶으면 비굴 모드로 접근한다. 사실 덩치가 다른 개의 5분의 1밖에 안 되니 맞장 떠서 위험하지 않을 상대는 여지껏 없었다. 그러니 항상 설설 기어서 다가간다. 땅바닥에 바싹 엎드려 기어가다가 그래도 상대 개가 으르렁거리면, 배를 보이며 발랑 드러누워 항복 표시를 한다. 그러면 열에 아홉, 상대 개는 적의를 거두고 냄새 맡는 걸 허용한다. 지켜보는 나로선 저렇게 비굴하게 굴 바에야 차라리 접근 안 하면 될 텐데 싶지만, 여전히 이 녀석은 다른 개가 보이면 쫓아가 같은 행동을 되풀이한다. 그처럼 비굴하다고 해서 별명이 '비구리'이다.

비구리처럼 경쟁관계에 접어든 초기에 미리 자기 평가를 내리고 자신을 상대보다 아래에다 두는 심리가 바로 열등감이다. 질 싸움을 해서 상처 입지 않도록 미리 예방하는 무의식적인 심리 작용인 것이다.

그러나 이 사회의 모든 관계가 다 경쟁만은 아니다. 사랑의 관계도 있다. 가족이나 친구 등, 사랑의 관계일 땐 그 가운데서 긴장을 풀고 편안하고 행복해진다.

친구와 만나서 맛있는 음식을 먹으며 수다를 떠는 건 사람을 행복하게 만들어 준다. 그런데 화기애애하게 이야기를 나누던 중, 친구가 어떤 시험에 합격했다고 자랑한다. 순간 나는 그 시험에서 떨어진 일이 떠올라, 나는 떨어지고 얘는 붙었구나, 내가 얘보다 못한 인간이구나, 비교하는 심리가 작동하게 되면 그 자리가 불편해지기 시작한다. 사랑의 관계라고 여기던 것을 경쟁관계라고 바꿔 생각하게 되어 그렇게 된 것이다. 그런 마음이 지속되면 그 자리가 불편해서 나중엔 우울감이 증폭된다.

예기치 않은 순간 소소하게 비집고 들어오는 열등감의 한 예이긴 하지만, 만약 이런 일이 빈번하게 일어나 이런 마음이 지속되다 보면 그 인생은 지옥이 따로 없구나 싶을 정도로 괴로워진다. 인간관계들을 모두 경쟁으로 해석하다 보면 당연히 열등감에 시달리게 마련인 것이다.

반대로 모든 관계를 사랑으로만 착각해도 문제가 생긴다. 자기 보호 능력을 갖지 못하게 되어 나중엔 사회생활에서 자기는 남들에게 당하기만 한다는 피해 의식, 상처를 안게 되기 쉽다.

건강한 심리를 가진 사람이라면 각각의 인간관계마다 그 성격을 잘 판단하고 또 순간순간 자기 마음속에서 사랑이나 경쟁이라고 관계의 성격을 다르게 받아들이는 그 차이를 자각할 수 있어야 한다.

이처럼 잠깐이나 순간적이 아닌, 지속적으로 품게 되는 열등감은 타고난 예민성이나 여린 성격에다 어린 시절 부모가 잘못 대했을 때 받은 상처가 원인이기 때문에 컨트롤하기가 어렵다.

상처를 주는 예로 부모가 아이를 방치하거나 부모로서 해야 할 역할을 제대로 해주지 못한 경우를 들 수 있다. 게임에 빠진 어머니가 자식들을 방치했다가 죽게 만들기까지 했다는 뉴스도 있지만, 일반 가정에서도 어린 시절 아들이 아니라 딸이라는 이유로, 큰아들이 아니라는 이유로, 혹은 첫아이라서 부모 노릇을 어떻게 해야 하는지 몰라서 등등 상처를 주게 된다.

또 편애를 받게 되면 장애가 생긴다.

또 부모 중 한쪽을 실질적으로 잃은 일도 아이에게는 정신적인 상처가 된다.

문제아는 없고 문제 부모만 있을 뿐이라는 말처럼 문제가 있는 부모는 열등감에 시달리는, 심리적 장애를 가진 자식을 만들어낸다.

아이를 사랑하는 마음은 있지만 직업이나 사회생활에 너무 바빠서 아이를 위해 시간을 내주지 못하는 부모도 마찬가지이다. 사랑받지 못한 아이는 부모도 불완전한 인간이라서 그렇다는 생각은 하지 못하고 자신이 사랑 받을 만한 존재가 아니라서 그렇다, 사랑받을 자격이 없어서 그렇다, 따라서 나는 무가치한 존재라는 생각을 갖고 살아가게 되는 것이다. 흔히 사랑한다고 말하면 그게 바로 사랑하는 거라고 착각하는 수가 많은데, 행동으로 표현되어야 비로소 사랑하는 것이다. 상대에게 나의 시간과 관심을 내주는 게 사랑이다. 예를 들어 아버지가 오는 일요일에 놀이공원에 같이 놀러가자고 약속을 했다고 가정하자. 막상 일요일이 되자 회사에서 특근을 하게 되어 약속을 지키지 못한다. 그러면 아이는 아버지에겐 자신이 회사보다 못한 존재이고, 나는 원래 사랑받을 만큼 중요한 존재가 아니라고 생각하게 된다. 이렇게 직업생활, 사회생활에 더 비중을 두어 자녀와의 약속을 자꾸 어기게 되면 아무리 사랑한다고 말해 주어도 그 자녀는 사랑받고 있다고 느끼지 못하고 열등감을 키워 가게 되는 것이다.

또 부모가 예측할 수 없을 정도로 기분이나 행동이 변하곤 하는 경우를 들 수 있다. 이때 아이는 세상을 믿지 못해 눈치를 보는 사람이 되고 열등감을 갖는다. 아버지가 기분파여서 수시로 태도가 달라진다고 가정해 보자. 어제는 아이가 텔레비전에 나온 코미디언 흉내를 냈더니 웃으면서 귀엽다고 칭찬해 주었다. 그런데 오늘은 아버지가 기분이 나쁜 기색으로 귀가했다. 아이는 아버지 기분을 풀어 주려고 또 코미디언 흉내를 냈다. 그러자 아버지는 칭찬하기는커녕 화를 낸다. 저 녀석은 만날 바보짓만 하고 있으니 커서 뭐가 될지 걱정이라고 투덜거린다. 이런 일이 되풀이되면 아이는 상처를 받게 되고 사람을 믿지 못하게 된다. 아이를 키울 때 부모는 일관성이 있어야 한다.

또 너무 가난해서 제대로 보호받을 수 없을 정도의 환경에서 자라도 아이는 열등감을 갖게 된다.

반대로 아이를 너무 떠민다고 할까, 과잉보호로 숨 막히게 하는 부모도 아이에게 열등감을 심어 준다. 과잉보호란 부모가 아이를 대신해서 모든 것을 선택해 주고 해결해 주는 것이다. 그러면 아이는 자발성이나 의욕을 잃어버리게 된다. 과잉보호를 하는 부모 밑에서 자란 아이들은 대체로 의욕상실, 무기력증에 빠지거나, 아니면 완벽주의의 함정에 빠져 스트레스투성이로 만성 불만족에 시달리게 된다. 과잉보호라고 하면 언뜻 보기에 아이를 지극히 위하는 일 같지만, 실은 부모가 자기 자식을 믿지 못하기 때문에 그러는 것이다. 뭐든지 알아서 다 처리해 준다면 의식의 차원에서는 좋아하지만 아이의 무의식은 자기가 모자라는 사람이라, 자기가 능력이 없어서 부모가 나를 믿지 못한다고 생각해서 매사에 자신감 없는 사람이 된다. 자식을 과잉보호하는 부모 마음의 밑바닥에는 아이에게 나쁜 일이 생길지도 모른다는 두려움이 깔려 있는 경우가 많다. 친지 중에 아들이 어릴 때부터 유난히 몸이 약해서 과잉보호를 해온 결과 성인이 된 지금도 아들이 어떤 일에도 의욕을 보이지 않아 속을 썩이는 이가 있다. 그 친지는 아들이 초등학생일 때도 그랬지만 지금도 다치면 어떡하나, 병이 나면 어떡하나, 내가 안 챙겨 주면 밥도 안 먹을 텐데, 하는 걱정을 떨칠 수가 없다고 한다.

또 아이를 지배하고 군림하려는 부모도 있는데 그의 무의식에는 아이가 성장하고 독립하기를 바라지 않거나, 혼자되는 게 두려워 아이를 영원히 묶어두려는 심리가 깔려 있다.

마음의 상처는 3대를 간다는 말이 있다. 상처 많은 부모는 자녀를 상처 많은 사람으로 키우게 되고, 그러면 그 자녀는 또다시 자신의 자녀에게 그런 상처를 만들어 주게 된다는 뜻이다. 그런 의미에서 마음의 상처는 나의 대에서 끝내도록 해야 한다.

또 부모가 조건적으로 아이를 키울 때도 열등감이 생긴다. 요즘 부모들은 자녀를 키울 때 학교성적에 따라 상벌을 주는 경우가 많다. 그 상벌이 격려 차원을 넘어서 아이의 인격까지도 문제 삼는 것이 되면 아이는 상처를 받게 되고 열등감에 빠지게 된다. 즉 성적이 좋으면 부모는 나를 사랑하고 성적이 나쁘면 부모는 나를 사랑하지 않는다. 나라는 인간이 아니라 성적이 좋은 사람이기 때문에 사랑을 받는 것이다, 그냥 나인 것만으로는 무가치하다. 이렇게 아이는 은연중 믿게 되는 것이다.

또 남과 비교하면서 아이를 키울 때 열등감이 생긴다. 어른 사이에서도 관계를 망치는 비결은 상대방을 다른 사람과 비교하는 일이다. 그처럼 아이를 키울 때 아이에게 절대 하지 말아야 할 건 다른 사람과 비교해서 꾸중하거나 칭찬하는 것이다. 비교 당하면서 성장한 사람은 세상 모든 관계를 경쟁으로만 생각하는 버릇이 붙게 되고 그런 패러다임에서 벗어나지 못하다 보니 열등감에 시달리면서 살게 된다.

완벽주의

"제가 완벽주의자라서 일을 대충은 못해 많이 힘들어요." 흔히 듣게 되는 이런 말을 가만 들여다보면 그 어조에 자랑스런 뉘앙스가 살짝 깔려 있을 경우도 많다. 아마 완벽주의를 일을 대충하려고 하지 않는다, 열심히 한다는 긍정의 의미로 생각하는 것이리라. 그렇게 생각하는 한 완벽주의라는 함정에서 벗어나기가 어렵다. 심리적인 장애는 스스로가 그게 문제라고 깨달아야, 그 때문에 고통스럽고 힘들다고 인정해야 해결이 시작되기 때문이다.

완벽주의라고 하면 얼핏 일을 잘하게 만들고 일에 대한 의욕을 북돋아 줄 것 같지만, 실은 낮은 자아상 때문에 생긴 심리 장애로 일을 하지 못하도록 방해하는 요소이다.

시시한 직업을 가질 바에야 차라리 안 갖겠다는 사고방식을 가진 친구가 있었다. 요즘은 취업이 힘들다 보니 젊은 여성들의 꿈이 전업주부가 되었다고 자조하지만, 내가 젊었을 때의 꿈은 직업 면에서 여성도 남성들과 어깨를 나란히 경쟁하는 것이었다. 이 친구의 꿈도 커리어우먼이었으나 결혼하고 아이를 낳아 기르느라 직장을 그만두지 않을 수 없었다. 아이가 웬만큼 자라자 다시 직장을 다니려고 했으나, 일을 쉰 기간이 오래되어 밑바닥부터 다시 시작해야 했다. 그녀는 돈이 꼭 필요한 것도 아닌데 하찮은 대접을 받으면서 일하기는 싫다면서 마음에 쏙 드는 직장을 찾다가 어영부영 시간을 흘려 보내고 말았다. 그러다 쉰이 넘은 지금은 전업주부로만 사는데 좌절감을 느끼며 우울에 빠져 있다.

이보다 사소한 예를 들자면 일상생활에서 가끔 '일을 해야 되는데' 하는 생각이 사로잡힌 채로 일은 하지 않고 텔레비전 앞에서 시간을 보내는 것도 완벽주의에서 나온 현상이다. 다들 어떤 일을 해야 하는데 괜히 텔레비전에 열중하거나 게임 등 딴짓을 하면서 시간을 흘려보낸 경험이 있을 것이다. 나도 가끔 글을 아주 잘 써야 한다는 중압감 때문에 책상 앞에 앉지 못하고 텔레비전 앞에서 미적거리는 일이 있다. 이런저런 방송 프로그램이나 영화가 재미없다고 느껴서 리모컨으로 연신 채널을 바꾸면서도 단호하게 꺼버리지 못한다. 머리는 점점 스모그가 꽉 낀 것처럼 뻑뻑하니 뜨거워지고 초조 불안으로 들썩이느라 엉덩이가 아프다. 텔레비전 시청이 휴식이 되어야 하는데 오히려 스트레스만 점점 쌓여 간다. 그런데도 단호하게 소파에서 벌떡 일어나지를 못하는 것이다. 한참 뒤 어쩔 수 없어져 책상 앞에 앉아도 시간을 낭비했다는 자책감이 들어 괴롭기 짝이 없다.

이처럼 잘해야 한다는 완벽주의는 일을 시작하지 못하고 미적거리면서 시간 낭비를 하게 만들 뿐 아니라 일을 하는 동안에도 반드시 좋은 결과를 만들어야 한다는 압박감 때문에 긴장하게 되어, 시간과 품이 더 들거나 오히려 나쁜 결과가 나오게 되기도 한다. 물이 가득 차 찰랑거리는 컵을 옮길 때 물을 쏟았다간 큰일 난다고 긴장하면서 옮기면 물을 흘리게 되는 것과 같은 이치이다. 컵을 아무렇게나 함부로 옮겨도 물을 흘리게 된다. 그러니 함부로 하지도 말고 그렇다고 긴장하지도 않는 게 요령이라면 요령일 것이다.

또 완벽주의자들은 일을 하지 않고 있을 땐 자신이 무가치하다고 느끼기 때문에 쉴 때도 진정으로 쉬지 못하고 언제나 스트레스를 안고 살아가고 있다. 게다가 자신이 해놓은 일의 결과에 만족하지 못하며, 현실의 나는 고작 이것밖에 아니라고 비관하고 있는 경우가 많다.

물병의 물이 반쯤 차 있을 때 물이 절반이나 남았다고 즐거워하는 게 낙관주의라면, 반밖에 안 남았다고 슬퍼하는 게 비관주의인데, 그런 시각은 물병에는 물이 반드시 가득 차 있어야만 한다는 완벽주의에서 나온 것이다. 매번 바라는 기준이 높아지기 때문에 아무리 노력해도 만족할 수가 없다. 이런 사람들은 언제나 긴장해 있거나 죄책감을 느끼고 있으며, 지금 이게 아니라 다른 걸 해야 할 것 같은 초조감이 일상화되어 있다. 완벽하게 해야 한다고 생각하다 보니 일을 시작하기도 전에 겁을 먹어 지레 포기하는 일도 많다.

이처럼 완벽주의는 일상생활을 해나가는 데 막대한 지장을 준다. 일을 완벽하게 해야 한다는 생각만 버리면 시행착오를 기꺼이 받아들일 수 있고, 자책감을 느끼지 않을 수도 있다. 스트레스도 생기지 않는다. 그 가운데 즐거움도 느끼고 숨어 있던 자신의 창조성도 발휘된다.

완벽주의가 심해지면 늘 죄책감에 시달린다. 다른 사람들의 평가에 따라 자기에 대한 평가가 달라지기 때문에, 다른 사람들의 눈치를 보게 되어 전전긍긍 마음의 평화를 누리지 못하는 것이다. 그런 한편으로 기대 수준이 높기 때문에 다른 사람들에게 쉽사리 실망하고 비판도 신랄하게 해서 다른 사람들과 불편한 사이가 되기 쉽다.

일중독과 우유부단에서 온 무기력증은 둘 다 완벽주의의 증상으로 동전의 양면과 같다. 일중독은 자신이 무엇을 하고 있어야만 존재할 가치가 있다는 믿음을 무의식적으로 깔고 있고, 무기력증은 일을 잘해야 한다는 강박 때문에 일을 하지 못하고 끝없이 자기를 자책하고 있는 상태라고 할 수 있다.

이런 사람은 대개 완벽주의적 성향의 부모 밑에서 성장했을 가능성이 크다. 아이가 엄마를 기쁘게 해주려고 청소를 해놓았더니 엄마는 칭찬하는 대신 의자다리의 먼지는 안 닦았다고 결점부터 지적하곤 했다든지, 시험 점수 90점을 받아 기뻐 달려갔더니, 엄마는 칭찬 대신 왜 쉬운 문제도 틀렸냐고, 100점 받을 수도 있었다고 힐책하거나 했던 것이다.

완벽주의적인 부모 밑에서 자라면 '내가 누구인가?'보다는 '내가 무엇을 하느냐?'에 따라 자신의 가치가 결정된다고 느끼기 때문에 사람 자체(존재)보다 그 사람이 가지고 있는 것(소유)으로 평가하는 성향을 띠게 된다. 남의 평가에 휘둘리다 보니 눈치를 보게 되어 자신의 감정을 알아채고 표현하는 능력은 현저히 뒤떨어진다. 그리고 마음 밑바닥에는 자신은 결코 훌륭하지 않다는, 무엇을 하든 자신은 모자란다, 못났다는 자기모멸적인 감정이 무의식에 깔려 있는 게 보통이다.

우울증

한때 우울은 재능이 있다는 표식처럼 오해되기도 했었다. 18세기에 나온 『우울의 해부』라는 책에선 천재는 우울하다는 공식 비슷한 주장이 있고, 많은 예술가들이 우울증을 앓았다고 하여, 내가 젊었을 땐 예술가인 양 우울한 척, 염세주의자인 척 말하고 행동하는 게 유행이었다. 또 그땐 소개팅이나 데이트할 때면 살짝 우울한 면모를 보여야 상대로부터 시크하다는 평을 들을 수 있었다.

그러나 요즘처럼 심리적인 장애 없이 살기는 불가능한, 척박하기 짝이 없는 경쟁 사회에서는 약간의 우울이라도 경계하고 조기에

진압해야 한다는 주장이 대세인 듯하다. 매스컴에서는 자살사건을 보도할 땐 한결같이 신병(처지)을 비관했다는 설명과 함께 우울증은 마음의 감기와 같으니 조금만 우울하다고 느껴져도 병원에 가봐야 한다는 충고를 곁들이곤 한다.

하긴 잠시 스쳐가는 우울감이라면 자신을 뒤돌아보고 재충전하는 계기가 될 수도 있지만 생활에 지장을 가져올 정도라면 점점 발전하여 자해나 자살로 치달을 수도 있으니까 미리 예방하는 것이 필요할 것이다.

아무튼 우울증은 만성적으로 이어지는 자책감과 낮은 자존감으로 인해 일어나는 의기소침의 상태이다. 완벽주의나 열등감의 원인이면서 동시에 그 결과이기도 하다.

인지 요법을 창시한 미국의 아론 벡 박사는 '우울 성향 체크 리스트'라는 설문지를 만들어 자신의 우울증 정도를 스스로 측정해볼 수 있게 했다. 열여섯 가지 질문에 대답하는 것이다. 이 리스트에 제시된 것들이 바로 우울증의 증상이라고 할 수 있다.

1. 기분이 나빠지고 있다.
뚜렷한 계기나 이유가 없는데도 자꾸 부정적인 측면으로 생각이 쏠리고, 어두운 기분이면 우울증으로 빠져들고 있다는 표시일 수 있다.

2. 자신의 장래에 대해 희망을 갖지 못하고 있다.

앞으로의 일을 떠올리면 왠지 불안하고 잘 안될 것 같은 느낌이 드는 것이다.

3. 매일의 생활이 불만스럽다.

컵의 물이 반밖에 남지 않았다는 식으로 일상사를 해석하게 되어 나도 모르게 불평이 튀어나오곤 한다.

4. 왠지 자신이 벌을 받고 있다고 생각한다.

이런 느낌을 설명할 때 딱 부러지게 지적해서 말하지 못하지만 뭔가 자신이 잘못하고 있는 게 아닌가 걱정되고 가슴이 조마조마하다는 그래서 조그만 일만 있어도 참새가슴처럼 심장이 두근거린다고도 한다.

5. 자신에게 실망하고 있다.

자신이 하는 일이 하찮고 시시하게 느껴진다. 자기가 못난 사람이라는 생각이 자꾸 든다.

6. 자신을 나무란다.

가볍게는 자기 잘못이 아닌데도 왠지 나서서 대신 사과하게 되거나, 심하게는 미안하다는 말이 입버릇처럼 튀어나오고, 영문 모를 자책감이 마음 한구석에 항상 깔려 있다.

7. 자살을 생각한 적이 있다.

8 언제나 슬픈 기분이 든다.

자잘하게는 즐거워하다가도 얼마 못가 슬픈 기분으로 돌아가곤 한다. 슬프지도 않은 영화나 드라마를 보면서도 눈물을 흘리기도 한다. 심지어는 유아용 명랑 텔레비전 프로인 텔레토비를 보다가도 눈물을 줄줄 흘렸다는 경우도 있다.

9. 언제나 초조하다.

정면으로 대응하여 화낼 일인데도 화를 제대로 내지 못하기 때문에 대신 다른 데서 자잘하게 짜증을 내게 된다. 화내기는 다른 사람이 자신의 경계선을 범하지 못하도록 경계하는 반응이지만, 짜증은 소모적이고 피로감만 가중시킬 뿐 아무런 효력도 없다는 사실을 모르는 것이다.

10. 세상사나 사물을 판단하는 데 곤란을 느낀다.

결정을 내리지 못하고 망설이는 우유부단은 우울증의 대표적 증상이다. 나의 경우 어느 해 여름방학 한 달 반을 망설이다가 짧은 여행 한 번 못하고 내내 집안을 맴돌며 방학을 흘려보낸 적도 있다. 도무지 결정을 내릴 수가 없었고, 어쩌다 결정을 해도 곧 자책하고 번복하곤 했었다. 우울감이 심할 때는 쉽고 사소한 일조차 결정내리지 못한다.

11. 자신이 매력을 잃어가고 있는 것 같이 생각된다.

왠지 사람들이 자기를 싫어할 거라고 미리 단정 짓고 있어 누가 평범하게 거절해도 심하게 상처를 입게 되기도 한다.

12. 쉽사리 일을 시작할 수가 없다.

불안과 두려움이 커지다 보니 새로운 것은 낯설어서 받아들이지 않게 된다.

13. 쉽게 잠들지 못하거나 빨리 눈을 떠지는 등 제대로 잠잘 수가 없다.

잠드는 데 어려움을 겪고 잠들어도 자주 깨는 경우도 많다. 불면증에 걸리거나 반대로 너무 많이 자기도 한다.

14. 언제나 피곤한 느낌이다.

만성피로증후군은 신체 에너지의 부족일 수도 있지만 의기소침한 마음이 원인일 수도 있다. 마음이 자꾸 움츠러들어 점점 활동 범위가 좁아지면서 자기도 모르게 무기력증에 빠져드는 것이다.

15. 식욕이 없다.

식욕부진이나 거식증 증세를 보이는 수도 있으나 요즘은 폭식증을 보이는 경우도 많아졌다.

16. 성에 대한 흥미가 줄어들었다.

질문마다 스스로 0에서 3까지 점수를 매기는데 0은 전혀 그렇지 않다, 1은 조금 그렇다, 2는 자주 그렇다, 3은 내 경우에 딱 맞는 말이다, 정도라고 생각하면 된다.

뭐든지 숫자를 매겨 표준화시키는 것은 미국스러운 학문의 주된 경향인데, 사실 심리학적인 물음에서 객관적인 정답이란 없다. 스스로 자기를 가늠하여 점수를 매길 뿐이지 객관적으로 정해진 옳은 답은 없는 것이다. 심사숙고해서 자기에게 맞는 정확한 숫자를 써야 한다고 긴장해서 숫자를 고쳐 쓰고 고쳐 쓰고 하다 보면, 오히려 자신의 심리가 제대로 드러나지 않게 된다. 차라리 얼핏 머리에 떠오르는 대로 답을 쓰는 편이 더 자기 심리가 잘 드러난다.

모두 합해서 15점쯤 되면 우울증 증세가 있다고 한다. 아론 벡 박사는 합한 점수가 낮더라도 7번 문항에 주의를 기울이라고 충고한다. 자살을 생각한 적이 있다면 전체 점수가 낮더라도 위험하니까 주의해야 한다고 한다.

대체로 여리고 민감한 성격에 더하여 어린 시절에 상처받은 경험에서 낮은 자아상이 만들어지고 거기에서 우울증이 생긴다. 그러니까 잠시는 즐거울 수 있어도 기분이 늘 가라앉아 있어 즐거워지지 않는다면 어린 시절을 되돌아보고 자아상을 점검해 봐야 한다.

일상의 우울증은 폭발하지 않고 부글거리며 수시로 용암을 내뿜는 화산과 같다. 본격적으로 터지는 게 아니라 산사면 곳곳에서 시뻘건 용암이 흘러나와 강처럼 흘러내리는 광경을 상상하면 된다. 지금도 일본의 사쿠라지마 화산은 본격적으로 터지지는 않지만 수시로 용암이 새어나오고 있다는데, 그러다 보니 뜨거운 용암이 흘러내려 숲이 불타기도 하고 농경지가 용암으로 뒤덮여 황폐화되거나 마을을 버리고 사람들이 대피해야 하는 소동이 벌어지곤 한다. 화산 폭발을 화내기에 비유한다면 새어나오는 용암은 짜증 부리기인 셈이다. 제대로 화를 내지는 않지만 자잘한 짜증으로 자기 주변을 황폐화시켜 가는 것이다.

우울증을 안고 산다는 건 가슴속에 펄펄 끓는 용암과 같은 분노를 껴안고 사는 것이다. 짜증을 내거나 하면서 참고 참다가 어떻게 할 수 없게 되면 자기를 없애려고 자살을 하거나, 아니면 남을 없애려고 살인하는 일이 벌어지게 된다.

최초의 기억

내 무의식에 깔려 있는 자아상을 알아보기 위해서는 어렸을 때 기억들을 되살려 보기로 한다. 이를 위해 부모와 내가 등장하는 기억의 한 장면을 써보자.

대략 3살도 못 되었던 때인 것 같다, 나는 엄마 품에 안겨 울고 있다. 방바닥에는 네 식구의 두툼한 요와 이불이 깔려 있고, 내 눈앞에는 엄마의 얼굴만 가득하다. 소리 또한 내 울음소리 밖에 없는 것 같다. 한밤중이다.

나는 심한 감기에 걸려 아프다. 계속 운다. 콜록콜록 기침을 하다 울다가 한다. 숨 넘어갈 듯이 우는 나를 엄마는 품에 안고 어른다. "괜찮아"라고 작은 목소리로 속삭이고 있다. 갑자기 아빠가 버럭 소리를 지른다.

"시끄러워서 잠을 못자겠네! 시끄러우니까 애 데리고 나가!"

신경질이 잔뜩 난 거친 말투다. 와락 오그라든다.

'내가 시끄럽다고 아빠가 화가 나셨구나.'

나는 겁에 질려 기침을 참으려고 해본다. 잠시 숨도 멈춘다. 하지만 내 뜻과 달리 더 큰 기침이 터지고 또 울음이 나온다. 아빠는 더 화가 나서 어떻게 해보라고 소리를 지른다. 같은 상황 반복된다. 엄마가 작은 소리로 말한다.

"애가 이렇게 아픈데 어디로 데리고 나가라고 그래요? 좀 봐요."

아빠는 나를 들여다보지도 않는다. 그저 투덜거릴 뿐이다. 서러워서인지 무서워서인지 내 울음소리는 더 커진다. 엄마는 나를 안고 달래다가 내려놓고 방을 나간다. 지독하게 무섭다. 나를 지켜 줄 보호막이 사라진 느낌이다. 몸이 잔뜩 굳어 어쩔 줄 모른다. 최대한 소리를 안 내려고 한다. 움직임도 줄인다. 그리고는 생각한다. 빨리 아침이 왔으면 좋겠다. 눈을 감았다가 뜨면 해가 떠 있으면 좋을 텐데. 불가능한 상상을 하는 사이에 간신히 엄마가 숟가락을 들고 돌아왔다. 숟가락에 담긴 것을 엄마는 새끼손가락으로 휘저어 섞는다. 해열제인 모양이다. 나는 겨우 안도한다. '곧 잠들 수 있겠지. 그럼 아침이겠지.' 물에 갠 약을 먹고 눕는다. 엄마가 이불을 턱 밑까지 올려 덮어준다. 이젠 잠들 수 있을 거다. 다시 한 번 터무니없는 생각을 하며 지쳐 어둠 속으로 스며든다.

글쓰기를 시작할 때는 이런 장면은 떠오르지 않았는데, 자꾸 파고들어 가다 보니 이런 내용이 나왔다고 했다. 대체로 사람들의 최초 기억은 네 살 무렵인 경우가 많아서 이 글을 쓴 청년은 예외적이었다고 볼 수 있다. 아무튼 글쓴이는 대학을 졸업한 나이임에도 여전히 아버지가 불편해서 늘 눈치를 보게 되는 상태이고 도무지 마주 앉아 대화조차 하기 어렵다고 했다. 아버지 모습만 봐도 숨이 턱 막히는 기분이 들어 갑갑해진다고 했다. 원래는 취업을 할지 유학을 갈지 망설이다가 내 프로그램에 등록을 했다. 하지만 이런 기억을 캐내자 프로이트의 오이디푸스 콤플렉스처럼 아버지를 자신의 보호자가 아닌 위협적인 존재로 여기고 있다는 사실을 깨닫게 되었고 아버지의 평가를 두려워하여 끝없이 우유부단의 늪에서 허우적거리고 있다는 점을 자각하게 되었다.

구름이 잔뜩 끼고 비가 내렸다. 아침, 나는 유치원에 가야 하는데 우산이 없었다. 형과 누나가 모두 우산을 갖고 가버린 것이다. 비가 조금만 왔더라면 그냥 유치원에 갈 수도 있겠지만 그러기에는 비가 많이 내리고 있었다. 20분 이상 걸어서 언덕을 올라가야 하는 유치원까지 우산 없이 가기는 무리였다. 어머니는 쓸 만한 다른 우산은 없을지 한참을 찾더니, 결국 안방 장롱에서 새 우산을 꺼내서 주시면서 신신당부를 하셨다.

"이거 비싼 거야. 한 번도 안 쓴 거고. 잃어버리면 안 돼. 꼭 갖고 와야 돼."

그걸 받아드는데 우산이 생겨서 좋다기보다는 잃어버리면 큰일이라는 걱정이 앞섰다. 가슴이 묵지근했다. 엄청 부담스러웠다. 차라리 비 맞고 그냥 다녀올래요, 라고 말하고 싶었다.

　어쩔 수 없이 그 우산을 쓰고 유치원에 도착해 보니 이미 유치원 현관은 어수선했다. 바닥에는 신발들이 잔뜩 늘어놓여 있고, 신발장 옆 휴지통에는 우산들이 정신없이 꽂혔으며, 심지어 나무 발판 위에 내동댕이쳐진 우산들도 있었다. 순간 나는 고민했다. 이렇게 많은데 도대체 내 우산을 어떻게 다른 것들과 구분해서 안전하게 보관한단 말인가. 교실까지 우산을 들고 들어갈 엄두는 나지 않았다. 결국 내 우산을 조금 떨어진 곳에 두면 다른 것과 구별되겠지, 생각하곤 구석에 잘 숨겨두고 들어갔다. 수업은 이미 시작되었다. 친구들은 등을 돌리고 칠판을 쳐다보고 있었다. 선생님은 늦게 들어오는 나를 보면서 뭐라고 했으나 말이 귀에 들어올 리가 없었다. 나는 살금살금 뒤에 앉았다. 수업을 했다. 초조했고 말이 귀에 들어오지 않았다. 노래를 불렀지만 건성이었다. 끝나는 시간에 다가갈수록 내 속은 타들어 갔다. 끝나기만 하면 제일 먼저 뛰어갈 수 있도록 나는 뒤쪽에서 어정거렸다. 어떻게든 일착으로 뛰어나가 내 우산을 갖고 갈 셈이었다. 이제나 저제나 수업이 끝나기만 기다리고 있는데, 갑자기 친구들이 나보다 먼저 우르르 뛰어나갔다. 고민하느라 선생님이 이제 집에 가도 좋다고 하는 말을 놓쳤던 모양이었다. 뒤늦게 친구들을 따라 급하게 뛰어가 보니 이미 신발과 우산들은 사라진 뒤였고 몇몇 신발과 우산만 어지럽게 널려 있었다. 잘 두었던 구석에는 우산이 없었다. 남은 것들 중에서 나의 우산과 비슷하게 생긴 놈을 찾았으나 없었다.

내 뒤로 계속 쏟아져 나오는 친구들에게 밀리다시피 하다가 그 중 비슷할 것 같은 우산을 찾아서 들고 나왔다. 마음이 무거웠다.

'이렇게 헌 우산을 들고 집에 가면 혼날 거야.'

걱정으로 꽉 차서 어떻게 집까지 왔는지 기억나지 않는다. 단지 내가 그러려고 한 게 아니라 어쩔 수 없이 잃어버렸다는 것, 그리고 다시 찾을 도리가 없다는 것을 어머니가 이해해 주실지 그 걱정만 했다.

집에 가니 난리가 났다. 어머니는 나를 도로까지 쫓아오며 두들겨 팼다. 나는 집 밖 도로에 남겨진 채로 비를 맞으며 허접한 우산을 들고 서서 울었다. 어머니는 몇 번이고, 다시 유치원으로 가서 새 우산을 찾아오라고, 그러지 않으면 집에 들어올 생각도 하지 말라고 소리치셨다. 나는 차라리 투명인간으로 변했으면 싶었다.

예민하고 여려서 상처받기 쉬운 마음을 갖고 있어, 어른들이 아무렇지도 않게 한 행동, 다른 사람이라면 별것 아니었을 일에 쉽게 상처받은 어린 시절의 기억을 쓴 글이다. 자신의 여린 내면을 포장하기 위해 위악적인 언행으로 자꾸 트러블을 일으켜서 일상생활에서 여러 문제를 일으키고 있었는데, 이 사람이 쓴 초등학생 시절의 기억 중 일부를 발췌한 다음에 인용한 글을 잇대어 읽어 보자.

…… 약수터에서 집으로 돌아오던 오후는 무척 더웠다. 옷은 물

에 젖었다. 나는 젖었어도 티셔츠를 입겠다고 졸랐으나 어머니는 그럴 필요가 없다고 완강하게 주장하셨다. 러닝셔츠를 입었으면 됐다고 했다. 열 살인 나는 그런 모습으로 시내를 통과해 집에 가야 하는 게 부끄러웠으나 어머니는 신경도 안 썼다. 더운 날이니까 그런 몰골을 누가 보더라도 상관없다는 식이었다. 러닝셔츠만 입고 걸어서 집으로 가라고 했다. 약국 앞으로 나와 도청 앞 교차로를 지날 때였다. 갑자기 김수정이라는 같은 학급 여학생네 집이 도청 앞에서 큰 도매 가게를 하고 있다고 했던 게 떠올랐다. 김수정이 보면 어떡하나 싶어 사방을 두리번거리는데, 그야말로 우연히 가게 앞에 서있는 김수정을 보게 되었다. 하필 일요일 오후, 그 시간에 거기 서있을 게 뭐람. 그리고 왜 나는 러닝셔츠 바람으로 마주보는 도로 이쪽으로 걸어가야 했던 것일까. 간질거리다 못해 심장이 오그라드는 것 같았다.

그런데 어느 순간 나도 모르게 팔과 다리에는 힘이 들어가 군인처럼 씩씩하게 팔을 앞뒤로 저으면 걸어갔다. 같이 가던 가족들이 눈을 동그랗게 뜨고 애가 갑자기 미쳤나, 아니면 심심해서 군인 흉내를 내는 건가, 하고 의아해하는 눈치였다. 나는 김수정이 내다보고 있는 거리를 팔을 씩씩하게 흔들면서 걸었다. 얼굴은 나도 모르게 화끈거리고 심장은 쿵쾅거리며 난리가 났다. 멀리서 김수정이 나를 쳐다보는 게 느껴졌다……

글쓴이는 어린 시절에도 위악적인 껍질을 뒤집어씀으로써 감수성이 예민한 여린 자아를 보호하는 시도를 자기도 모르게 하고 있었던 것이다. 그런 성향은 초등학교 시절부터 시작되어 성장 과정에서 더욱 강화되어 어른이 된 후까지 지속되고 있었다. 그러다 보니 정서적인 측면에서 억압이 심해 스트레스가 심했고, 본심과 다르게 주변의 다른 사람을 상처 입히는 언행을 자주 하고 있었다.

세상을
대하는
태도

아무래도 나는 참견하기 좋아하는 성격을 타고난 모양이다. 지금은 철이 좀 들어서, 잔소리가 튀어나올라치면 허벅지를 꼬집으며 참지만(그래서 내 허벅지는 늘 푸릇푸릇하니 멍이 들어 있다.) 내가 아는 걸 남에게 가르쳐줄 때면 괜히 웃음이 나오고 뿌듯하니 보람까지 느끼는 성향은 어쩔 수가 없다. 초등학교 저학년 때는 남동생과 동네 조무래기를 모아 놓고 학교놀이를 하곤 했었는데, 남동생은 그때 한글을 깨우쳤다고 한다. 부모님은 내가 교사가 되었으면 하셨다. 그러나 중학교 시절, 루소의 『외로운 산책자의 몽상』, 구로다 하쿠조의 『사랑과 인식의 출발』 같은 책을 읽고서, 철학자야말로 세상사를 다 참견하고 고민하는 사람이라고 여겼는지, 장래 철학자가 되겠다고 작정했고, 대학도 철학과로 가고야 말았다. 그럼에도 현실의 첫 직업은 학교 교사였다.

중학교 3학년, 참견하기 좋아하는 성격 때문에 사건이 벌어졌었다.

학생들에게 방위성금을 걷은 돈으로 군함 세 척을 건조했다고, 배 진수식에 학생 대표들이 초대받은 일이 있었다. 따라서 내가 살던 소도시에선 중학교 학생회장들 모임이 있어서 한 달에 한 번 정도 모이곤 했는데 그 구성원들은 다함께 부산엘 가게 된 것이다. 그때만 해도 전국이 일일생활권이 아니어서 부산까지 가는 데 한나절 꼬박 걸려 하룻밤을 묵어야 했다. 여관에서 방을 배정받고 잠자리에 들었는데 옥상에서 싸우는 소리가 났다. 같은 학생회장단 소속의 남녀 둘이 말다툼을 하는 거였다. 나는 엎치락뒤치락 잠들지 못하고 듣고 있다가 기어코 옥상으로 뛰어올라가고 말았다. 그리곤 그 사이에 끼어들어 명쾌하게 시비를 가려 주었고 다들 방으로 돌아갈 수 있었다. 거기까지, 나는 자신이 잘했다고 여기고 있었다. 그런데 그 후 모임에 가면 왠지 나를 기피하는 분위기가 느껴져 고민이 되었다. 뒤늦게 그들의 싸움은, 시비를 다투는 표면적인 목적과 달리, 두 사람이 서로에게 호감을 느껴 말다툼을 가장한 말걸기를 하고 있었단 사실을 깨닫게 되었다. 그 시절만 해도 이성교제는 엄금이어서 사춘기 청소년은 마음에 드는 사람이 있어도 대놓고 사귀자는 말을 하지 못했던 것이다. 그때 친구와 짜장면을 먹으면서 고민을 털어놓았다가 남의 연애를 방해했다, 왕따 당할 만한 짓을 했다는 말을 듣고 얼굴이 홧홧 달아오르고, 삼킨 짜장면에 가슴에 턱 걸려 체한 듯했던 감각은 생생하다.

앞으로 나는 남녀 문제에는 절대 끼어들지 않는다는 결심을 했었다.

그러나 인생이란 결심한 대로 굴러가지지가 않는 것이다.

소위 불혹, 흔들리지 않는다는 사십을 넘긴 나이에도 남녀 사이의 싸움에 끼어들었다가 낭패 본 일이 있었다. 일 때문에 알게 된 사람들이었다. 동거하는 커플이었는데 혼인관계가 청산되지 않은 채 한국에 와서 사는 일본 여자와 미혼인 한국 남자였다. 그런데 여자가 딴 남자에게 한눈팔다가 들켜 버려 상대 남자가 펄펄 뛰고 있다고 했다. 일본에 있는 남편도 자존심이 상하는데, 게다가 다른 애인까지 생기다니, 용서할 수가 없다는 거였다. 남자는 법적으로 자기 명의로 되어 있는 아파트와 사업체 등 재산 전부를 자기가 가질 테니 여자는 알몸으로 일본으로 가라고 한다고 했다. 여자는 한국에 있는 게 자기가 가진 전부인데 그럴 수 없다고 이 문제를 어떻게 해야 하냐고 나에게 하소연을 했다.

그때 내 머릿속에 떠오른 건 중학교 때 일이 아니라 대학 시절 친구들 사이에서 떠돌던 중국집 괴담이었다. 사실인지 모르지만, 남녀가 중국집 이층 구석방에서 데이트를 했는데, 강간 사건이 벌어졌다. 그 시절엔 중국집에 가서 탕수육 같은 요리를 주문하면 외진 방을 내주곤 해서 갈 데 없는 데이트 커플은 중국집을 많이 찾았었다. 여자가 혼인빙자 간음죄로 고소해서 상대 남자는 감옥에 갔는데, 더하여 중국집 주인도 장소 제공 혐의로 감옥에 들어갔다. 그 후 여자네 집에서 그 남자와 결혼하는 것으로 사건을 수습하기로 합의해서 남자는 감옥에서 나왔는데 중국집 주인은 강간 방조죄라는 형사범이어서 합의와는 상관없이 그대로 감옥살이를 하게 되었다는 것이다. 그래서 대학 시절, 남녀 사이의 싸움에 끼어드는 이가 있으면 흔히 "재미는 딴 놈이 보고 벌은 대신 받는 짱개집 주인 꼴"이 된다는 농담을 하곤 했었다.

아무렇든지 그때 나는 참견하지 말자고 허벅지를 꼬집어 가면서 참았다. 그 여자가 아침저녁으로 전화해서 무슨 방법이 없겠냐고 하소연을 할 때마다 불끈거리는 자신을 여간만 단속한 게 아니었다. 하지만 무슨 일이든지 세 번까지만 참을 수 있다고 하던가. 어느 이른 아침 그녀의 전화를 받다가 잠깐만 기다려 보라고 하곤, 벌떡 일어나 그 집으로 달려가고야 말았다. 두 사람을 앉혀놓고 멋지게 시비를 가려 주었음은 물론이다.

그런데 문제는 얼마 뒤 두 사람이 화해를 하고 헤어지지 않기로 합의했다는 것이다. 그 커플은 나와 마주치면 불편하기 짝이 없는 태도로 외면하거나 적을 대하듯 생뚱거렸다. 그냥 아는 게 아니라 일로 얽힌 관계여서 한동안은 불편하기 짝이 없었다.

그제야 중학교 때 일이 기억났고 괜히 비관스러웠다. 도대체 30년이나 지나도, 내 딴엔 인격 도야를 한다고 노력해 온 것 같은데, 어떻게 사람의 행동 패턴은 이다지도 변하지 않고 반복되는가 싶었다.

패턴이란 말을 사전에서 찾아보면 양식, 본, 틀, 무늬라고 되어 있다. 소비 패턴이나 행동 패턴처럼 비슷한 유형이 반복될 때 쓰인다고 설명한다.

40대에도 참견하다가 '따' 당하는 꼴이 되자 나는 사람의 행동 패턴에 대해 곰곰 생각하게 되었다. 그렇게 하려고 의도하지 않았는데도 자신도 모르게 반복하곤 하는 행동 패턴을 어떻게 해석하고 컨트롤해야 하는 걸까.

프로이트가 죽은 후 가장 독창적인 정신분석학자라고 일컬어지는 카렌 호나이 박사는 사람들에게서 반복되는 행동 패턴을 연구하여 "세상을 대하는 세 가지 태도"라고 정리하였다. 카렌 호나이 박사는 에리히 프롬이 그랬던 것처럼, 베를린 정신분석연구소에서 일하다가 제2차 세계대전이 발발하기 직전 미국으로 이주하여 활동한 신프로이트학파의 한 사람이다. 그녀는 심리 장애의 원인을 어린 시절에서 찾는 정통 프로이트학파와는 달리 장애의 원인을 인간관계의 갈등에서 찾으려 했고, 또 당사자가 자기 심리 장애의 원인을 깨닫고 이해하여 스스로를 변화시키는 것이(프로이트 학파가 주장하듯 전문가의 분석에 의지하지 않고서도) 심리적인 장애를 극복하는 한 방법이라고 주장하기도 했다. 설명한다면 심리적인 장애를 치유하기 위해서는 자기에 대한 철저한 이해가 필요하지만, 심각한 증세만 아니라면 전문가의 도움을 받지 않고 자기 분석을 하는 것으로 치유가 가능하다고 주장한 것이다.

호나이 박사가 정리한 세 가지 패턴을 살펴보기 전, 우선 머릿속에 그림을 그려 보자. 배가 고파 먹을 것을 얻으려고 애쓰는 아이와 양육하는 엄마 사이에서 일어나는 행동 패턴이다.

첫 번째, 아이가 방긋방긋 미소 지으며 엄마의 마음에 들도록 행동했더니 젖을 얻어 배를 채울 수 있었다. 이런 행동 패턴이 반복 학습되면 아이는 순응적인 태도를 몸에 익히게 된다.

두 번째, 아이가 울고 보채고 떼를 쓰는 등 소란을 피웠더니 그제야 엄마는 아이에게 젖을 주어 배를 채울 수 있었다. 이런 행동이 반복 학습되면 아이는 공격적인 태도를 지니게 된다.

세 번째, 아이가 미소를 짓고 마음에 들려고 애쓰거나 울며 소란을 피우거나 상관없이 엄마는 자기 마음이 내킬 때나 생각날 때만 젖을 주었다. 그 결과 아이는 나의 행동과 먹을 것을 얻는 일 사이에는 아무런 관계가 없다고 생각하게 되었다. 이런 반응이 되풀이된다면 아이는 회피적 태도를 갖게 된다.

현실에서는 이 세 가지 행동 양식 중에서 어느 한 유형만 고집하여 한 가지 행동만 하지 않을 것이다. 그러나 양육하는 엄마의 반응이 어느 유형으로 쏠리는가에 따라 아이 마음속엔 비슷한 경험과 반응들이 쌓이게 되고 그렇게 되면 한쪽으로 쏠린 경향성을 띠게 된다고 가정하자는 것이다.

순응적 태도

카렌 호나이 박사는 이를 '다른 사람을 지향하는 태도'라고 부르기도 한다. 자신은 약하고 힘이 없다고 여겨 다른 사람의 애정을 구하여 그에 의존해 살려고 하는 태도를 가리킨다.

여성들에게서 흔히 발견된다. 특히 한국의 여성은 어릴 때부터 순응적 태도를 갖도록 길러진다. 나의 어머니도 남녀 차별에 분개하시긴 했으나, 실생활에선 당신 주장과 다르게 아들딸을 구별해서 키우셨다. 딸인 내게 '여자는 자기주장을 내세우면 미움 받는다', '순종해야 한다', '여자답게 상냥하고 고분고분해라' 등의 잔소리를 자주 하신 것이다.

순응적 태도가 몸에 밴 사람들은 인생에서 제일 중요한 것이 누군가를 사랑하고 사랑받는 일이라고 믿고 있다.

겉보기와 달리, 다른 사람의 요구나 기대에 따라 행동하는 순응적 태도의 사람들에겐 숨은 이면이 있다.

서머싯 몸의 일기에 나오는 어떤 모녀의 일화를 예로 들어보자. 지독한 난봉꾼이었던 남편이 죽자 어머니는 사교계 생활까지 단념하고 하나뿐인 딸을 키우는 데 헌신한다. 딸은 예쁘게 자라 약혼을 하게 된다. 결혼 날짜가 다가오는데 갑자기 어머니가 병이 난다. 좀처럼 낫지 않는다. 결국 딸은 파혼하고 어머니를 병간호한다. 병석에서 일어난 어머니는 딸의 혼기를 놓칠까봐 이번에는 자신이 나서서 사윗감을 찾아다닌다. 적당한 남자를 구해 딸은 다시 약혼한다.

결혼 날짜가 다가오자 또다시 어머니는 병석에 눕고, 그 때문에 딸은 또 파혼하게 된다. 이렇게 약혼과 파혼을 세 번이나 되풀이한 모녀의 이야기이다.

이 일화를 살펴보면 어머니의 의식 수준에선 딸을 결혼시켜 떠나보내겠다는 생각이나 의지를 갖고 있지만, 무의식 수준에는 딸이 떠나려는 걸 막으려는 바람이 숨어 있다. 이 어머니에게 물어보면, 딸이 결혼하는 게 자신의 소원이라고 대답할 것이고, 스스로도 자신의 그 말을 믿어 의심치 않을 것이다. 그러나 무의식에는 딸과의 이별을 어떻게든 막으려고 하는 반대되는 원망이 숨어 있어 병이라는 장애를 만들어내는 것으로 해석된다.

이 정도로 극단적이진 않더라도 겉보기엔 순종하고 희생하는 듯 보이지만, 은연중엔 자신의 뜻대로 주변 사람들을 조종하는 경우를 많이 보게 되는데, 이를 두고 '희생자 노릇'을 한다고 말한다. 일화에서 언뜻 보기에는 어머니가 딸을 위해 희생하고 있는 것처럼 같지만, 사실은 어머니가 딸의 인생을 자기 마음대로 조종하고 있는 셈이다.

순응적 태도를 가진 사람의 특징을 보면 이들은 다른 사람의 욕구에 예민하다. 다른 사람의 기대 혹은 그들이 기대하고 있다고 추측되는 것에 자기를 맞추고 살면서, 자신의 진정한 감정은 외면하는 경향이 있다. 다른 사람들로부터 "입안의 혀처럼 곰살궂게 군다"는 평가를 받기도 한다.

또 선물을 받고 싶으면 받고 싶다고 말하는 대신 상대에게 선물을 준 다음, 그쪽도 똑같이 보답할 거라고 기대하기도 한다. 자신이 사랑한다는 말을 듣고 싶으면 상대에게 사랑한다고 말한 다음 상대방도 그렇게 말해 줄 거라고 기대하여 눈치를 살피는 것이다. 여자들에게서 종종 듣게 되는 "그가 나를 사랑하게 만들려고 애쓰다가 그만 내가 사랑에 빠져 버리고 말았어"라는 불평이 바로 이런 성향에서 나온 것이다. 나쁘게 말한다면 "알아서 긴다"고 할 수 있는데, 자신이 해준 행동에 대해 상대가 별로 감동하지 않을 뿐더러 괘념하고 있지도 않다는 사실을 알면 깜짝 놀라고, 결국엔 세상 사람들은 모두가 이기적이고 무정해서 자기가 희생당하면서 산다는 피해의식을 갖게 되기도 한다.

이런 사람들은 자기만 아는 자기도취적 장애를 가진 사람들에게 정서적으로 착취당하기 쉽다. 이들은 어떤 집단에 들어가더라도 처음엔 무엇이든 좋게만 해석하려는 성향이 있어서 사람들의 진짜 모습을 보지 않으려고 하기 때문에 자기 보호를 하지 못하는 수도 많다. 예를 들어 순응적 태도를 가진 사람은 어떤 회사에 들어가면, 처음엔 '우리 회사는 가족 같은 분위기고 직원들은 다 좋은 사람들이고, 사장님은 좋으신 분'이라고 생각하고, 박봉과 제대로 대우해 주지 않는 현실 같은 건 애써 외면한다. 섭섭한 일이 생겨도 언젠가 내 정성을 알아줄 것이고, 알아서 배려해 줄 것이라고 기대하면서 묵묵히 참는다. 그러다 사장이 자기 이익만 챙기고 회사를 접거나 냉정하게 손익을 따져 갈라서게 되면 충격을 받고 그제야 당했다고 억울해하는 사태가 벌어지는 것이다.

순응적 태도를 가진 사람과 같이 사는 것이 편할 수는 있다. 하지만 주의해야 할 것은 이들이 다른 건 모두 양보하고 희생하지만, 다만 하나 자기를 사랑해야 한다는 끝없는 애정 욕구는 반드시 들어줘야 한다는 점이다.

순응적 태도를 가진 사람들은 이타적이고 순종적이고 지나칠 정도로 이해심이 많고 너그럽다. 자신의 감정이나 판단은 생각하지 않고 자신이 원하는 걸 상대에게 물어보지도 않고 맹목적으로 해주려고 하는데, 자기의 그런 헌신에 상대방이 보답하지 않으면 혼란스러워 한다. 때문에 이런 태도를 가진 사람들의 마음속엔 세상 사람들은 모두가 위선적이고 자기만 아는 이기주의자라는 생각이 은연중 자리 잡고 있다.

순응적 태도를 가진 사람들은 자기주장을 해야 하거나 비판을 해야 하거나 요구해야 하거나, 명령을 해야 하거나 하는 상황이 되면 당황해서 어쩔 줄 모른다. 결정은 상대방에게 맡긴다고 말하고선 자기가 원하는 대로 되지 않으면 말없이 토라지기도 한다. 이처럼 생활 전반을 다른 사람의 요구에 맞춰서 하려고 하기 때문에, 자기를 위한 일이나 혼자 즐길 수 있는 일을 잘 하지 못하는 경향이 있는데, 심하면 혼자서 하는 일은 무의미하다고 여겨서, 혼자서는 즐기지 못하기도 한다.

언젠가 심심하다고 불평하는 여성에게, "혼자 영화라도 보세요"했더니 자기는 혼자 영화를 보는 건 머쓱해서 못 하겠더라는 대답을 듣기도 했다.

순응적 태도를 가진 사람들의 무의식에 깔린 정서는 무력감이다. 자신은 아무런 힘이 없다고 생각하기 때문에 다른 사람들에게 동조하여 의지함으로써 덜 외로울 수 있을 거라고 바란다. 또 다른 사람의 결정을 따라가려는 경향이 있어, 체호프의 소설 『귀여운 여인』의 주인공처럼 아버지, 남편, 아들 순으로 의지할 사람을 필요로 찾게 되는 것이다.

무엇보다도 이런 이들의 가장 큰 문제는 다른 사람의 평가에 따라 스스로에 대한 평가가 달라진다는 점일 것이다. 남들이 자신을 좋게 생각한다 싶으면 자존심을 높이 세우고 남들이 자신을 무시한다고 느끼면 추락해서 자기를 부정적으로 생각하고 비판한다.

여기서 자존심이 높다는 말이 자존감이 높다는 말과는 다르다. 자존심이란 공연히 날을 세우며 거만한 척하는 것으로 주변의 반응에 따라 쉽게 의기양양해지거나 무너지기도 하지만, 자존감은 자기 존재에 대해 스스로가 느끼는 내적 확신이기 때문에 주변의 반응에 따라 흔들리지 않는다.

순응적인 태도를 가진 사람들의 공격적 충동은 철저하게 억압되어 있어 자신이 바라는 것을 드러내어 요구하고 명령하기보다는 은밀하게 조종해서 얻으려는 왜곡된 방식으로 행동하기 쉽다. 이기

심, 야망, 권력을 지향하는 태도를 의식에서는 경멸하지만 무의식에선 오히려 동경하고 있다.

자신의 주된 태도 발견하기

자기가 순응적 태도 유형이라고 느끼거나 혹은 주된 성향은 그렇지 않더라도 그 순간 그때만큼은 순응적 태도였다고 느껴지는 기억이 있을 것이다. 한때 순응적 태도를 취했던 기억을 꺼내어 글로 써보자.

내가 억울했던 것은 나와 한 살 위인 오빠를 대하는 부모님의 태도가 전혀 달랐다는 것이다. 나에게는 이렇게 해라, 저렇게 해라, 지시하시면 나는 신경질이 나도 표현도 못하고 순응해야 했는데, 오빠는 나와 달리 "왜 해야 되는데?" 하고 반문하거나 심지어 명절이나 집안모임이 있을 때도 "난 가기 싫어요." 하고 반항해도 크게 혼나는 경우가 없었다. 그건 나에겐 결코 허용되지 않는 특권이었다. 나는 고등학교를 졸업할 때까지 반드시 부모님을 따라 큰댁에 가곤 했으나 오빠는 중학생 때부터 제멋대로 해도 괜찮았다. 그뿐 아니라 남자인 오빠에겐 허용되었지만 여자인 나에겐 허용되지 않았던 것이 꽤 많았다. 친척들이 모이면 오빠는 친척 오빠나 남동생들과 어울려 피씨방이나 당구장에 간다고 나가 있어도 괜찮았지만 나는 20대 중반이 될 때까지도 그들과 함께 나가 노는 게 허락되지 않았다.

친구들과 놀다가도 10시까지는 집에 들어가야 했고, 그것도 자주는 아니었다. 보통은 8시만 넘겨도 잔소리를 들었다. 그럴 때마다 "왜 나는 안 되는데요?" 하고 물었으나 아버지는 또 "넌 여자아이니까 안 돼."라고 완강하게 거절하셨다.

이 글은 설명 위주로 써서 상황을 그리는 게 아니어서 심리의 본질적인 면은 드러나지 않지만 일반적으로 우리나라 여성들이 키워지는 방식이 이렇다는 데는 다들 동의할 것이다. 글쓴이는 남자 형제가 있어 이런 대비가 강하게 느껴졌다고 하는데, 그걸 글로 표현해 본 것이다.

다음은 자신의 의존성과 불안의 근원을 찾아 극복하고 싶었던 수강생이 어린 시절의 기억을 묘사문으로 쓴 것이다.

울음을 삼키면서 나는 집요하게 바깥 동정에 귀를 기울인다. 먼 자동차 엔진소리가 점점 가깝게 다가오는 것 같다. 그러다 그 소리가 문득 사라진다. 조금 뒤 또 가슴이 두근거린다. 또 엔진소리가 들리는 것 같아서이다. 그러다 자동차 전조등 불빛이 방문을 비추기 시작한다. 창호지와 문살이 만든 긴 그림자가 방바닥에 어른거린다. 아, 아버지 트럭이구나. 엄마하고 같이 왔겠지. 비로소 두근거림이 가라앉고 안도한다.

시골 외가에서 부모님을 기다리던 불안이 끝나던 순간이다. 그 불안한 두근거림은 내 유년 시절 내내 그치지 않았던 것 같다. 무엇이 나를 그토록 불안하게 했던 것일까?······

아버지는 열 살 때 할아버지를 잃었다고 한다. 밑으로 동생이 다섯 명이었고 그때부터 어머니와 동생들을 책임지느라 학교도 졸업하지 못한 채로 생활전선에 뛰어들었다. 아이스케키 장사부터 막노동까지 안 해본 일이 없었다. 그러다 큰 가게에 들어가 심부름을 하면서 장사를 배웠다. 나중엔 엄마와 결혼한 뒤 부부가 함께 물건을 떼어다 파는 중간상인으로 사방을 돌아다녔고, 그 당시로는 목욕탕이 딸린 집을 살 정도로 돈을 버셨다.

경제적으로 어느 정도 안정되면서 아버지는 도박과 여자에 빠져들기 시작했다. 집에 들어앉아 살림만 하게 된 엄마는 그 때문인지 늘 짜증과 신경질로 뒤범벅이었다. 그래서 일찍부터 아버지의 여자들에 대해 나까지 눈치 채고 있었다.

두 분은 자주 싸웠다. 아버지는 주먹을 휘둘렀고 어머니는 악을 쓰며 대들었다. 부부싸움이 시작되면 나는 외가에 맡겨졌을 때처럼 또다시 가슴이 두근거리기 시작했다. 살림이 부서지고, 방바닥은 깨진 유리조각으로 뒤범벅이 되었고, 엄마는 악을 쓰다가 목청이 터져라 울었다. 나는 한구석에 숨어서 머리통을 무릎에 박고 귀를 양손으로 틀어막고 울음소리가 그치기만 기다렸다. 그래도 언니는 용기가 있는 편이어서 싸움을 말리려고 끼어들기도 했지만 늘 힘이 모자라 내동댕이쳐지곤 했다. 술에 취해 날뛰는 아버지를 힘으로 당해낼 사람이 없었다. 그러다 아버지는 제풀에 지쳐 아무렇게나 쓰러져 잠들어버리곤 했다. 그제야 나는 구석에서 슬금슬금 기어 나왔고, 잠든 아버지의 모습이 짐승 같다고 느꼈다.

하도 부부싸움이 심해 그랬는지 할머니가 점을 쳤더니 사악한 기운을 몰아내야 한다고 하여 굿을 하기도 했다. 무당이 나타나 마당에다 커다란 멍석을 깔고 그 위에 엄마를 눕힌 채로 굿판을 벌였다. 굿 중간에 징소리가 높아지자 엄마를 멍석에 돌돌 말아서 장정들을 불러다 어깨에 메게 했다. 그 순간 구경하던 나는 심장이 뚝 멎는 것 같았다. 무당은 신들린 듯 춤추면서 쇠방울을 요란하게 흔들며 뛰어다녔다. 남자들은 멍석을 어깨에 맨 채로 마당을 빙빙 돌았다. 쇠방울 소리를 따라 내 심장은 아플 정도로 거칠게 뛰어 나중에는 정신을 잃을 정도가 되었다……

내가 가장 행복한 순간은 좋아하는 이를 기다리는 일이다. 그러나 그 기다림이 절절해지면서 나의 불안이 자꾸 부풀어 오른다. 그러다 보니 기다림이 조금만 길어지면 행복이 아니라 불안이 되어버리고 기다렸던 이가 내 곁에 있어도 그를 잃을지 모른다는 기분에 휩싸여서 불안이 심해지기도 한다. 불안할 때면 심장이 심하게 쿵쾅거려 숨쉬기가 불편할 정도이다.

잠이 오지 않는 밤이면 이런 불안감을 사라지게 할 유일한 방법은 내가 사라지는 일이 아닐까 하고 생각한 것도 한 두 번이 아니다.

어린 시절, 외가에 맡겨진 게 부모에게 버림받았다고 여겨져서 시작된 불안의 경험과 성장기에 목격한 부모님의 다툼이 연이어 서술되어 있다. 물론 이런 경험을 했다고 누구나 다 불안과 의존성을 갖게 되지는 않는다. 같은 형제라도 사람마다 타고나는 감수성의 정도가 다르고 성격도 다르기 때문이다. 특별히 감수성이 민감하게 타고나면 인생과 세상에 대해 다양하고도 심도 있는 체험을 하게 되어 정서적으로 풍요롭게 살 수 있지만, 나쁜 면을 보자면 마음의 상처를 받기 쉽다고 할 수 있다. 이런 타입의 사람은 어린 시절 가까운 사람(부모나 양육자)의 보호받지 못한다고 느끼게 되면 받게 되는 상처는 커서 어른이 된 뒤에도 누군가의 보호를 갈망하게 될 수도 있다. 하지만 자신의 그런 근원을 안다면 어느 정도까지는 자기 컨트롤이 가능하게 된다.

공격적 태도

카렌 호나이 박사는 공격적 태도를 '사람들에게 맞서는 태도'라고 부르기도 한다. 한국 남성들은 대체로 이런 태도를 갖도록 키워진다. 부모들은 남자아이에게는 "씩씩해라", "용감해라", "울면 안 된다", "약한 건 잘못이다", "싸우면 이기고 와라", "원하는 건 쟁취하는 거다" 등등 잔소리를 퍼부으며 그렇게 행동하도록 키운다. 하지만 요즘은 자녀가 하나나 둘 정도여서인지 여자아이도 이런 태도를 갖도록 가르치는 경우도 있는 것 같다.

공격적 태도를 가진 사람들이 생각하는 세상이란 맹수들이 싸우는 전쟁터고, 인생이란 홉스의 말대로 '만인에 대한 만인의 투쟁 상태'이다. 따라서 사람들이 경쟁하고 이기려고 싸우는 건 당연한 현상이라고 생각하며, 그 반대인 협력, 공감과 같은 상황은 잘 받아들이지 못한다. 공격적 태도를 가진 사람들이 가장 원하는 건 다른 사람들을 내 뜻대로 움직일 수 있는 존재가 되는 것이다. 이들은 싸워 이겨야만 살 수 있다고 이를 악물고 생활하기 때문에 마음속 불안이나 두려움은 드러내어 인정하지 않으려고 한다. 동물이 병들고 약해지거나 죽을 때가 되면 다른 동물들의 눈에 띄지 않는 곳을 찾아 숨는 이유와 같다. 약하게 보이면 남의 먹잇감이 된다고 믿는 것이다. 따라서 약점이 드러나면 그걸 인정하기보다는 오히려 합리화하고 큰소리를 치는 쪽을 선택하게 된다. 허세를 부리고 더욱 위악적인 태도를 보인다. 한국 남자들은 대부분 이런 태도가 몸에 배어 있는데, 순응적 태도가 몸에 밴 여자들은 이런 남자들을 이해하지 못하여 오해하거나 갈등을 일으키고 마음의 상처를 입는다.

나는 한때 30킬로그램쯤 되는 에어데일테리어라는 사냥개를 키운 적이 있었다. 그 녀석을 데리고 산책을 나가면 생긴 모양이 낯설어 무서워하는 사람들이 가끔 있었다. 그런데 어떤 남자들은 움찔 놀라면서 격렬하게 화를 냈다. "이 아줌마가 미쳤나? 어디서 개를 데리고 다녀?" 나더러 어쩌라고? 황당했다. 언뜻 보기엔 무턱대고 화부터 내는지라 그 속내가 어떻게 작동하는지 궁금했다. 나중에야 알게 된 것이지만 남자들은 무서울 때 무섭다고 말하는 대신 화를 내도록 키워진 것이다. 무섭다는 말은 자신이 약하다고 인정하는 것이기에, 차라리 공격이 최상의 방어라는 주장을 실천하고 있는 셈이다.

공격적인 태도가 몸에 익은 사람들은 지치고 힘들어 위로받고 싶을 때도 솔직하게 그런 마음을 표현하는 대신, 화를 내거나 트집을 잡아 상대를 공격하기 일쑤이다. 본인도 자기가 왜 싸움을 걸었는지 모를 때가 많고 그 순간이 지나고 난 뒤에야 본심은 그게 아니었는데 싶어 스스로도 후회하기도 한다. 그저 몸에 익은 패턴대로 진짜 필요로 하는 걸 요구하는 대신 더 힘들어지는 방식으로 치닫는 것이다.

어떤 부인은 남편이 퇴근해서 집에 들어오다가 아이들이 비빔밥을 먹는 걸 보자 다짜고짜 아이들 음식을 개밥처럼 해서 먹인다고 마구 화를 내더라는, 그래서 남자라는 존재는 도무지 이해할 수가 없다는 하소연을 했다. 하지만 나중에 알고 보니 남편은 그날 낮에 회사에서 좋지 않은 일이 생겨서 의기소침한 상태였었다고 했다. 위안을 구하는 대신 화내기를 택한 사례이다.

순응적 태도가 몸에 밴 여자들이 공격적 태도가 몸에 밴 남자들을 오해하여 갈등을 많이 겪는 게 연애할 때이다. 여자들은 자신이 가장 듣고 싶어 하는 말인 "사랑한다"는 소리를 남자들도 듣고 싶어 하고, 들으면 기뻐할 거라고 오해한다. 그러나 공격적 태도를 가진 사람은 사랑한다는 말이 대수롭지 않거나, 심하면 네가 약하게 보인다는 나쁜 뜻으로 받아들일 가능성이 크다. 그래서 사랑한다는 말을 들으면 오히려 나를 만만하게 보느냐고 반발하기도 한다. 순응적 태도의 사람들과 다르게 공격적 태도의 사람들이 가장 듣고 싶어 하는 말은 "네 능력은 놀랍다" 혹은 "너에게 감탄했다", "너는 뛰어나다"처럼 감탄과 존경의 표현이다. 그러므로 남자들의 마음을 사로잡는 대화법이란 단 세 마디만 되풀이하면 된다는 농담이 심리학적인 관점에서는 틀린 게 아닌 셈이다.

"어머나!" "정말요!" "대단하네요!"

언젠가 나도 어떤 남자(마초적인 면이 거의 없는 분이었다)와 이야기할 때 30분 이상을 매뉴얼대로 세 마디만으로 대꾸하는 실험을 해보았다. 며칠 뒤 그 분이 "정말로 말이 잘 통하는 사람과 멋진 대화를 했다"고 하더라는 말을 전해 들었다.

아무튼 공격적 태도를 가진 사람들은 어떤 상황이나 인간관계도 경쟁과 투쟁의 관점, 이익과 손해의 관점에서 보는데, 이런 자신의 시각이 현실을 솔직하게 제대로 보고 있는 것이라고 믿는다. 이들을 지배하는 정서는 세상과 사람들에 대한 적대감이다.

이들은 상대가 틀렸다고 믿어서가 아니라, 자기 확신이 필요하기 때문에, 혹은 자신이 더 잘났다는 사실을 입증해 보여야 하기 때문에 '하지만', '다만'과 같은 유보적인 말로 시작되는 입씨름을 하려고 든다. 뭐가 잘못되면 순응적인 태도를 가진 사람이 미안하다고 사과할 채비가 되어 있는 것만큼이나 공격적 태도의 사람들은 일단 다른 사람을 탓할 채비가 되어 있다.

공격적 태도를 가진 사람들에게 일은 목적을 달성하는 수단에 지나지 않는다. 때문에 실제로 일 자체는 별로 좋아하지 않는 수가 많으며, 그 일을 하는 과정도 재미와 즐거움을 느끼지 못한 채로 몰두해 있는 경우도 많다. 심하면 다만 그저 경쟁한다는 사실에 휩쓸려서, 경쟁에서 이겨야한다는 목적에 초점을 맞춰 열심히 일한다. 그러다 보니 감정을 느끼는 일은 거치적거리는 낭비라고 여기기 쉬우며, 경쟁에서 지게 만드는 약점이라고 경계하고 있는 경우도 많다.

공격적 태도가 몸에 밴 사람들이 억압하고 있는 건 주로 감정이다. 이들은 무의식에서부터 자신에 대한 다른 사람들의 감정과 의도를 불신하고 있으며, 자기를 지키려면 상대를 굴복시켜야 하고 그러려면 더 강해져야 한다고 느낀다. 이들은 우정, 애정, 이해, 공감, 즐기기 같은 것을 제대로 경험하지 못한다.

이런 사람들은 자신이 솔직하고 현실적이라고 느끼기 때문에 냉혹한 태도를 강한 것, 타인에 대한 이해 부족을 정직한 것, 목적만을 추구하는 것을 현실주의적인 태도라고 주장한다. 이들은 사랑받기보다는 인정받기를 원한다.

주된 태도 유형 발견을 위한 자기 이야기 쓰기

주된 태도가 공격형이라고 느끼거나, 혹은 다 그렇지 않다 할지라도 자신이 종종 공격적 태도 가졌거나 한 기억이 있다면 글로 써 보자.

　부모님이 일찍부터 일을 하셔서 어린 시절 나는 할머니가 돌봐 주셨다. 우리 집에는 남자아이가 없어서 그랬는지 여자인 나를 손자처럼 여기며 예뻐하셨다. 엄마는 아들을 못 낳아서 속상해 울었다고 했지만 할머니에게서 그런 서운한 기미는 전혀 보이지 않았다. 할머니뿐 아니라 할머니 동생인 집안 어른들도 나를 보면 항상 장손 왔는가, 하며 반겨 주셨다. 큰댁에 사촌오빠가 있었는데도 그랬다. 할머니는 나를 그 오빠보다 더 예뻐하신 것이다. 어릴 땐 그게 하나도 이상하지 않았다. 그냥 같이 살아서, 또 할머니와 큰 아버지 사이가 안 좋아서 그런 모양이라고 짐작할 뿐이었다.

　어렸을 때부터 장손이라는 말을 듣고 자라서인지 난 자신을 남자나 다름없다고 여겼었다. 장난감도 인형이나 소꿉보다 총 같은 걸 사 달라고 했고 놀이도 남자아이들과 말뚝박기나 비석까기 같은 걸 했는데, 그런 놀이가 진심으로 즐거웠다. 옷도 남자애들처럼 바지에다 티셔츠를 입었으며 알록달록한 예쁜 색깔의 옷은 싫어했다. 머리도 늘 커트머리였다. 엄마도 내 머리카락이 조금만 길어도 지저분하다고 미용실로 데려갔다. 머리가 짧고 차림새도 남자 같았기 때문에 자주 남자로 오해를 받았고, 여자 화장실에 가면 들어오던 사람이 나를 보고 흠칫 놀라기도 했다. 심지어 여기는 여자 화장실이라고 말해 주는 아줌마들까지 있었다. 치마가 불편했다. 고등학교를 빨리 졸업하고 싶었던 이유 중 하나가 교복치마를 입기 싫었던 까닭도 있었다.

할머니는 입버릇처럼 나를 장손이라고 부르셨다. 잠도 할머니 방에서 둘이서 잤다. 할머니와 지낸 시간이 많아서인지 할머니에 대한 기억은 따뜻하고 행복하다. 학원이 늦게 끝날 때면 으레 할머니가 마중 나왔는데 할머니 손 붙잡고 집으로 돌아오던 달 밝은 밤길은 아직도 생생하다. 길 양옆에는 꽃들이 피어 있었고 언덕 위엔 하얀 달이 떠 있었다. 그 길을 손잡고 도란도란 이야기 나누며 집으로 돌아왔다. 정말 행복했다.

엄마는 할머니에 대한 기억이 안 좋은지 항상 너네 할머니는 이랬다, 저랬다 나쁘게 말하지만 나에게는 정말 좋은 할머니였다. 일요일 아침이면 할머니와 함께 약수터에 가곤 하던 일도, 아침 일찍 일어나는 게 싫어서 귀찮은 마음도 있었지만, 그래도 뿌듯했다. 특히 비오는 날 만들어 주던 부침개. 할머니와 둘이 자던 밤들은 나에게는 행복한 기억들이다.

고립된 태도

고립된 태도는 인간관계를 회피하는 태도로서 카렌 호나이 박사는 '사람들에게서 물러나 있으려는 태도유형'이라고 불렀다. 인간관계에서 혼란을 느껴 어떻게 대응해야 좋을지 모를 때, 사람들은 일단 거기서 물러나려고 하게 마련이다. 대다수의 사람들이 가끔은 그런 상황에 처하기도 한다. 그런데 그런 일이 반복되어 사람들로 부터 떨어져서 지내는 상태가 인생의 주된 경향이 되면 문제가 된 다는 것이다.

인간관계에서 떨어져 나와 혼자 지내게 되면 자신에게서도 멀어 지게 된다. 사람은 다른 사람과 어울려 살아갈 때만 비로소 자신이 누구인지 알 수 있기 때문이다. 고립되어 은둔자처럼 생활하게 되 면, 자신이 좋아하고 미워하고 희망하고 두려워하고 분노하고 믿는 것이 무엇인지 흐릿해지게 마련이다. 그러면 자기가 누군지 모르게 되는 것이다.

대학 1학년 철학개론 시간에 이런 이야기를 들었다. 인간의 의식 이란 자동차 헤드라이트와 같다는 주장이었다. 만약 자동차가 독자 적으로 생각할 능력을 가졌다고 한다면, 어느 날 자동차는 이런 생 각을 할지도 모른다.

"매일 오가면서 보게 되는 바깥 풍경이란 진부하고 시시하기 짝 이 없다. 그것에 비해 나, 자동차 내부는 얼마나 복잡하고 다채로운 가. 엔진의 구성이며, 작동 원리를 관찰한다면 정말 재미있을 것이 다. 앞으로는 똑같은 풍경을 구경하느니 나의 내부를 들여다봐야겠 다."

그 자동차는 헤드라이트로 밖을 비추는 대신 안을 비추기 시작 했다. 당연한 결과로 전방을 밝히지 못한 채 운행하다가, 큰 사고가 나고 말았다.

인간의 의식도 자동차와 같다고 했다. 의식은 밖으로 향하여 세계를 바라보고 해석하고 적응하도록 되어 있는데, 자신의 내면만 들여다본다면 파탄 나게 되어 있다는 것이다.

동양 철학에서도 비슷한 말을 하고 있다. 인간이라는 단어를 살펴보면 한자로 사람 인(人)자는 두 사람이 서로 기대어 있는 모양을 본떠 만들어졌다는 주장이 있으며, 더 나아가 인간(人間)이라는 단어도 사람 인자만이 아니라 사이 간자를 붙여 비로소 사람을 뜻하도록 되어 있다. 즉 사람은 혼자일 땐 사람이라고 할 수 없고, 사람 사이에 있을 때 비로소 사람이라는 뜻이 된다는 것이다.

불교 선가에서도 비슷한 내용을 가르치고 있다. 제자가 스승에게 묻는다.

"참다운 나란 무엇입니까?"

스승이 대답한다.

"사자가 사슴을 잡을 때와 같으니라."

'부처란 똥치는 막대기와 같다'는 둥 하는 선불교의 공안이 그러하듯 언뜻 보면 동문서답 같다. 그렇지만 한번 상상력을 발휘해보자.

사자가 배가 고파 어슬렁거리며 돌아다니다가 사슴 한 마리를 발견한다. 당연히 사자는 풀숲에 몸을 숨기고 사슴을 잡으려고 할 것이다. 사슴을 노릴 때 사자의 머릿속은 어떨까? 사슴에게 집중해서 세밀하게 관찰하는 내용이 들어 있을 것이다. 사자는 토끼 한 마리를 잡을 때도 전력을 다한다니까 말이다. 아마도 사자는 골똘하게 사슴의 상태며 서 있는 방향, 어디가 강하고 어디가 약한지, 코가 어디를 향해 있고 바람이 어떻게 부니까 어떻게 공격을 해야 들키지 않고 잡을 수 있는지, 골몰할 것이다. 그때 사자의 머릿속에는 저 사슴에게 내가 어떻게 보일까, 나를 무서워할까 안 무서워할까, 나를 숲의 왕자라고 생각하고 있을까, 나를 우습게 보면 어떻게 하나, 등등 그런 잡념은 끼어들 여지도 없을 것이다. 오로지 사슴을 제대로 세밀하게 관찰하기만 할 것이다. 그렇게 사자가 외부 세계를 바라보고 있는 내용이 그 사자의 참다운 자기 자신이다.

인간관계에서 물러나 홀로 있게 되면 자신이 누구인지 알 기회가 없어져서 자기에 대해 불확실한 채 막연한 느낌만을 남을 것이다. 이런 상태가 바로 에리히 프롬의 주장한 "자기로부터의 소외"라는 상태이다.

인간관계로부터 물러나 고립해서 사는 태도가 몸에 밴 사람들은 다툼이든, 경쟁이든, 협력이든, 아무튼 다른 사람들과는 감정적으로 연결되지 않겠다는 무의식적 결정을 내리고 있기 때문에, 표면적으로는 어떤 것도 크게 문제가 아니라는 식의 태도를 취하게 되어, 언뜻 보기에는 다른 이들과 쉽게 화합하여 잘 지내는 것 같다. 많은 사람들과 별 탈 없이 원만하게 지내는 것 같지만 깊이 파고 들어가 보면 속내 이야기를 나눌 가까운 친구가 하나도 없다. 외로움을 타고 있으면서도 관계가 조금만 깊어지려 하면 과도하게 예민해져서 피하거나 불안 반응을 보이게 된다.

결혼을 앞두고 자꾸 기절하는 바람에 파혼을 하게 된 여성을 예로 들 수 있겠다. 결혼날짜가 다가오자 자꾸 기절하곤 하여 병원에서 검사를 받았으나 원인을 찾지 못했는데, 파혼을 하자 기절 반응이 사라졌다는 이야기이다. 중매로 상대를 만났지만 사귀다 보니 좋아하게 되었고, 결혼을 하겠다는 결정도 누구도 아닌 자신이 내렸으나, 뒤돌아 생각해 보니 누구와 같이 살아야 한다는 사실에 엄청난 심리적 부담과 당혹을 느꼈던 것 같다고 했다.

이 여성처럼 심각한 수준은 아니라고 해도 고립된 태도가 몸에 밴 사람은 장기 계약(파트너십을 맺든, 직장 계약이든, 집 계약이든)을 하자고 요구받으면 부담스러워 주춤거리는 일이 많다.

나에게도 고립된 태도에서 오는 증세가 있어, 예약을 하겠느냐는 질문을 받으면 으레 우물쭈물 망설이는 버릇이 있고, 때로는 누구와 만날 약속을 하면 부담스러워 체할 정도가 되기도 하며, 값비싼 가구라든지 해서 한 번 구입해서 오래 사용해야 할 물건이라면 부담스러워 차라리 안 사고 말겠다는 쪽으로 결정을 하는 수가 많다. 약속이든 물건이든 관계든 뭔가에 매인다는 게 참을 수 없게 느껴지는 것이다. 또 누가 나에게 충고를 하면 과도하게 예민해져서 간섭은 싫다고 반발하기도 한다. 자신의 독립성을 침해한다고 느끼기 때문일 텐데, 조금이라도 자신이 다른 사람의 의지에 좌우된다 싶으면 그로부터 자신을 방어하려는 저항이다.

순응적인 태도를 가진 사람들이 남들로부터 사랑받는 것을, 공격적인 태도를 가진 사람들이 남들로부터 인정받는 것을 중요시한다면 고립적인 태도를 가진 사람들은 독립성을 인정받는 것, 즉 혼자서도 잘 지낸다는 게 중요하다.

물론 사람들과의 관계에서 잠시 물러나 혼자 지내는 일은 때때로 필요하다. 고독은 자기 성찰에 꼭 필요한 조건이어서 요즘처럼 복잡하게 얽힌 사회에서 살려면 가끔은 사람들로부터 떨어져 홀로 지내면서 자기를 뒤돌아봐야 한다. 곱씹어 볼 겨를도 없이 휩쓸리다 보면 자신이 자기 의지를 가진 인간이라기보다 반응하는 기계로 전락한 듯 피로와 스트레스가 쌓이게 마련이니까 당연한, 꼭 필요한 요구라고 할 수 있다. 그런데 혼자 있으려는 욕구가, 그런 목적이 아니고 '나는 다른 사람을 필요로 하지 않는다', '나는 혼자서도 잘 살 수 있다'는 걸 증명해 보이겠다는 게 목적이라면 심리적인 장애를 갖고 있다고 할 수 있다.

고립된 태도를 가진 사람들의 주된 목표는 혼자서 자족감을 느끼는 것이다. 어디에 소속되기를 거부하고, 사람들에게 맞서 경쟁하는 일도 하지 않으려고 피하면서, 그냥 혼자 있기만을 원한다. 세상과 자신은 공통점이 별로 없고 세상은 자신을 이해하지 못한다고 생각하여 자신만의 세계를 구축하여 거기에 머무르려는 것이다. 그러기 위하여 의식적으로든 무의식적으로든 자신의 욕구를 제한하여 다른 사람이나 상황, 사물에서 만족감을 얻지 않으려고 경계한다.

고립된 태도가 몸에 밴 사람들은 다른 사람과 자신의 차이에 집착하여 그것을 강화하는 데 온 힘을 쏟는다. 때문에 다른 사람이 자기를 여러 사람 중의 하나로 여기면 마음에 상처를 받게 된다. 특별한 사람으로 여겨지지 않을 바에야 차라리 그 사람과의 관계를 끊어 버리는 쪽을 택하기도 한다. 다시 말하면 여러 친구들 중 한 사람이라는 말을 들으면 기분 나빠하며 심하면 특별한 친구로 인정받지 못할 바에야 아예 그와의 친구관계는 인정하지 않으려고 하게 된다는 것이다.

또 다른 사람이 자신에게 어떤 기대를 품고 있다는 걸 알면 그 기대대로 움직이는 사람이 아니라는 걸 입증하기 위해(그러니까 자신의 독립성을 강조하기 위해, 무의식적 차원이기 쉽다) 짐짓 그 기대를 뭉개 버린다. 상대가 선물을 줄 거라고 기대한다는 사실을 알면 깜빡 잊어버린다. 그러나 마음이 없는 건 아니어서 대신 엉뚱한 때 갑작스런 선물을 한다. 소위 어깃장과 의외성이 이런 사람들의 특징인 셈이다.

고립된 태도를 가진 사람들을 지배하는 감정은 고립감이다. 자신의 우월성을 입증하기 위해 공격적인 태도의 사람들이 그러는 것처럼 경쟁하고 싸워서 자신의 뛰어나다는 사실을 입증하는 건 시시하다고 여긴다. 지적이고 정서적인 측면에서 자신이 특별하고 뛰어나다는 사실을 다른 사람이 저절로(내가 일부러 애쓰지 않아도) 알아줘야 그게 진짜라는 것이다. 이런 태도를 가진 사람들은 사랑과 미움 둘 다에 거리를 두고 살아가게 되는데, 그러다 보니 보상심리로 지성(알음알이, 나는 이미 알고 있다)에 대해 집착이 커진다.

자기 이야기 쓰기

고립적 태도를 취했던 기억이 있다면 하나쯤 건져내어 써보자.

알람으로 설정해 둔 노래, 임재범의 비상이 들린다. 침대 맡을 더듬어 시계를 본다. 6시 50분, 도로 눈을 감는다. 딱 십분만 더 자도 될 것 같다. 미적거리다 까무룩 잠에 빠진다. 흠칫 눈을 뜬다. 얼마나 지났지? 56분. 7시가 되려면 4분이나 남았다. 또다시 잠에 빠져든다. 똑똑똑 물방울 떨어지는 소리가 들린다. 깜짝 놀라 눈을 번쩍 뜬다. 휴대폰이 어디 있지? 7시 20분이다. 젠장, 오늘도 지각이다. 머리로는 서둘러야 한다고 재촉하지만 몸은 잘 움직여지지 않는다. 늦었는데도 굼뜨게 움직인다.

우리 부모는 두 분 다 성격이 꽤나 급한 편이지만, 그에 반항이라도 하듯 나는 느린 성격이다. 아니 게으르다고 할 정도로 심하다. 그 문제로 엄마는 꽤나 나를 구박하곤 했었다. 엄마의 구박 때문에 부모와 함께 살 땐 그럭저럭 재빠르게 행동했던 것도 같지만, 혼자 살게 되자 게으름은 본색을 드러내기 시작했다.

자주 지각을 한다. 회사가 코앞에 있는데도 그렇다. 어떨 때는 사무실에 들어서는 게 민망해서 땅으로 꺼져버렸으면 싶어지기도 한다. 아마 사무실 직원들 중에서 내 집이 가장 가까울 것이다. 그러면서도 지각이 가장 잦다.

하지만 나의 게으름은 여행에서는 빛을 발한다. 숙소에서 보면 우리나라 사람들은 아침부터 부지런을 떨며 움직인다. 학교나 회사 다니던 습관 그대로 새벽같이 일어나 밥까지 든든히 챙겨먹고 일찌감치 숙소를 떠난다. 그러나 나는 어느 나라, 어느 지역을 가도 느리고 굼뜨게 움직인다. 내가 정신을 차리고 슬슬 침대에서 나와 볼까 뒹굴거리는 시각이면 숙소는 텅텅 비어서 한가롭기 짝이 없다. 혼자 텅 빈 숙소에서 여유를 부리면서 천천히 씻고 커피와 빵까지 챙겨먹은 다음 짐을 꾸린다.

느린 나만의 시간표에 집착하기 때문인지 여행할 때 동행이 생기면 불편하다. 어쩌다 작정을 하고 다른 사람들과 함께 여행을 가면, 내내 불편해서 어쩔 줄 몰라 하다가 결국 후회로 빠져든다.

이 생각을 하다 보니 갑자기 여행이 가고 싶어진다. 오전에 볕이 환하게 들어오는 창가에 앉아 커피를 홀짝이면서 사람들을 구경하고 남의 인생을 엿보는 기쁨을 만끽할 텐데, 저녁에는 점점 어두워지는 낯선 거리를 혼자 느릿느릿 산책할 텐데…….

출근 준비를 하는데 이런 상상을 하면서 가슴 가득 바람이 일어난다.

어쩌면 내 문제는 여행에서만이 아니라 직장에서도 내 영역을 침범하는 사람이나 일이 생겼을 때 너무 힘들어한다는 사실일 것이다.

예상치 못한 야근이나 회식, 공식적인 관계인 사람과의 대화, 업무상의 통화, 이런 것 하나하나가 모두 엄청나게 스트레스를 준다. 윗사람 말이라면 아무리 싫어도 그 앞에선 깜빡 죽는 시늉까지 하며 받아들이는 사람도 있지만, 불행히도 난 그렇게 안 된다. 싫으면 입 꾹 다물고 상대와 눈도 맞추지 않으려고 하는데, 그때 내 얼굴엔 네가 싫다, 이 일은 싫다, 는 본심이 확연히 드러나곤 하는 모양이다. 말로는 싫다고 하지 못한다. 난 그럴 정도로 강하질 않다. 하지만 아주 눈치 없는 사람이 아니라면 내 본심은 금방 알게 된다.

나만의 시간, 나만의 공간에 집착하는 나. 사람들과는 일정 선을 그어놓고 지내는 나. 그래서 내 모든 것을 아는 사람은 이 세상에 없다고 생각할 때면 쓸쓸하기 짝이 없다. 나는 보이지 않는 투명한 막을 자신에게 씌워놓고 그 안에서 자기만의 느린 속도로 살아가고 있는 것 같다.

자유로운 삶

순응적, 공격적, 고립적, 이 세 가지 태도는 살다 보면 한 사람에게서 번갈아 나타나곤 한다. 처한 상황에 따라 이 세 가지 태도 중 하나가 튀어나오게 마련이다. 그럼에도 그 사람의 주된 경향성은 찾을 수 있는데, 어떤 태도로 사람들과 관계를 맺고 있을 때 가장 편하게 느껴지는지 살펴보면 쉽게 알 수 있다. 그게 바로 그 사람의 주된 행동 패턴이다. 그러나 하나의 행동 패턴만을 고집하면 인간관계에서 갈등을 겪게 되어 갈팡질팡하게 되고 더하여 그게 고착화되어 버리면 심리 장애라고 한다. 마치 손이 필요에 따라 가위 바위 보 모양을 자유롭게 할 수 있어야 손으로서의 제 기능을 다할 수 있는데, 주먹을 쥘 수는 있지만 손바닥을 펴 보일 수는 없거나 가위를 낼 수 없으면 장애를 가진 손이라고 하는 것과 같다.

세 가지 태도는 서로 보완적이라는 사실을 알고 자신의 주된 행동 패턴을 의식할 수 있게 된다면 인간관계에서 덜 갈등하고, 자신이 바라는 걸 더 용이하게 얻을 수 있고, 스트레스도 덜 받게 될 것이다.

일상에서 가끔 겪는 일일 텐데 어떤 사람을 좋아하여 같이 잘 지내고 싶어 한다고 가정하자. 그래서 보통은 그 사람이 좋아하고 싫어하는 반응에 신경을 쓰면서(눈치를 보고) 살고 있다. 그런데 때때로 그 사람의 결점이 크게 느껴져 참을 수 없어진다. 그래도 한두 번은 참아보지만 결국은 까칠한 반응을 쏟아내어 싸우게 된다. 그러다 보니 사랑이라는 내가 원하는 관계가 아닌 싸우거나 경쟁하는 관계로 변해 버린다. 이런 경우는 표면의 순응적인 태도 밑에 감춰진 무의식적의 공격성이 문제라고 볼 수도 있다.

몸이 에너지의 균형을 이룰 때 건강한 것처럼, 마음도 에너지의 균형을 이루려는 본능적인 작용을 하고 있다. 시소처럼 한 쪽에 지나치게 무거운 무게가 놓이면 반대편에도 같은 무게를 올려놓아 균형을 잡으려는 작용이 저절로 일어나는 것이다. 이런 작용은 반사적이고 무의식적이다.

순응적 태도가 지나치게 강조되다 보면 그에 대한 반작용으로 무의식은 공격성을 품게 되는데 별다른 조처를 취하지 않더라도 자신의 감춰진 공격성을 의식하고 있는 것만으로도 일상적인 관계에선 상당히 도움이 된다. 그러지 않으면 그 사람은 자동으로 순응적 태도를 취하면서 그런 자신에 대한 무의식적인 반발로 이런저런 갈등을 일으켜 관계를 자꾸 꼬이게 만들지도 모른다.

공격적인 태도 유형도 마찬가지이다. 자신의 약점이 감정에 있다는 것을 알면 자신의 감정에 대해 좀 더 세밀해지고 솔직해질 것이고, 감정적인 요구를 공격적인 행동으로 대신 표현하여 갈등을 일으켜서 자신이 원치 않은 엉뚱한 결과를 얻는 경우가 줄어들 것이다.

이렇게 자신의 행동 패턴을 의식하면 스트레스를 줄일 수 있을 뿐더러 갈등이 일어났을 때 그걸 더 키우지 않고 해결할 수 있는 힘을 갖게 된다.

어린 시절부터 만들어져 강화되어 온 자신의 행동 패턴을 살펴보자. 대개 징크스라는 형태로 숨어 있는 경우가 많다. 위키 백과에 의하면, 징크스(Jinx)란 재수 없고 불길한 현상에 대한 인과적 믿음을 가리킨다고 한다. 징크스는 오랜 시간에 걸쳐 전해 내려오는 집단적인 것과 개인적인 것으로 나눌 수 있다. 집단의 구성원은 그 집단의 징크스를 자연스럽게 받아들인다고 한다. 말하자면 이런 일이 있으면 그것 때문에 반드시 어떤 일이 일어난다는 고정 관념이 슬슬 깨지고 있는 중이라면 그 고정 관념을 미신이라고 부를 것이고, 현재 대다수 사람들이 굳게 믿고 있다면 상식이라고 할 것이다. 개인의 징크스란 남들이 보기에는 사소하여 별 것 아니거나 어처구니없을 정도로 잘못된 선입견일 수 있지만, 당사자에겐 심각한 믿음 체계이다. 미리 판단하지 말고 떠오르는 대로 자신의 기억을 쓰면서 반복되는 패턴이 있는지 살펴보자. 알면 깨뜨릴 수 있다.

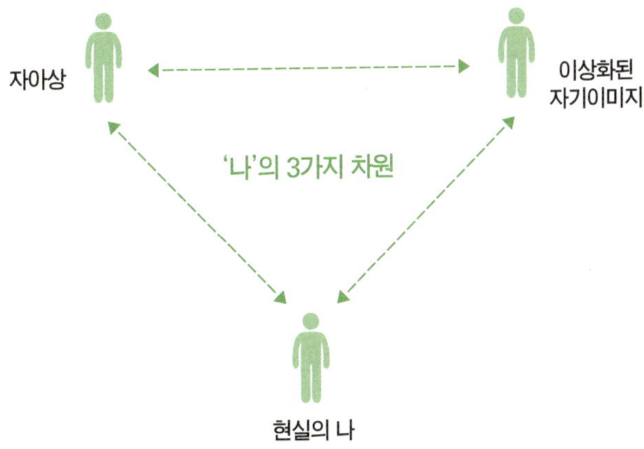

세 가지 '나'

언제부터인가 싫어하는 사람 묘사해 보라고 하면 '뚱뚱하다'는

표현이 들어가기 시작했다. 이유를 캐어 보니 비만한 건 자기 관리

를 못한다는 표식이라고 간주되고 있었다. 자기 관리라…… 하긴 지금부터 2,300년 전에 나온 노자의 『도덕경』에도 "이 세상에서 가장 강한 사람은 자기 자신과 싸워 이기는 사람"이란 말이 있기는 하다. 하지만 1인 기업, 자기 경영, 자기 코칭, 등등의 말로 스스로 알아서 자기 자신을 들볶지 않았다간 죄책감까지 느껴야 하는 완벽주의가 대세인 요즘이야말로, 자기 관리, 자기 극복, 자기와의 싸움이 이 시대 최고 덕목으로 등극했구나 싶다.

새벽마다 검도 연습에 열심인 아버지가 있었다. 초등학생인 아들에게도 같이하자고 권했단다. 아들이 물었다.

"왜 아침마다 힘들게 칼을 휘두르고 그래야 돼?"

"이런 게 바로 자기 자신과의 싸움이거든."

"왜 가만히 있는 자기하고 싸워야 하는데?"

그 아이 엄마 이야기를 듣고 모두 웃음을 터뜨렸으나, 가만히 생각해 보면 어린애다운 이 물음에는 '자기'라고 하는 문제에 대해 생각해 볼 거리가 들어 있다.

사람들은 '자기'를 알아야 한다, '자기'를 극복해야 한다고 쉽게 말하지만, 그 '자기'라는 말이 가리키는 실체는 경우에 따라 다르다. 그걸 모르기 때문에 마음에 갈등이 일어나고, 때론 심리적 장애를 겪거나 혼란에 빠져 방황하게 된다.

'자기'라고 말할 때 '자기'는 세 가지로 나눌 수 있다.

첫 번째는 현실의 객관적 실체인 '나'이다. 현실의 '자기'라고 할 수 있을 텐데, 주제 파악을 하는 일이라고 할까. 자기를 충분히 잘 안다고 자신할 수 있는 경우는 많지 않다. 사람이 자기 얼굴을 직접 보지 못하는 것처럼 현실의 '자기'도 직접 파악하기는 어렵다. 자신의 생각이나 말, 행동 그리고 거울이 비쳐진 내 모습처럼 다른 사람들이 보여 주는 반응 같은 걸 종합해서 나는 이런저런 사람이라고 단정하게 된다.

두 번째는 앞에서 소개한 자아상으로 마음속 깊이, 무의식적으로 믿고 있는, 스스로가 이런 사람이라고 평가하고 있는 '나'이다. 자아상에서 예로 든 마릴린 먼로의 경우 그녀의 첫 번째 '나'는 세계적인 톱스타에다 아름답고 부유하고 많은 사람들의 사랑을 받고 있는 사람이지만, 그녀가 마음속 깊이 믿고 있는 두 번째 '나'는 무가치하고 사랑받을 자격이 없으며 이 세상에 존재할 이유가 없는 사람이었다. 안데르센이라면 첫 번째 '나'는 가난하고 의지할 데라곤 없는 실패한 시인이지만 두 번째 '나'의 이미지는 하나님이 내려 준 선물로서 경이롭고도 소중한 존재였다고 할 수 있다.

사실 자아상에 해당되는 두 번째 '나'의 이미지는 내가 어떻게 해볼 수 없는, 어린 시절에 자동반응으로 스스로를 평가하게 된 무의식적인 믿음이어서, 의식으로 컨트롤하기가 여간 어렵지 않다. 이 두 번째 '나'때문에 사람들은 어떤 상황에 부딪쳤을 때 자신은 어떻게 대응할지 본능적으로 결정하게 된다. 상대방과 내가 생각하는 자기라는 사람을 마음속에서 비교하여 에너지나 힘, 기술, 지성,

사회적 지지와 같은 것이 그 사람보다 못하다고 판단되면, 그 상대와 경쟁하지 않고 물러남으로써 패배나 좌절을 맛보지 않도록 미리 예방하는 것이다. 그런데 이런 무의식적인 비교 평가가 필요치 않은데도, 즉 다른 사람과 자신을 비교하거나 경쟁할 필요가 없는 데도(경쟁이 아닌 사랑의 관계 속에 있는데도) 비교하는 마음이 자꾸 작동하게 되면 자존감은 점점 낮아져서 열등감이라는 심리적 장애를 안고 살아가게 된다.

사실 아무리 뛰어난 사람이라도 다른 사람과 자신을 비교하다 보면 어떤 꼬투리로든 자기가 부족하다는 생각이 드는 사항이 반드시 있게 마련이다. 그러므로 자기도 모르는 사이에 일어나는 남과 나를 비교 평가하는 마음의 작용은 해로울 때가 많다.

그런 작용은 어렸을 때 마음의 상처를 입은 경험(트라우마라고 부르기도 한다)이 발단이 되어 자기도 모르는 사이에 자꾸 일어난다.

상처가 나면 몸에 흉터가 남듯, 심리적인 고통은 뇌에 주름으로 깊숙이 새겨진다는 주장이 있다. 게다가 사람마다 다르게 타고나는 성격도 원인이 된다. 감수성을 예민하게 타고났다고나 할까, 민감하고 여린 성격으로 태어난 사람이 어린 시절에 고통스러운 경험을 하게 되면 마음에 큰 상처가 남아 그것이 낮은 자아상을 만든다고 한다.

세 번째는 이상화된 자기 이미지를 가리키는 '나'인데, 바로 이번 장에서 소개하려는 것이다. 이 '나'는 자기도취적 성격이나 무기력증, 우유부단과 같은 심리적 장애를 불러일으키며, 심하면 그 사람을 자살로까지 이끌기도 한다. 이 '나'는 자신이 어떤 사람이라고 믿거나 그런 사람이어야 한다는 일종의 고정 관념이라고 할 수 있다.

무의식에서 두 번째 '나'가 약하고 한심스럽다고 믿고 있으면 그에 대한 반작용으로 자신이 남보다 잘나고 가치 있다고 느끼게 해 줄 무엇인가를 찾게 되고, 그 결과 의식에서는 자신이 갖고 있지 않거나 갖고 있다고 하더라도 그리 대단치 않은 특성을 부풀려서 그게 바로 진짜 자기라고 믿는 세 번째 '나', 이상화된 자기 이미지가 되는 것이다.

낮은 자아상을 가져 자존감이 낮으면 낮을수록 이상화된 자기 이미지는 부풀려져 겉보기에는 매우 자존심이 강한 모습을 가장하게 된다. 그 때문에 유난히 자존심 강한 사람은 쉽게 자존심을 다친다는 이율배반적 현상을 일상에서 종종 보게 되는 것이다.

이상화된 자기 이미지는 자기가 갖고 있는 한 부분만을 집중 조명한다. 예를 들면 남들보다 나는 글을 잘 쓰기 때문에 특별한 사람이라든지, 지식을 많이 갖고 있으니 남보다 우월하고 가치 있는 존재라든지, 신체적 요소인 외모가 아름다우니까 특별히 뛰어난 인간이라든지 하면서 자기가 가진 일부분을 집중 조명해서 '나'의 이미지를 부풀리는 것이다.

아래 예문은 자신을 감시하는 또 하나의 자기(초자아)의 근원에 대해 파고들어가 본 글인데, 이상화된 자기 이미지에 대한 탐구의 실마리가 될 수 있으니 읽어 보자.

아직도 내 속엔 여전히 아버지의 감시하는 눈길이 남아 있는 것
같다. 무엇을 어떻게 하더라도 나는 항상 긴장되고 불안하다.

아버지는 자식에 대한 기대가 크셨다. 우리 애는 가르쳐 주지 않
았는데도 저 혼자 글자를 깨쳤어. 피아노를 잘 쳐서 상을 탔어……
그러나 막내인 나는 아버지의 자랑거리를 만들어드릴 수가 없었다.
뭘 해도 그저 중간 정도였기 때문이다. 어렸을 때 했던 피아노도 무
용도 그럭저럭 따라는 갔으나 뛰어나게 잘하지는 못했다. 아버지 친
구 분들이 계신 자리에 가면 그런 내가 몹시 창피하였다. 결국 아버
지는 나를 오직 공부에 올인하게 하려고 하셨다.

초등학교 5학년 때부터 아버지는 무식할 정도로 나를 책상 앞에
앉아 있도록 하셨다. 무조건 책상 앞만 앉아 있으면 공부를 잘할 거
라고 믿으신 것이다. 그때부터 새벽고문이 시작되었다. 4시 30분이
면 나를 깨워 책상 앞에 앉아 공부하는 것을 10분 정도 지켜보고서
약수터엘 다녀오시는 거였다. 나는 아침잠이 많은 편이어서 그게 고
역이었다. 밤에 잘 때면 다음날 아침이 오는 게 두려웠다. 그래도 부
모님께 반항한다는 건 생각도 하지 못했다. 그냥 깨우면 책상 앞에
앉기는 했다. 아버지는 내가 공부하는 걸 보다가 나가시면 얼른 책상
밑으로 기어들어가 쪼그리고 새우잠을 잤다. 그렇게 한 시간쯤 자다
가 아버지의 발소리가 나면 벌떡 일어나 도로 책상 앞에 앉아 공부하

는 척했다. 아버지는 들어서면 바로 내 방으로 와서 한참을 지켜보신 뒤 안방으로 가셨다.

아버지의 그런 감시는 내가 대학에 들어갈 때까지 계속되었다. 수면시간뿐 아니었다. 아버지는 내 말, 행동을 세세하게 정해놓고 그대로 따르라고 강요하셨다. 아버지가 집에 계시면 텔레비전은 일절 볼 수가 없었고, 자거나 밥 먹을 때가 아니면 무조건 책상 앞에 앉아 있어야 했다.

시험 성적이 기대만큼 나오지 않으면 아버지에게 매를 맞았는데, 언제나 그 정도로 끝나지 않고 한두 시간에 걸친 긴 설교를 들었다. 내용은 주로 아버지는 이렇게 살기는 싫었지만 어쩔 수 없이 이렇게 산다. 너는 이렇게 살지 않도록 공부를 열심히 해야 한다, 는 내용이었다. 그럴 때면 지겨우면서도 자식들에게라도 기대를 걸지 않을 수 없는 아버지의 처지가 불쌍하기도 했다. 그래서 아버지가 바라는 만큼 성적을 올리려고 기를 썼다. 나는 점심시간이면 도시락을 재빨리 먹어치우고 공부를 하는 식으로, 뭐든지 빨리빨리 서두르는 버릇이 생겼다. 지금도 나는 행동이나 말이 너무 빠르다는 말을 많이 듣는다.

시험을 망친 날은 죽고 싶었다. 실제로 칼로 손목을 긋지는 않았지만 머릿속에선 아버지의 꾸중과 자살 중 어느 게 더 나을까 고민했고, 조금 자라자 가출하려는 충동을 느끼기도 했다. 가출 직전까지 여러 번 갔었지만 결국은 감행할 용기가 없어, 같이 갈 동료가 없어 포기했었다. 가출 대신 택한 다른 탈출구로서 나를 위로해 준 건 몽상과 꿈이었다. 머릿속까지 아버지가 감시할 수는 없기 때문이다. 멍하니 있을 땐 언제나 집을 떠나 이런저런 곳으로 가는 상상을 해보았다. 이곳저곳 다 상상해서 장소가 바닥이 나면 티비나 동화 속의 공간으로 떠나기도 했다. 『집 없는 아이』의 레미처럼 혼자 떠돌거나, 아니면 『초원의 집』의 로라처럼 마구 뛰어다니고 싶었다. 자유롭게 마음 내키는 대로.

언니와 오빠가 있었는데도 난 늘 외로웠다. 학교에서는 명랑하고 친구들과 떠들기도 했으나 집에만 오면 나도 모르게 입을 굳게 다물게 되었다. 가족 중 누구도 내 말을 들어주고 이해해 줄 것 같지 않았다.

마흔이 넘은 지금, 내게 신경 쓰는 사람은 없다는 걸 잘 알면서도, 가끔은 누군가 나를 감시하고 지켜보고 있다는 느낌이 강렬하게 파고들 때가 있다. 그래서인지 회사에서 다른 직원들이 있을 때는 인터넷을 하거나 개인적인 전화를 걸거나 하지 않는다. 미친 듯이 일만 한다.

항상 누군가 나를 감시하고 있다는 느낌은 정말 사람을 긴장시킨다.

이상화된 자기 이미지

세 번째 나, 이상화된 자기 이미지는 두 번째 나인 자아상과는 달리 많은 부분 의식 수준에서 작동하고 있다. 그러나 현실의 나와 일치하는 경우는 많지 않다.

일본의 어느 광고 리서치에서 일반인들을 대상으로 자신을 평균 이상이라고 평가하고 있는 사람의 숫자를 조사했더니 80퍼센트 이상이 자기는 평균 이상이라고 여기는 것으로 나왔다고 한다. 이론적으로는 평균보다 위이니까 50퍼센트여야 맞지만, 현실에선 80퍼센트를 훨씬 웃도는 사람들이 자신을 평균 이상이라고 믿고 있는 것이다. "핑계 없는 무덤은 없다"는 속담은 이런 현상을 단적으로 드러낸 말이다. 누구에게나 나름의 합리화를 통해 자신을 좋은 쪽으로 변명하면서 사는 경향이 있다.

이런 현상은 무의식적인 자기 평가인 자아상과 달리 상당 부분 의식 수준에서 일어난다. 여기서 이상화된 자기 이미지라는 말은 현실 '나'와 내가 의식 수준에서 상상하는 '나'가 너무 동떨어졌을 때 발생하는 문제를 살펴보는 데서 만들어진 용어이다.

오스카 와일드의 소설 『도리언 그레이의 초상』을 참고하면 이상화된 자기 이미지를 보다 쉽게 이해할 수 있을 것이다.

도리언 그레이는 그리스 조각처럼 아름다운 외모를 지닌 청년으로 스무 살 전에 화가 바질이 그려 준 자기 초상화에 홀딱 반해서 이대로 젊음과 아름다움을 영원히 간직할 수 있다면 영혼이라도 팔겠다는 염원에 사로잡힌다. 얼마 뒤 그는 연극배우 시릴 베인이란 여성과 사랑에 빠지는데, 그녀가 무대에서 형편없는 연기를 하는 걸 보고 실망해서 차버린다. 그 때문에 시릴 베인은 자살하고 도리언 그레이는 죄책감을 느끼지만, 그의 관심은 그 악덕이 자기 외모에 나쁜 영향을 끼치지 않았을까 하는 데 쏠린다. 그는 초상화와 자기 얼굴을 비교해 본다. 얼굴은 변함없는데 초상화는 나이가 들고 추하게 변해 있다. 그는 놀라 초상화를 남의 눈에 띄지 않도록 소년 시절에 쓰던 다락방에다 감춘다. 그 후 그는 악덕에 빠져 방탕한 생활을 하는데, 그럼에도 외모는 젊고 청순한 광채를 지닌 스무 살 이전 모습 그대로이고 초상화만 실제생활을 반영하여 점점 늙고 추해져 간다. 점차 그는 초상화와 실제 자기 모습과의 차이를 견딜 수 없어 하게 되어, 심지어 그 초상화를 그려 준 화가를 살해하기도 하지만 사태를 돌이킬 수가 없다. 견디다 못해 그는 아우성치며 초상화를 칼로 찌른다. 비명소리에 놀라 달려온 사람들은 젊고 아름다운 10대의 모습인 그의 초상화와 대조적으로 비루하고 추하게 늙은 그의 시체를 발견한다.

여기서 젊음과 아름다움을 간직한 변하지 않는 초상화는 바로 도리언 그레이의 이상화된 이미지라고 볼 수 있다. 도리언 그레이는 초상화가 바로 현실의 '자기'라는 착각에 사로잡혀 파멸한 것이다.

이처럼 이상화된 이미지는 시간의 흐름이나 현실의 어떤 일에도 영향을 받지 않는다. 무릇 살아 있는 것이라면 시절 인연에 따라 변하게 마련이고, 만약 변하지 않는다면 생명이 없는 것이다. 썩지 않는 음식이라면 몸에 해로우니까 먹으면 안 되는 이치와 같다. 실제 생활에서 사람들은 이상화된 이미지에 사로잡혀 있기 때문에 도리언 그레이처럼 갖가지 심리적인 장애에 걸리거나 심한 스트레스에 시달리며 고통스럽게 살고 있다.

이해를 돕기 위해 더 설명한다면 아부를 예로 들 수 있다.

아부란 상대방을 기쁘게 만들어서 호감을 사려는 말이나 행동을 하는 것이다. 상대를 기쁘게 해주려면 그 사람의 마음속에 들어 있는 이상화된 자기 이미지 그대로라고 확인해 주는 게 제일이다. 그런 말은 대개가 속이 비고 과장된 내용이어야 하기 때문에 그 사람의 이상화된 자기 이미지가 현실의 '자기'와 동떨어져 있을수록 효과가 크다.

따라서 미인인 여성에게 미인이라고 칭찬해 줘 봐야 시큰둥한 반응만 돌아올 것이다. 이럴 때 처세술에 능한 이들은 아름답다는 말 대신 지성적이다, 머리가 좋다든지 하는 다른 요소를 겨냥하라고 권한다. 말하자면 외모와 두뇌, 둘 다 뛰어나다는, 그 사람이 내심 그리고 있을 자기에 대한 공상을 부추기라는 의미이다. 만약 그런 아첨을 기껍게 받아들인다면 그 사람의 이상화된 자기 이미지는 재색 겸비한 여성일 것이다.

덧붙여 자신이 못생겼다는 사실을 잘 아는 사람에게도 미인이라고 칭찬했다가는 놀린다고 화낼 뿐이니까, 차라리 눈이나 손이 잘 생겼다든지 해서 그 사람이 은근히 자부하고 있을 세부를 찾아내어 칭찬해 주라는 팁도 있다.

이런 처세술을 생각해 보면 이상화된 자기 이미지가 현실의 '자기'와 꼭 일치하지는 않지만 그렇다고 아주 관련이 없는 것도 아니라는 걸 알 수가 있다.

나의 동업자인 소설가들에겐 아첨하기가 정말 쉬울 것 같다. 그들의 소설이 걸작이라고 말해 주기만 하면 될 것이니까. 작품이 성공하지 못해 실의에 차 있다면 당신 작품이 바로 '저주받은 걸작'이며 안목이 높은 독자나 알아볼 품격을 가졌다, 후세에는 진가를 알아줄 거라고 말해 주면 된다. 이걸로 미루어 보면 소설가들이 가진 이상화된 자기 이미지에는 대체로 걸작을 쓰는 능력자, 즉 천재라는 내용이 들어 있는 것 같다.

이렇게 이상화된 자기 이미지를 설명하면 으레 이런 질문이 나온다. 이상화된 자기 이미지는 인생 목표나 이상, 희망, 꿈같은 게 아니냐고. 그러니까 반드시 있어야만 할 거라고. 꿈꾸지 않는 인생은 희망이나 목표가 없으니 의욕도 없을 테고, 그러면 게으르고 무의미하게 살게 되지 않겠느냐고.

공연한 걱정인 게, 이상화된 자기 이미지와 인생 목표나 꿈, 이상은 다른 것이다. 진짜 이상이나 인생 목표라면 내가 처한 현실적인 조건에 따라 조금씩 바뀌기도 하고, 이루려고 노력하도록 그 목표가 나를 부추기고 격려하기도 한다. 반면 이상화된 자기 이미지는 현실과 상관없이 자기는 이런 사람이라고 착각하여 현실에서 갈등을 만들거나, 또는 그런 사람이어야 마땅한데 아니라고 자기를 마구 비난해서 그나마 있는 의욕도 꺾어 버린다.

얼마 전, 친구와 점심을 먹다가 새삼스럽게 내 안에도 그런 문제가 있지 않는지 반성하게 됐었다.

이런저런 잡담 끝에 친구가 문득 내 소설을 놓고 의견을 말하기 시작했다.

"현실에선 사람마다 개성이 다 다르니까 말하는 것도 다르잖아. 그런데 그 소설 속 인물들은 다 비슷비슷한 투로 말해서 마치 한 사람이 말하는 것 같던데?"

제기랄! 마음에서 가시가 주르르 일어서더니 고슴도치처럼 되어버렸다. 쿡쿡 쑤시고 아팠다. 하지만 나도 연륜이 있는지라 접시에 코를 박고 아무렇지도 않은 척했다. 속으로는 '네가 뭘 알아? 넌 전공이 문학도 아니고 이과 출신이잖아?' 하는 반발까지 들끓었다. 돌아오면서도 가슴에 돋은 가시들은 쉽게 수그러들지 않았다.

모욕과 비판은 다르다. 그 친구의 말이 내 소설의 문제점을 지적(비판)한 것이지, 나라는 인간을 모욕(인신공격)한 게 아니라는 걸 알면서도 그랬다. 친구의 비판이 나라는 인간이 잘못됐다고, 나쁘다고 싸잡아 모욕한 것처럼 들은 것이다.

이럴 때 바로 이상화된 자기 이미지에 사로잡혀 있다고 하게 된다.

여기서 '결점이라곤 없는 완벽한 작품을 쓰는 천재적인 소설가'라는 게 내가 가진 이상화된 자기 이미지의 내용이라고 할 것이다. 그게 아니고 진정한 인생 목표나 이상이라면 내용은 '천재적인 소설가'가 아니라 '훌륭한 소설을 쓰자'가 될 것이다.

이상화된 자기 이미지는 현실의 '나'가 일치되지 않는 현실을 부정하려고 들기 때문에 뭐가 잘못 되었다는 지적을 받으면(비판) 자기를 부정하는 비난(모욕)으로 받아들여 마음에 상처를 받고, 그 비난을 잘못 된 거라고 부정하려고 애쓰게 된다. 그게 여의치 않을 땐 현실의 '나'를 부인해서 이미지대로의 모습이 아닌 현실의 '나'는 살 가치가 없다는 식의 낮은 자존감으로 추락하기도 한다. 때문에 이상화된 자기 이미지를 사로잡힌 사람에게 어떤 문제점을 지적하면 과잉 반응을 불러일으키게 되고 쉽게 마음에 상처를 입게 되기 때문에 인간관계가 틀어지는 경우가 많다.

이런 태도를 두고 흔히 하는 말이 '전부가 아니면 무(all or nothing)' 방식의 행동 패턴이라는 지적이다. 이런 사람들은 변명하려는 성향이 강해서 말이 많다는 소리를 듣기도 한다. 또 어떻게든 자신을 방어하려고 합리화하는 성향도 강하다.

이상화된 자기 이미지는 낮은 자아상의 반대급부로 형성되었기 때문에 역시 어린 시절 경험을 되짚어보는 데서 해결의 실마리를 찾을 수 있다.

어린아이가 주변 환경에서 오는 마음의 상처를 받지 않으려고, 나름 자기 보호를 시도한 흔적이라고도 할 수 있다.

예를 들어 부모의 무관심이나, 반대로 과잉보호로 지나치게 간섭하는 환경, 또는 부모의 일관성 없는 태도 때문에 겪는 혼란, 혹은 부모의 불화 때문에 아이가 어느 한쪽 편을 들어야 하는 사태, 또는 편애나 차별로 인하여 마음의 상처를 받을 수밖에 없는 환경일 때. 아이는 자기를 보호하려고 공상에 빠져든다. 주로 자기가 배트맨이나 슈퍼맨 같은 현실에선 부당한 대접을 받고 있는 영웅, 혹은 출생의 비밀을 간직한 버려진 공주와 같은 인물이라고 상상하는 이야기이기가 쉽다. 이처럼 자신은 특별한 사람이라는 내용의 공상이 단순히 어린 시절의 놀이로 끝나지 않고, 어른이 된 뒤에도 자신은 특별한 사람이라는 믿음 체계로 변해 간 것이 바로 이상화된 자기 이미지라고 할 수 있다.

이상화된 자기 이미지는 낮은 자존감에서 비롯된 열등감을 덮으려는 반작용이기 때문에 현실에서는 낮은 자아상과 이상화된 자기 이미지가 나란히 존재하게 된다. 낮은 자아상을 갖고 있을수록, 자신의 중요성과 능력에 대한 느낌이 부풀려져 이상화된 자기 이미지는 비현실적인 모습을 띠게 된다.

『도리언 그레이의 초상』을 읽다 보면 주인공의 인생 전체를 조감하는 독자의 입장에서는 안타깝기 그지없다. 간단하고 명쾌한 해결책이 뻔히 보이는데도 주인공은 고민하고 고통스러워하면서 그 갈등에 빠져서 끊고나오지 못하는 것 같기 때문이다. 아무리 애착이 가더라도 초상화를 버리면 될 것 같다. 시간의 변화에 영향 받을 수밖에 없는 이런 현실의 '나'를 인정하기만 하면, 불교식으로는 인연과보를 피할 수 없다는 사실을 인정하기만 하면, 기독교식으로는 자기 의를 버리고 하나님의 손길에 자신을 내맡기기만 하면. 고통스럽게 살지 않아도 될 것 같다. 그러나 이상화된 자기 이미지는 사람들이 의지하고 있는 실제의 자부심, 자긍심을 대신하는 것이기 때문에 본인으로선 그것 없이는 살 수 없을 것처럼 느껴져 도저히 포기할 수가 없다. 그러면서도 그냥 껴안고 살자니 갈등은 점점 더 커지고 마음은 장애에 휘말려 인생이 고통스러운 것이다.

요즘은 자녀를 하나만 낳아서 기르기 때문인지, 아니면 매스컴과 인터넷을 통해 끊임없이 완벽해져야 한다고 자기 최면을 거는 트렌드라서 그런지, 주변에서 자주 공주병이나 왕자병이 아닌가 싶을 정도로 심한 소통 장애자를 만나게 된다. 이런 이들은 이상화된 자기 이미지가 만들어내는 첫 번째 증상인 자기도취적 성격 장애를 갖고 있다고 볼 수 있다. 말하자면 첫 번째 자기인 객관적인 현실의 '자기'가 이상화된 자기 이미지 그대로라고 착각하면서 사는 경우이다.

두 번째 증상은 자기 부정으로 이상화된 자기 이미지와 현실의 '자기'를 비교하는 데 사로잡혀서 자기를 경멸하고 부정하는 경우이다.

세 번째 증상을 든다면 이상화된 자기 이미지와 현실의 '자기'를 비교하여 그 차이를 없애야 한다는 생각에 사로잡혀 사는 경우인데, '나는 반드시 ~라야 한다'는 완벽주의적 강박증을 가졌다고 할 수 있다.

자기도취적 성격 장애

현실의 '나'를 객관적으로 돌아볼 능력이 없거나 아예 눈을 감아버려서, 자기가 이상화된 자기 이미지 그대로의 사람이라고 착각하면서 사는 경우다. 현실을 직시할 능력이 없거나 그러려는 의사가 없다. 병이라고 할 정도는 아니어도, 살다 보면 이런 성향을 가진 이들과 가끔 마주치게 되는데, 이들은 주위에서 공주병, 왕자병 증세가 있다는 지적을 받고 있기 쉽다. 증세가 심해 알게 모르게 사람들이 피하고 있다면, 그래서 사회생활에서 여러 문제를 안고 있고 사람들이 슬슬 피해 외톨이가 될 지경이라면 자기도취적 성격 장애(NPD: Narcissistic Personality Disorder)라는 병으로 진단되기도 한다. 여기서 정도가 더 심해서 현실과의 연결고리를 아예 잃어버린 상태까지 가면 과대망상증이라고 할 것이다.

많든 적든 이상화된 자기 이미지에 사로잡혀 그것을 현실의 '자기'로 착각하면서 사는 사람은 다른 사람들이 대하기 불편해서 멀리하려 하게 되고, 아예 관계를 맺지 않으려고 자꾸 피하기도 한다. 그러나 그런 사람은 자기 필요에 따라서는 지나치게 친절하고 호의적이고 너그러운 태도를 취하기도 하기 때문에 처음 사귈 때는 눈치채지 못하여 친해지기도 한다. 그러다 점점 지나친 요구를 쏟아내어 상대방은 놀라게 되고 서로가 뒤통수 맞았다고 토라지게 된다.

나의 어머니는 그런 태도를 '엎어진다'고 표현하면서 과도한 애정표시를 하거나 지나친 칭찬을 퍼붓거나 과잉 친절을 베푸는 등 만나

자마자 엎어지는 사람은 끝이 좋지 않으니 조심하라고 하셨는데, 이런 이들의 특성을 생각한다면 그다지 틀린 주장은 아닌 것 같다.

이런 사람들은 자신의 중요성을 과장하고 있다. 자신을 특별하고 대단한 사람이라고 생각한다. (얼마 전 갤러리아 백화점 앞을 지나는데 '너는 특별한 아이란다'는 펼침막을 단 유치원 버스를 보았다. 그 유치원을 다닌 아이에게 자신은 특권을 가진 사람이란 생각이 자리 잡게 된다면, 성장한 뒤 자신도 주변 사람들도 고통스럽겠구나, 걱정됐었다.) 그래서 다른 사람들이 자신을 그렇게 대우해 줄 것을 암시하거나 요구한다. 또 화려한 성공, 명성, 권력, 완벽한 미모나 완전한 사랑과 같은 비현실적인 꿈에 사로잡혀서 무비판적으로 동경한다. 자신은 원래 특별하고 매력적인 존재이기 때문에 특별한 사람은 그런 '자기'를 알아보고 이해해 줄 거라고 기대하고 있다. 특권 의식을 갖고 있어, 특별대우를 받지 못하면 기분을 상하고 세상이 잘못되었다고 성토한다. 또 자신이 뭘 바라기만 하면 사람들은 무조건 그걸 들어주어야 한다는 비합리적인 기대를 품고 있기 때문에 만약 상대방이 그런 기대를 충족시켜 주지 않으면 헐뜯거나 싸우거나 절교하기도 한다.

몇 년 전 학력 위조 문제로 세상을 시끄럽게 만들었던 신아무개 씨의 자서전을 읽어 보면 그런 특징들을 여럿 발견하게 된다. 무엇보다 자신이 최고위층의 부인이 처녀 시절에 낳아서 비밀리에 키운 딸의 딸, 그러니까 최고 권력자의 감춰진 외손녀라고 주장하는 게 두드러진다. 어린아이들이 흔히 갖는 원초적 공상이나 신파 소설, 드라마에 나오는 출생의 비밀을 간직한 주인공이라는 공식인 셈인데, 그래서 자신은 특별한 사람으로 알게 모르게 특별대우를 받을 수밖에 없다는 믿음으로 발전되고 있다. 그리고 자신을 만나는 공무원들은 자기를 잘 돌봐 주라는 외할머니의 은밀한 지시를 받았을 것이라고 예단하기도 하고, 만나는 사람들은 모두 다 자신의 매력과 미모에 감탄하고 매혹되었다고 주장한다. 그래서 전직 재벌 총수와 같은 특별한 사람들은 자신을 알아보았고, 특별한 초대까지 했다고 한다. 물론 매번 자신의 주장을 입증해 줄 중요 서류들이 감쪽같이 사라지는 일이 일어나는 건 불운한 탓이거나 자신을 못살게 굴기로 작당한 마피아적 음모세력이 암약하고 있기 때문이다.

이런 사람들은 현실의 인간관계에서 다른 사람들을 정서적으로 착취한다. 이상화된 자기 이미지를 확인해 주는 수단으로만 다른 사람을 인정하고 있는 것이다.

이들의 가장 큰 문제는 서로 공감해야 인간관계가 성립된다는 기본 공식을 무시하거나, 모른다는 사실이다. 그래서 다른 이들은 점차 그 사람을 피하게 되는데, 어쩐지 불편했다거나, 자신이 이용당했다는 느낌이 들었다고 말한다. 어쩌면 이들은 다른 사람을 공감할 능력이 없거나 공감할 의사가 없는지도 모른다.

인간이 다른 사람과 관계를 맺으면서 살 수 있는 것은 두뇌의 신경세포 중 공감세포가 있기 때문이다.(거울세포 혹은 F5세포라고 부른다.) 예수나 부처처럼 생명을 가진 것이라면 무엇이든지 다 세계 전체를 공감하는 최고의 경지는 아니라고 할지라도, 보통 사람이라면 최소한 자기 주변의 사람이나 생명들을 공감하면서 살아간다. 다른 사람이 신 레몬을 먹는 걸 보면 마치 자기가 먹는 것처럼 공감세포는 시뮬레이션을 하게 되고, 그에 따라 뇌는 실제로 자기 입안에 신 레몬이 들어왔을 때와 똑같이 반응을 일으켜 입안에 침이 고인다. 축구 선수가 슛을 날리는 장면을 지켜보는 관중들이 순간 자기의 발로 공을 차는 것처럼 저절로 몸을 들썩거리게 되는 것도 학자들이 F5라고 부르는 공감세포의 작용이라고 한다.

공감 능력을 담당하는 그 세포는 누구나 다 타고나지만 발달하는 정도는 후천적으로 결정된다. 주로 놀이를 통해 학습되고 성장된다.

공감 능력을 가진 사람은 상대의 의견에 동의하지 않거나, 그 행동이 마음에 들지 않더라도 상대의 관점과 기분을 인정하고 이해할 수 있다. 그런데 공감 능력이 전혀 없는 사이코패스라면 상대방에게도 자신과 똑같이 감정, 생각, 입장이 있다는 사실을 인정하지 못하고 상대가 자신과 같은 인간이라고도 느끼지 못한다. 뇌세포가 시뮬레이션이 안 되는 것이다. 이상화된 자기 이미지에 사로잡혀 공감 능력이 현저히 떨어지는 자기도취적인 사람들도 자기가 아닌 다른 사람에 대한 진지한 관심이 결여되어 비슷한 증상을 보인다.

에리히 프롬의 『인간의 마음』에 나오는 일화인데, 자기도취적인 사람이 다른 이를 만나 자기 책에 대해 네 시간쯤 혼자 떠들다가 문득 말을 그치고 화제를 바꾸자고 제안한다.

"너무 내 이야기만 했군. 이젠 자네 이야기를 좀 하지. 자네는 내 책에 대해 어떻게 생각하는데?"

같은 책에 나온 일화 하나 더. 당장 의사를 만나야겠다고 조르는 환자에게 의사는 시간이 없어서 안 된다고 거절했다. 환자가 반박했다.

"내 집에서 병원까지 5분이면 갈 수 있다고요."

이처럼 다른 사람의 입장, 처지, 감정은 염두에 두지 못하는 것이다.

이런 사람들은 흔히 자기가 다른 사람들을 질투하고 있으면서도 다른 사람들이 자신을 질투하고 있다고 믿고 있다.

이런 성향을 가진 이들의 심리적 특징은 다음과 같다.

첫째, 객관적으로 별다른 이유가 없는 데도 쉽게 분노를 느낀다.

둘째, 언제든지 상대방을 차갑고 무관심하게 대할 준비가 되어 있다. 이것은 상대방이 자신의 기분을 상하게 만든 것에 대한 보복일 수 있고, 아니면 상대방이 나에게 더는 소용없어졌기 때문일 수도 있다.

셋째, 열등감, 수치심, 공허감과 같은 감정을 심하게 느끼곤 한다.

넷째, 다른 사람들이 자신을 쳐다봐 주고, 대단하다고 감탄해 주기를 바라며, 과시하려는 성향이 강한 편이다.

다섯째, 자기 자신을 중심으로 세상을 좁게 바라보고 있으며, 상대방을 지나치게 좋게 평가했다가 갑자기 하찮게 평가했다가 하는 식으로 생각이나 태도가 극단을 오간다.

이런 성향을 가진 사람을 상대하다가 상처받지 않으려면 다른 사람들의 칭찬이나 친절이 진심에서 나오는 것인지 아니면 나를 이용하기 위한 것인지, 구별할 수 있어야 한다. 그리고 다른 사람이 나에게 명령을 내리거나 권위를 휘두를 때 그것이 진정 나를 위해 그러는 것인지 아닌지도 명확히 구별할 수 있어야 한다.

다음 예문은 원래는 내가 싫어하는 동성 친구 묘사하기 과제로 제출된 글인데, 전형적인 자기도취증을 가진 인물을 묘사하고 있어 이 장의 예문으로 삼은 것이니 참고하면 좋을 것이다.

그녀의 용모는 자유분방하다. 처녀처럼 긴 생머리에 살짝 입술만 바른 화장, 빈티지 풍 재킷을 걸치곤 하는데 늘 오버사이즈에 루즈핏이다. 동화의 소녀처럼 차려입는다고나 할까. 소탈하고 꾸밈없는 인상이라 사람들 속에 있으면 눈에 띈다.

그녀는 같은 아파트의 뒷동에 살고, 같은 반 학부모여서 아이들 하굣길에서 마주치다 보니 점차 친해졌다. 우리 집 옆 라인에 사는 학부모인 정애 씨와 나 그리고 그녀, 셋이서 아이들과 함께 자주 시간을 보내게 되었다. 장소는 주로 우리 집인 경우가 많았다. 정애 씨의 아이는 약간의 장애가 있어 조금 늦된 편이다. 그런데 하루는 같이 놀다가 그녀의 아이, 효민이가 정애 씨의 아이를 놀리기 시작했다. 정애 씨가 깜짝 놀라 효민이를 야단쳤다. 그런데 그녀는 효민이를 나무라지 않고 구경만 하고 있었다.

또 어느 날 효민이가 체리 한 상자를 가져와 무릎에 놓고 혼자 먹었다. 아이들이 달라고 하자 효민이는 악을 올릴 뿐 나눠 주지 않았다. 나도 모르게 그녀의 눈치를 살피게 되었다. 그녀는 모른 체했다. 효민이에게 나눠 먹으라고 타이르지 않았다.

그녀와 효민이가 가고 나자 정애 씨가 그녀에 대해 불평하기 시작했다. 장애가 있는 자기 아이를 효민이가 함부로 대하는데도 막지 않는다는 거였다. 맞장구치자니 어쩐지 뒤에서 욕하는 것 같아 말이 잘 나오지 않았다. 대충 정애 씨를 달래서 집으로 돌아가게 했다.

아이들이 하교할 때면 우리 집 앞을 지나가게 된다. 그때마다 효민이는 우리 집에서 놀고 가겠다고 떼를 썼다. 여러 날 계속 우리 집에서 놀았던 터라 그녀도 눈치가 보이는지 작은 소리로 효민이를 타일렀다. 그러자 효민이는 괴성을 지르면서 그녀의 옷자락을 쥐어뜯듯이 잡아 흔들어댔다. 그녀는 얼굴을 붉히곤 가만히 서 있었다. 하는 수 없이 내가 효민이에게 미안하다, 할 일이 있어 우리 집에서는 놀 수 없다고 말했다. 그러나 효민이는 내 말은 들은 척도 하지 않고 가만히 서 있는 엄마에게 더욱 악을 써댔다. 그런데 갑자기 그녀는 혼자 씩씩거리면서 효민이를 놔두고 휙 가버렸다. 어리벙벙하고 난처했다. 하는 수 없이 효민이를 안아 주어 진정시키고 엄마를 따라가라고 말해 주었다. 그러고 돌아오는데 그녀가 힐끔 나를 쳐다보던 눈길이 마음에 걸렸다. 아이가 저렇게 원하는데 어른인 네가 좀 양보해야지, 하고 신경질을 부리는 느낌이었다.

이런 상황은 때때로 벌어졌다.

한 번은 그녀와 효민이가 다투었는데, 효민이가 엄마에게 나가라고 하고 문을 걸어 잠근 모양이었다. 한참을 기다려도 열어 주지 않는다며 우리 집에 찾아와 눈물을 흘렸다. 나는 그녀를 감싸고 위로해 주었다.

그녀와 나는 종종 어린 시절의 상처에 대해 이야기하기도 했다. 그럴 때면 내 이야기에 공감하는 척하다가도 곧 자신에게는 상처가 없고 지금도 행복하다고 했다. 그리고 자기는 아이에게 백 퍼센트 만족하고 있다고 했다.

우리 집에서 저녁을 먹은 날이었다. 나는 이것저것 반찬을 만들어서 상을 차렸다. 둘러앉아 밥을 먹는데, 한 숟가락 먹자마자 효민이가 에잇 맛없어, 하고 투덜대며 숟가락을 탁 놓았다. 별스럽게도 그녀가 아이를 야단쳤다.

"안 돼. 그렇게 말하면 아줌마가 정말 속상하잖아."

그러자 효민이는 눈을 부라리며 대들었다.

"니가 지금 나한테 뭐라고 그랬어? 니가 그러면 내 자존심이 뭐가 돼?"

꽥꽥 소리치더니 갑자기 그녀에게 달려들어 목을 졸랐다. 나는 깜짝 놀라 효민이를 혼내고 싶었으나 그녀는 아이의 손을 뿌리칠 뿐 조금도 야단치지 않았다. 하는 수 없어 나도 잠자코 있었다. 말문이 막혔다. 식사가 끝난 뒤 나는 그녀와 함께 베란다로 가서 조금 어색했으나 용기를 내어 말했다.

"아이를 칭찬하고 수용해 주는 것도 중요하지만 정도가 지나치면 안 되지 않을까? 잘못하면 아니라고 이야기를 해주는 게 엄마잖아?"

그녀는 고개를 떨구고 가만히 있다가 말했다.

"글쎄, 난 엄마가 믿어 주기만 하면 아이가 잘 클 거라고 생각하는데."

갑자기 가겠다면서 일어서는데 얼굴이 새빨갛게 굳어 있었다.

"그 동안의 충고는 내가 참고 받아 줬지만 오늘은 아냐. 기분 나쁘네."

한마디 내뱉더니 놀고 있던 효민이를 불러서 함께 휙 가버렸다. 조금 멍했다. 내가 뭘 잘못한 게 아닐까 걱정스러웠다. 괜히 충고했는가? 생각 좀 해보고 나중에 말했어야 했나? 자꾸 곱씹다 보니 마음이 불안해졌다. 결국 미안하다는 문자를 보내고 말았다. 답이 없었다. 그날 밤 난 미안하다는 문자를 여러 번 보냈다.

그 후 일주일째 연락이 없었다. 신경이 쓰여서 전화를 했더니 아프다고 했다. 문병을 갔다. 그녀는 그날 저녁 일 때문에 일주일째 앓아누웠다고 했다. 나는 아무 소리도 하지 못했다. 그리고 2주 뒤 아이들 하굣길에 마주쳤는데, 애를 건강하게 잘 키우고 있는데 왜들 옆에서 이래라 저래라 난리야, 하고 들으라는 듯 혼잣말을 하는 것이었다. 일주일 동안 아파가면서 내린 결론이 이런 거구나 싶어 깜짝 놀랐다. 그 뒤로 나는 그녀를 피하게 되었다.

효민이의 언어폭력과 거친 행동에 대한 소문은 계속 들려온다. 급식시간이면 다른 아이들 식판을 잡아 흔들어서 음식을 흘리게 하고, 우리 아이를 때려서 울리는 일도 자주 있었다. 언젠가는 우리 아이가 효민이가 밀어 넘어뜨렸다면서 울면서 집에 돌아오기도 했다. 선생님에게도 욕을 하고 대놓고 무시한다고 한다. 효민이의 얼굴을 보면 표정이 아이 같지 않게 거칠고 거만하다. 누구도 아랑곳하지 않고 제멋대로다.

효민이를 볼 때면 나는 그녀가 효민이에게 가르쳤을 말이 떠오른다. "다른 사람은 신경 쓰고 배려할 필요가 없다. 모든 걸 네 본위로만 생각하면 된다. 네가 없으면 세상도 없으니까. 네가 원하는 것이 있으면 언제든 거칠 것 없이 해라."

자기부정 혹은 자살

이상화된 자기 이미지와 현실의 '나'를 비교하는 데 사로잡혀 있으면 자신의 단점만 크게 생각하게 되고, 자기는 고작 요것밖에 안 된다 싶어 자신감이 점점 위축된다. 그러다 보면 인간관계를 자꾸 피하려 하게 되고, 새로운 도전은 하지 않으려고 하게 되는데, 그러다 보면 자신감이 더 위축되는 악순환에 빠져든다. 이게 극단에 이르면 자살하게 된다. 그런데 이상화된 자기 이미지란 원래 비현실적인 것이라서 누구도 도달할 수 없는데도 그 사람은 그 사실엔 생각이 미치지 못한다.

보기 싫은 사람이 눈앞에서 얼쩡거리면 화가 나고 나중엔 눈앞에서 없어지라고 소리 지르게 되듯, 이상화된 자기 이미지에 못 미치는 현실의 '나'를 싫어하다 못해 없애 버리려고 하는 게 자살이라고 할 수 있다.

물론 자신감이 위축되었다고 모두가 자살하는 건 아니다. 또 자살하는 이유가 한 가지 밖에 없는 경우도 드물다. 자살은 환경, 본인의 타고난 성격, 벌어진 사건 등이 중첩된 결과다. 하지만 나는 이 세상에서 없어져야 한다는 믿음의 바닥에는 이상화된 자기 이미지와 현실의 '나'가 다르다는 것을 인정할 수가 없다는 의지가 깔려 있다. 그러니까 자살을 선택하는 사람들 마음속에는 대체로 도리언 그레이의 초상화처럼 변하지 않는 이상화된 이미지로서의 자기 모습이 하나씩 들어 있는 셈이다.

미술사에서 고전주의에서 낭만주의로 넘어가는 과도기에 활약했던 프랑스 여류화가 콘스탄스 마예는 나폴레옹 황제의 궁정화가인 프뤼동에게 영감을 주는 뮤즈여서 그의 모델 노릇을 하고 그림도 같이 그리는 재원이었다. 뛰어난 재능과 아름다운 외모로 유명했다. 그런데 미녀로 명성을 누리는 여성들이 그러하듯, 그녀도 나이 먹는 걸 겁냈다. 늙어 간다는 사실에 공포에 가까운 두려움을 품고 있어 나중엔 신경쇠약 증상까지 보였다고 한다. 자주 거울 앞에 서서 "나는 미워졌다, 내 청춘은 끝났다"고 탄식했다. 그녀는 젊은 학생에게 데생을 가르치고 난 직후 아틀리에에 혼자 남아 있을 때 자기 목을 칼로 찔러서 죽었다. 경찰 보고서에 따르면 "그녀는 두 번이나 목을 찔렀다. 때문에 상처가 뒷목뼈까지 깊숙이 나 있었다"고 한다. 그녀의 그런 자살 모습은 들라크루아와 같은 여러 화가들에게 영감을 주어 명작을 그리게 했다고 한다.

말하자면 콘스탄스 마예는 영원히 젊고 아름다워야 할 이상화된 자기 이미지와 일치하지 않는 현실의 '나'를 스스로 없애 버린 것이다.

비슷한 예로 이탈리아의 테너 가수 아돌프 누리의 자살이 있다. 그는 39세가 되기 직전 밤에 집으로 돌아와 6층 창문에서 뛰어내려 죽었다. 사람들은 그의 음성을 극찬했고, 매스컴에선 그를 음악계의 황제라는 칭호까지 붙이며 칭송하고 있을 때였다. 작곡가 도니제티는 아돌프 누리를 위해 오페라를 썼고, 롯시니를 비롯한 유명 작곡가들의 작품은 대부분 아돌프 누리가 주연을 맡아 초연할 정도로 명성을 누리던 터였다.

그런데 오페라 〈유태의 여자〉에서 노래를 부르던 중 고음 부분에서 목소리가 약해졌다고 느꼈다. 그때부터 그는 의기소침해져서 자신감을 잃기 시작했고, 따라서 활동은 위축되어 점점 저조해졌다. 그 때문에 그의 자신감은 더욱 줄어들었다. 악순환에 빠진 것이다. 누리가 공연할 때면 친구와 팬들이 몰려와 갈채를 보내 주었지만 소용이 없었다. 어느 날 실의에 빠진 자신을 위로하는 친구에게 "자네는 예술을 잘 아는 사람이니까, 내 노래가 얼마나 형편없는지 눈치 챘을 거야"라는 말을 불쑥 내뱉곤 그대로 집으로 돌아가서 뛰어내렸다. 그때 집에는 여섯 명의 자녀와 일곱 번째 아이를 임신한 부인이 있었다고 한다.

이처럼 진정한 이상이나 인생 목표가 아닌 이상화된 자기 이미지에 사로잡히게 되면 현실의 '나'를 부정하게 되어 의기소침, 자신감 상실, 우울증으로 빠져들다가 끝내는 자살에 이르기도 한다.

몇 년도인지 아리송하지만 꽤나 흥미로운 실태 보고서가 있었다. 할리우드를 표본으로 조사했더니, 해마다 2만여 명의 배우가 활동을 시작하지만, 10년 후에 보니 그 중 12 명 정도만 배우로서의 명맥을 유지하고 있더라고 한다.

명성에 의지해서 사는 예술가들의 이런 실상을 고려한다면 콘스탄스 마예나 아돌프 누리 정도라면 성공한 예술가에 속할 것이다. 그런데도 그들은 자신이 품고 있는 이상화된 자기 이미지와 일치하지 않는 현실의 '나'를 부정하다 못해 자살로까지 가버린 것이다.

이처럼 이상화된 자기 이미지는 일을 잘할 수 있도록 의욕을 북돋아 주고 격려해 주는 것이 아니라 작은 문제점을 크게 부각시켜 기를 꺾어 버린다. 노래를 잘 부르겠다는 이상이나 인생 목표를 갖는 게 아니라, 자신이 바로 천재 테너 가수여야 한다는 자기 이미지에 사로잡히게 되면 그러지 못한 자신을 용납할 수가 없게 되고 그런 현실의 '나'는 없어져야 마땅하다는 결론으로 치닫는 것이다.

완벽주의 강박증

가끔 텔레비전 앞에서 죽치는 정도가 지나쳐서, '정말 사람이면서 이럴 수도 있을까? 지금 내가 제 정신일까?'하는 자기혐오에 빠지는 일이 있다. 평소엔 군것질을 그다지 하지 않는 편인데도 텔레비전 앞에만 앉으면 이상하게 군입거리를 찾게 되어, 너무 먹어서 목구멍까지 음식이 꽉 찬 느낌이고, 리모컨을 쥔 손은 뻣뻣하고 척추는 굳어 막대기를 댄 것 같고 엉덩이는 짓무를 지경이다. 프로그램 하나를 진득하니 보지 못하고 쉴 새 없이 바꾸기도 하지만 어떤 땐 드라마 하나를 시시하다고 투덜거리면서도 열 몇 시간씩 들여서 첫 회부터 끝까지 한 번에 다 보기도 한다.

가끔 이런 사고가 나는 이유가 심리적 긴장과 압박감 때문이라고 깨달은 건 얼마 되지 않는다. 이를테면 학생이 시험공부를 해야 한다는 압박이 심해지면 오히려 인터넷 서핑을 멈추지 못하거나 평소엔 거들떠보지도 않던 게임에 빠져 시간을 보내는 것과 같은 증상이다.

일종의 완벽주의적 강박증이라고 할 수 있다. 어떤 일을 잘해야만 한다는 압박감은 그 일을 시작하는 것조차 어렵게 하고, 그 일을 하는 중간에도 긴장해서 자꾸 실수를 남발하거나 불필요하게 꼼꼼해져서 시간이 지체되게 만든다. 음료가 가득 들어 있는 컵을 흘리면 절대 안 된다, 고 잔뜩 긴장해서 옮기다 보면 결국 음료를 흘리게 되는 것과 같은 이치이다.

(여담이지만 이럴 때는 긴장 푼 무심함이 필요하다. 그렇다고 아무렇게나 휙 옮겨도 흘리니까 긴장과 방심의 딱 중간 상태를 유지해 보는 것이다.)

아무튼 완벽주의는 현실의 '나'에게 만족하지 못하고 이상화된 자기 이미지와 차이가 나는 부분만 크게 부각시켜 놓고 그 부분에 사로잡히는 성향이다. 이런 이들은 자신을 비난하는 정도가 심한데, 무의식에는 도덕적 우월감이 깔려 있기 쉽다. "배부른 돼지가 되느니 배고픈 소크라테스가 되는 게 낫다"는 학창 시절에 배운 격언에 따라 자기는 자기 비난, 경멸을 통해 인격을 도야하고 있는 중이라고 믿고 있는 경우가 많다.

음모론만 나오면 귀가 솔깃해지는 나로서는 완벽주의 성향을 부추기는 요즘 유행이 광고업자와 기업가들의 음모가 아닌지 의심한 때도 있었다. 그 때문에 『완벽주의의 함정』이라는 책이 나왔다기에 얼른 구해다 숙독해 보았고 큰 그림을 미리 그려 놓고 일부러 이렇게 만들기는 어렵겠구나 하는 결론에 도달하기는 했지만, 아무튼 사람들이 광고의 이상형과 자기를 비교하면서 완벽해져야 한다는 강박증을 품게 된 요즘의 현상은 어찌어찌 하다 보니 너도나도 빠져들게 된 '회전목마의 데드히트'(도저히 빠져나올 수 없는 사회적 경쟁의 악순환을 일본작가 무라카미 하루키는 그렇게 불렀다)가 아닐까 하는 걱정은 사라지지 않는다.

대개 완벽주의자들은 처음에는 의욕에 가득 차 열심히 일하는 것처럼 보이지만 결국엔 신경증적인 무기력에 빠지게 된다. 신경증적 무기력이란 동기와 행동이 마비된 상태라는 뜻이다. 사실 이상화된 자기 이미지에 맞추려고 끊임없이 노력해야 한다는 사실은 현실의 '나'가 이상화된 자기 이미지 그대로의 사람이 아니라는 굴욕적인 증거처럼 여겨진다. 단번에 비약해서 성취하지 못하고 노력하여 조금씩 조금씩 쌓아 가야 한다는 사실이 실망스러워 차라리 아무것도 하지 않은 채 멋진 결과를 달성한 자기를 공상하면서 시간을 보내기도 한다. 이런 일이 반복되다 보면 자기혐오에 빠지게 되고, 자기혐오는 자신이 가치 있는 일을 할 수 있다는 믿음을 빼앗아 버린다. 그러다 보면 자연히 일에 대한 의욕과 기쁨은 사라져 심리적 마비상태에 빠져들게 되는 것이다.

마비는 심리 에너지가 분산되어 집중이 안 되는 상태인데, 이러다보면 우유부단해지고, 늘 긴장하고 있어 실수를 반복하거나, 쓸데없이 세부를 고쳐 반복하느라 시간을 잔뜩 들이면서도 일이 진척되지 않고 있거나, 건망증 같은 증상이 나타난다.

이런 사람들은 대체로 스스로에게 '나는 반드시 ~해야 한다'는 자기 강압적 표현을 많이 쓴다. '~해야만 하는데'라며 죄책감을 불러일으키는 말로써 자신을 괴롭히는 것이다. 이런 사람들은 대체로 완벽주의 부모 밑에서 자란 경우가 많다.

이상화된 자기 이미지에서 벗어나려면 자기의 어느 한 부분을 확대 해석해서 그것을 나라고, 나의 전부라고 생각하지 않도록 의식적으로 노력해야 한다. 그리고 자신감을 가져야 한다. 물론 자신감이란 가지겠다고 결심한다고 저절로 가져지는 건 아니다.

어쩔 수 없이 해야만 하는 일상적인 활동에 주의를 기울이고 의식적으로 해내면 자발성이 길러지고 자발성에서 자신감이 쌓인다. 나보다 상대가 관심을 받을 수 있도록 한 걸음 뒤로 물러서 있는 관대한 태도를 취하면 마음이 침착해지고 평온해진다. 그리고 '아니다'라고 생각될 땐 아니라고 확실하게 말한다. 사람 사이에는 거리가 있다는 사실을 인정하고 그에 따라 행동하다 보면 사소한 일에 초연해진다. 여기에 더하여 글쓰기라는 감정의 배출구를 마련하여 자기감정을 확실히 알고 살아간다. 이런 행동이 반복되어 쌓이면 자기가 쓸모 있는 사람이라고 믿음이 생겨 자신감을 갖게 되는 것이다.

찬성과 반대

자기에게 완벽주의적 성향이 있는 것 같다면, 그래서 생활하는 데 이런저런 갈등을 겪는다면 "찬성과 반대"표를 만들어 보자. 만들어 놓은 다음 완벽주의적 성향이 자신을 들볶을 때마다 들여다보며 다시 생각해 보면 그런 성향이 완화된다.

먼저 종이를 반으로 접어 오른쪽 칸(반대)에 지금 현실의 자신의 결점이라고 생각되는 항목을 열 가지쯤 내리 적는다. (생각할 틈 없이 얼핏 떠오르는 것을 빠르게 적으면 좋다.) 그 다음 맞은 편 왼쪽 칸(찬성)에 그 결점을 좋게 바꾼 표현을 연구하여 써보자.

예

찬성	반대
호기심이 다양하다	변덕이 심하다
주의력이 세밀하다	소심하다
느리게 살 줄 안다	게으르다
많이 생각하고 결정한다	우유부단하다
진지하게 생각할 줄 안다	스트레스를 잘 받는다
⋮	⋮

4장

자유로운 나

01 자기 분석

다음에 나오는 예문을 읽어 보자. 본래의 자기에서 멀리 떨어져 항상 가면을 쓰고 산다고 느꼈던 여성이 살아온 기억을 한참이나 더듬어보다 쓴 글인데, 이런 방식으로 글을 쓰다 보면, 자기 한계를 뛰어넘어 주변까지 어느 정도는 살피고 공감할 수 있는 시야가 열린다는 사실을 깨닫게 될 것이다.

초등학교 시절 나는 집으로 돌아올 때면 왠지 두렵고 답답한 기분이 들곤 했다. 가슴이 옥죄는 것 같기도 했다. 집에선 동화책을 읽거나 동생과 놀이를 했다. 엄마는 직장을 다녔기 때문에 저녁을 먹은 다음에야 돌아왔고, 아버지는 더욱 바빠서 평일엔 내가 잘 때나 들어와 내가 깨기도 전에 출근하셨기 때문에 얼굴을 보는 일이 드물었다.

저녁 때 일하는 아줌마와 함께 밥을 먹고 텔레비전을 보았는데, 가끔 엄마가 전화를 걸어 숙제했느냐고 잔소리를 했기 때문에 텔레비전도 못 보고 숙제를 하기도 했다.

한 번은 식탁에 앉아 숙제로 받아온 시험지를 풀었다. 그러다 뒷면에 그림을 그리기 시작했다. 파란색 연필로 동그랗게 얼굴을 그렸다. 그리고 절반쯤 선을 찍 그어 머리카락과 얼굴로 나눴다. 밑으로 몸통을 붙여 그렸다. 하지만 반듯하지는 못했다. 한쪽 팔은 길고 다리는 안짱다리처럼 그려졌다. 나는 얼굴에다 벌린 입을 그려넣고 옆에 말풍선을 만든 다음 '선생님, 제발 100점 맞게 해주세요.'라고 썼다.

엄마가 집에 돌아와 숙제검사를 하다가 시험지 뒷면을 보더니 소리를 빽 질렀다.

"이게 뭐야? 지워."

나는 잔뜩 겁이 나서 쭈뼛거렸다. 그러자 엄마는 얼굴이 새빨개지도록 계속 소리를 질러댔다. 나는 부들부들 떨며 지우개로 문질렀지만 지우개밥만 잔뜩 생길 뿐 잘 지워지지 않았다. 힘을 잔뜩 주니까 종이가 찢어졌다. 엄마는 신경질이 폭발해서 소리소리 지르면서 무섭게 나에게 달려들었다. 일부러 그런 게 아니라고 변명하고 싶어도 틈을 주지 않았다. 너무 무서웠다. 나는 울면서 구석으로 도망쳤지만 결국 붙잡혔다. 엄마는 고함치며 손을 번쩍 쳐들었다. 잔뜩 쫄아서 기다리는데 갑자기 잠잠했다. 고개를 들어보니 엄마는 그제야 정신이 들었는지 팔을 툭 떨어뜨렸다. 그러나 여전히 미간은 잔뜩 접혔고 입술을 꽉 깨물었으며, 눈은 기름칠한 것처럼 번들거렸다.

엄마는 늘 그랬다. 조금만 자기 기분이 나빠도 우리에게 소리소리 지르면서 화를 냈다. 평소에 하는 말도 신경질적인 목소리로 빽빽 내지르기 일쑤였다. 엄마의 얼굴을 보면 언제나 미간에 주름이 잡혀 있었다. 제발 그 주름이라도 없었으면 싶었다.

어려서 가장 무서웠던 건 텔레비전에서 하는 〈전설의 고향〉이었다. 언제부터인가 엄마를 생각하면 〈전설의 고향〉에 나오는 구미호가 떠오르곤 했다. 눈꼬리는 위로 쭉 찢어지고 피로 물든 입은 새빨갛고, 입꼬리도 올라가있고, 요사스럽게 웃으면서 쉴 새 없이 곁눈질하는 그런 얼굴을 가진 여우 말이다. 엄마는 언제나 미소 띤 표정이었고 상냥한 어조로 사람들을 대했으나 어린 내가 보기엔 그건 가식이었고 언젠가는 우리를 다 잡아먹을 것만 같았다.

어릴 때는 할아버지 댁에서 살았는데, 우리 가족은 2층에서 주로 지냈다. 그 집은 햇빛이 쨍쨍한 맑은 날에도 어두침침했다. 특히 2층으로 올라가는 층계 중간참엔 커다란 창문이 있었는데 옆집 담이 가로막고 있어 어두운 데다 가끔 이상한 그림자가 어른거렸고, 밤이면 가로등에 비친 나뭇가지의 그림자가 구미호의 손처럼 길게 흔들리면서 유리창을 물들이곤 했다. 나는 층계를 오르내릴 때마다 불여우가 내 머리를 잡아당길까봐 무서워 힘껏 빨리 뛰어다녔다. 거실에는 불을 한 번도 지핀 적이 없는 벽난로가 있었는데, 그것도 무서웠다.

그 벽난로를 통해 구미호가 드나든다는 상상이 자꾸 되는 거였다. 한 번은 환한 대낮에 벽난로에 머리를 집어넣고 유심히 살펴본 적도 있었다.

어렸을 때 나를 두려움에 떨게 만들던 엄마도 나름대로의 이유는 있었다. 종종 나를 벌벌 떨게 만들었던 싸이코 같은 행동도 지금 생각해 보면 전혀 이해할 수 없는 것은 아니다.

깐깐하고 교과서적인 원칙주의자에다 자기중심적인 아버지의 비위를 맞추느라 어머니는 끊임없이 눈치를 살피며 살아야 했고, 본성을 죽여가면서 아버지 앞에서 연기를 했던 것 같다. 지금 보면 엄마의 성격은 급하고 남자 같다. 대범하고 강하다고도 할 수 있을 것이다. 그런데 아버지는 엄마가 자녀들에게 곰살궂고 자상한 엄마 노릇을 하기 원했다. 아버지는 자기가 없을 때 엄마가 우리에게 히스테리를 부린다는 건 상상도 못한 채, 우리를 앞에 놓고서도 못마땅한 엄마의 말이며 행동이 있으면 뭐 하나 그냥 지나치지 않고 꼼꼼하게 지적하면서 훈계를 늘어놓곤 했다. 남편에게 항상 억눌려 지내야 했던 엄마의 본성은 남편이 없을 때 우리에게 짜증, 신경질, 분노로 터져 나오곤 했던 것 같다.

그렇게나 엄마의 히스테리에 당하고 살면서 엄마를 미워했는데도, 나도 사춘기를 지나면서 엄마의 연기를 똑같이 따라하고 있었다. 그런 사실을 발견했을 땐 정말 놀랐다. 그러나 드러난 문제는 더 이상 문제가 아니라고 했던가? 이제는 내 생각과 감정을 솔직하게 표

　기억을 글로 써나가다 보면 해묵은 마음의 상처들이 확연히 드러나게 된다. 상처가 줄줄이 떠올랐다고 해서 어떻게 해결해야 할지 모르겠다고 미리 걱정할 필요는 없다. 일단 상처가 의식으로 나왔다는 점이 중요하다.

　마음의 상처란 몸의 상처와 달리, 자신이 그런 문제를 갖고 있다는 걸 알기만 해도 해결의 실마리를 찾은 셈이다. 몸의 상처처럼 약을 바르거나 수술을 하지 않아도 된다. 상처가 무의식에 잠겨 있어 자기에게 그런 문제가 있다는 걸 의식하지 못할 땐, 그 영향력이 커서 자기가 원치 않았던 행동이나 말, 기분 등으로 튀어나와 갈등하고 휘둘리게 되지만, 의식으로 끌어올려 깨닫기만 해도 그 영향력이 현저하게 줄어드는 것을 실제로 경험할 수 있다.

　B씨의 경우, 유난히 경쟁심이 많았다. 그 때문에 친한 친구와 사이가 틀어지기도 하고, 뭘 해도 성이 차지 않아 생활의 폭이 자꾸 좁아졌는데, 가장 큰 문제는 스트레스가 심하다는 것이었다. 주변 사람들이 뭘 어떻게 했는지 공연히 신경이 쓰였고, 언제나 비교하면서 자기는 그보다는 잘해야 한다는 압박과 긴장감 속에서 살았다. 그러나 문제라고 여기지 않았다. 다만 자기는 의욕이 많고 성취 동기가 높아서 힘든 거라고 자위하고 있었다. B씨는 입버릇처럼 "이상이 높으면 현실은 부대끼게 마련"이라고 말하곤 했다. 그러다

결혼하고, 특히 자녀들이 성장하면서 문제가 두드러졌다. 아이들이 반항하기 시작한 것이다.

이런저런 갈등 끝에 B씨는 자기에게 문제가 있다고 깨닫게 되자, 뿌리를 찾아보려고 노력하기 시작했다. 본격적인 형식은 아니었으나 떠오르는 대로 자신의 라이프스토리를 써보기도 하고 작정하고 이런저런 경험을 세밀하게 뜯어보기도 했다. 그런데 의외로 중학교 시절 기억이 공백이었다. 거의 기억나는 것이 없었다. 그걸 깨닫자 중학교 시절에 더욱 집중했고 작은 실마리라도 놓치지 않으려고 애썼다. 그런 와중에 한 사건이 떠올랐다.

B씨네 집은 가난했는데 부잣집 아이들이 다니는 중학교를 다녔다. 그때 도시락 반찬 그릇으로 미제 거버 이유식 병이 유행했다. 고무 패킹으로 뚜껑이 밀폐되어 국물이 흐를 걱정 없이 김치를 담아서 갖고 다닐 수 있었다. B씨는 그 병이 갖고 싶었다. 하도 부러워하다 보니 나중에는 도시락 반찬으로 김치를 싸가는 게 소원이 되었다. 하루는 꾀를 내어 엄마가 쓰고 버린 폰즈 콜드크림 병을 씻어서 거기에 김치를 담아서 학교에 갔다. 점심시간, 그 병을 꺼내 놓자 친구들은 화장품 병에 반찬을 담아 왔다고 B씨를 놀렸다. 당시 B씨는 태연한 척 반응하지 않고 도시락을 끝까지 다 먹었다고 한다.

눈앞에 그때 상황이 선연하게 떠오르자 동시에 그 동안 도통 기억나지 않던 중학교 동창들 이름이 입에서 줄줄이 흘러나왔고, 자기도 모르게 엉엉 울고 말았다. 그 후 B씨는 경쟁심의 덫에서 놓여

날 수 있었다.

어쩌면 사건이라고 할 수도 없는 사소한 일이라고 볼 수도 있다. 하지만 어렸던 B씨는 그 일로 인해 마음에 심각한 상처를 입었던 것이다. 이럴 때 "그건 네가 오버하는 거야. 그 정도 일로 마음의 상처를 입었다면 그건 네가 못나서 그래." 하고 세상 일반의 잣대를 들이대며 자기를 꾸짖거나, 그때의 감정을 인정하지 않고 억압하면 안 된다. 태산같이 큰일에 조금도 동요하지 않던 사람이 어떻게 보면 아주 사소한 일에 부딪쳐서 무너지기도 한다. 지진 같은 천재지변이나 전쟁을 겪고서도 의연했던 사람이 애인과 헤어졌다는 사소한 사건 정도로도 외상후 스트레스 장애라는 심각한 심리 장애를 떠안기도 하는 것이다. 그래서 사람은 바위에 걸려 넘어지는 게 아니라 조그만 돌멩이에 걸려 넘어진다고 하는데, 진실이다.

그처럼 인간의 내면 세계에서 일어나는 일은 이상한 나라의 엘리스가 따라 들어간 토끼 굴 안의 왕국처럼 뒤죽박죽이고 무질서한 것 같아도, 실상은 그 사람의 내적 주관에 따른 나름의 질서에 따라 비중이 정해져 있다. 그러므로 남들 보기에는 아무것도 아닌데 내가 오버하는지도 모른다고 미리 규정하지 말고, 사소하든 큰일이든, 기억이 떠오르면 그게 어떻다고 미리 판단하지 말고, 그 당시 내가 어떻게 느꼈는지, 내 눈에 어떻게 보였는지, 어떻게 받아들였는지 찬찬히 살피면서 그런 코드를 따라 글을 써가는 게 중요하다.

B씨처럼 자신의 문제를 자각하고 무의식에 숨어 있는 기억들을

되찾아 의식으로 끌어올리게 되면 그 영향력으로부터 자유로워지는데, 같은 이치로 어린 시절 왜곡된 경험으로 만들어진 낮은 자아상에 따라 형성된 낮은 자존감이며, 그에 대한 반대급부로 지나치게 부풀려진 이상화된 자기이미지, 그리고 일상의 행동 패턴 등을 의식 수준에서 자각하게 되면, 그 은밀한 영향력에 휘둘리지 않고 (나도 모르게 자꾸 그러게 돼, 하는 내용의 말을 하지 않게 된다.) 적절하게 자기 컨트롤을 할 수 있게 되는 것이다.

그렇게 되려면 B씨가 한 것처럼 자기가 살아온 삶을 되돌아보면서 기억을 써나가는 것이 중요하다.

여기까지 이야기한, '지금 여기 나에 대한 자각'과 '기억 발굴을 통한 자기 이해'를 알음알이(지식)로 아는 수준을 넘어서도록, 어린 시절을 회상하는 글쓰기를 해보자. 앞에서 이야기한 것처럼 머리로 생각만 하는 것은 가뭇없이 흩어져버려 시간이 조금만 지나도 자기가 무슨 생각을 했는지 모르게 되는 수가 많고, 또 세세하게 살피기도 어렵다. 그러니 글로 써서 읽고 생각해 보자.

묘사문으로 쓰자. 묘사문 쓰기는 텔레비전 방송을 녹화해 두었다가 필요할 때 재생해 보는 것과 같은 작업이다. 머릿속에 떠오른 장면을 그림 대신 글로 옮긴다고 생각하고 구체적으로, 순서대로, 단어들을 차곡차곡 쌓듯이 쓴다.

그렇게 쓰는 과정에서 어린 시절로 돌아가 그때 그 상황에 몰입할 수 있다면 더욱 좋을 것이다. 그때 느꼈던 감정이 다시 살아나도록 자기 자신을 완전히 풀어놓고 글을 쓰는 것이다.

때때로 그때 상황은 기억나는데, 그때의 느낌은 전혀 떠오르지 않는 수도 있다. "그 당시엔 아무런 감정도 없었던 거 같아요."라고 말하는 사람도 있지만, 사실은 감정을 못 느꼈던 게 아니라 느끼기는 했으나 그런 감정을 가지면 안 된다든지, 그런 감정을 느끼는 게 잘못이라면서, 내면의 검열관이 느낌이나 감정을 황급히 지워 버렸을 가능성이 크다. 기억을 되살려 자기 이야기를 쓰는 과정에서 내면의 그런 문제까지 짚어 볼 수 있다면 더욱 좋을 것이다.

다음은 묘사문으로 어린 시절의 기억을 쓰려고 했더니 기억이 토막토막 난 채 이어지지 않아 하는 수 없이 일화 모음으로 썼다는 수강생의 글이다. 대체로 정서적인 기억이 꽁꽁 묶여 있어 알음알이의 수준을 넘어서지 못하고 있다. 글쓴이의 말로는 느낌까지 되살리려고 노력은 해보았으나 아무리 해도 떠오르지 않았다고 했다.

1. 제천(1~5세)

집 앞으로 강이 흘렀다는 것밖에는 5살 정도까지 산 그곳에 대해선 아무 기억도 없다. 다만 엄마가 가르쳐준 노래, '엄마야 누나야'와 '클레멘타인' "엄마야 누나야 강변 살자…" "넓고 넓은 바닷가에 오막살이 집 한 채…" 그런 노래를 가만히 불러보면 그 노래의 이미지인지 내 기억인지, 아늑하면서도 애잔하고 아련한 분위기가 어렴풋하게 떠오른다.

2. 성남(6~7세)

철거민들이 모여 판잣집을 짓고 사는 달동네였다. 나는 할머니와 살았다. 할머니와 단 둘이 산 건지, 부모님이 돈 벌러 나가시고 낮에 할머니와 단 둘이 남겨지곤 했는지 잘 모르겠다. 그 집은 시커먼 루핑지로 벽(나중에 알고 보니 지붕까지도)을 만들어 놓았고, 좁고 어두컴컴했다. 할머니의 등 뒤로 무언가가 잔뜩 쌓여 시커먼 천으로 덮여 있었는데 할머니가 밥을 물에 말아 나를 먹이시던 모습이 떠오른다.

또 집에 불이 나서 할머니가 불을 끄려고 우왕좌왕하던 기억도 난다.

또 집 옆 하천 둑길이 있었는데 하루는 형이 하천 건너편 길에 꽃차가 지나간다고 외치며 뛰쳐나가던 기억도 난다.(내가 중1 때 죽은 형은 교통사고로 다리를 절고 있었다. 확인은 못했지만 그 기억과 형의 교통사고는 연관이 있는 것도 같다.)

3. 광주(6~7세)

비교적 새 집이었다. 지대가 높고 주변에는 공터가 많았다. 집 옆에 비닐하우스가 있었는데 천식을 앓는 진수라는 아이가 살았다. 나보다 몇 살 위로 밤낮으로 기침을 해댔다. 진수의 부모님은 거의 집에 없었다. 밤늦게 비닐하우스에서 진수의 밭은 기침소리가 들려오곤 했다. 앞집에는 영순이라는 내 또래 여자애가 있어 함께 어울려 놀았다.

하루는 부모님이 어디 가셔서 밤늦도록 돌아오지 않으셨다. 점점 어두워오는 방 한 구석에 웅크리고 서랍장 위에 얹힌 이불만 뚫어져라 바라보면서, 두려움에 떨며 부모님을 기다리던 기억이 난다.

4. 장호원(7~8세)

최익순이란 사람의 집에 세들어 살았다. 포목상을 하는 그는 주인 행세를 심악스럽게 하는 구두쇠에다 얼굴은 퉁퉁하고 검붉었다. 우리 집은 조그만 가게가 달린 단칸방이었다. 늦은 저녁이면 가게 앞 평상에서 국수를 삶아 먹기도 하고 별을 보며 야식을 먹기도 했다. 나는 먹다가 나온 수박씨를 평상 밑에다 묻었다. 수박이 자라서 열리기를 빌었다. 순기라는 친구가 있었는데 저녁때가 돼도 돌아가지 않고 놀다가 밥을 얻어먹고서야 제 집으로 돌아갔다.

정서적인 면이 억압된 이 글을 쓴 사람처럼, 우리나라 남자들은 보통 정서를 인정하지 않거나 소홀히 여기도록 배우면서 성장하여 이대로 죽 살아간다. 그러다 갈등이 일어나면 자기가 문제가 아니라 상대가 문제라고 간단히 치부하고 만다. 그런데 특별히 이 글을 쓴 사람은 여러 갈등에 부딪치자 자신의 정서적 억압이 문제가 된다는 걸 자각하여 그걸 풀기 위해 내 프로그램에 등록했었다. 글쓴이가 '지금 여기 나'를 알기 위해 "최근에 내 마음을 크게 뒤흔든 일"이라는 제목으로 쓴 글은 다음과 같다. 바로 위에 제시된 글이 이 사람의 어린 시절 내면 풍경이라면 그런 방식으로 성장한 현재의 모습이니까 잇대어서 과거와 현재라고 생각하면서 읽으면 흥미로울 것이다.

아침이었다. 냉장고에 넣어둔 두부가 없다고 아내가 구시렁거렸다. 아이들이 어떻게 하지는 않았을 거라서, 나는 안 갖고 왔겠지, 하고 가볍게 대꾸했다. 아내는 분명히 장바구니에서 꺼냈고 냉장고에 넣었다고 단언했다. 발도 없는 두부가 저절로 자취를 감췄을 리는 없을 터여서 아이들한테 물어봤더니 다들 모른다고 했다.

"갖고 왔으면 그게 어디 가? 당신이 안 갖고 왔겠지."

나는 아내에게 대수롭지 않게 내 나름의 소견(아내에겐 핀잔으로 들려서 나중에는 '지적질'이라고까지 정의되는)을 던졌다.

"갖고 와서 넣은 게 확실하다니까, 자꾸 그래."

잔뜩 신경질이 난 아내의 대답이었다. 아무도 안 건드렸다는 두부가 저절로 없어질 수는 없다. 냉장고가 아닌 다른 데 뒀거나, 아예 안 들고 왔으면서, 다른 찬거리를 냉장고에 넣어놓고 두부를 넣어 뒀다고 착각하는 경우라는 판단이 들었다. 확인할 겸 내가 나서서 냉장고를 뒤져봤지만 없었다.

"없는데? 당신이 안 갖고 온 거 맞아."

가끔 사람들은 확신을 갖고 말하지만 결국 실수로 드러나는 일이 많고, 나이를 먹으면 그런 일이 더욱 잦아지니까 한 번 잘 생각해 보라는 취지의 말을 늘어놓았다. 그러자 아내가 격앙된 반응을 보이기 시작했다.

“갖고 왔다니까 그러네. 내가 안 둔 걸 뒀다고 그러겠어? 사람 말을 못 믿어!”

“갖고 왔으면 그게 어딜 가?”

“누가 자기보고 찾아 달래? 어디서 지적질이야? 당신은 말하는 게 매번 그 모양이야.”

내가 당신이 기억 못하는 거 아니냐는 취지의 대꾸를 또박또박 하니까 화가 극도로 치밀었는지 아내는 악다구니까지 썼다. 자기 실수를 질책하거나 기억력이 나쁜 것을 지적한다고 여기는 모양이다. 어이없고 화가 났다. 그렇게 화를 낼만큼 큰일도 아니고, 나에게는 딱히 비난할 의도가 있었던 것도 아닌데, 아내의 포악한 대거리를 들어야 한다는 게 이해되지 않았다. 물론 내가 그냥 듣고 넘기거나 대꾸를 하지 않았더라면 화를 내지 않을 수도 있었을 것이다. 아무튼 나는 매우 상식적인 대화를 하고 있다고 생각했는데 아내의 생각엔 ‘지적질’을 남발한 꼴이 되어버려, 부당한 공격을 받게 되었으니 황당하기 짝이 없었다.

아내의 주된 항변은 답답해하고 있으면 그 마음을 이해해 주지 못하고 자꾸 잘못만 지적한다는 것이다. 매사 그런 식이라는 거다. 칭찬에는 인색하고 불합리한 일이 있으면 잘못을 곧잘 따지고 든다는 점에서는 아내의 말에도 일리가 있다. 하지만 이번 일은 그 정도로 반응할 일이 아닌 듯했다. 그러면 정말 안됐다, 두부가 없어져서 안타깝구나, 하고 말해 주었어야 하나? 그건 상식적인 대화의 흐름이 아니라는 생각이 들었다.

분명 착오가 있기에 두부가 없는 것이고, 경험상 십중팔구는 아내가 냉장고에 두지 않았을 가능성이 높았다. 결국 조금 지나면 아내가 웃으며 자기가 오버했다고 사과하거나 며칠 뒤 경위가 드러나서 자기 실수를 시인하게 될 거라는 생각도 해보았다.

그래도 아침부터 말다툼한 게 하도 부대껴서 딸의 방으로 가서 물어보았다. 딸은 누가 먼저 화를 냈냐고 묻더니 별것 아닌 일에 민감하게 반응하고 화를 낸 사람이 잘못할 가능성이 높지 않느냐고 말했다. 나는 딸 생각이 잘못이라고 지적하였다.

"누가 먼저 화를 냈느냐 하는 걸로 잘잘못을 가릴 순 없지. 화를 낼만해서 화낸 거면 화낸 사람이 옳고, 화낼 일이 아닌데 화를 낸 거면 화낸 사람이 잘못한 거잖냐? 누가 먼저 화를 냈냐가 문제의 본질은 아니다."

"아빤 옳고 그른 것만 따질 줄 알지, 사람 감정은 생각 안 하잖아. 누가 먼저 상대의 심기를 건드렸느냐 하는 문제도 중요하다고 봐."

하긴 나도 반성할 여지가 있다. 상대의 잘못을 직면시키기보다 격려해 주어야 하는데 그러지 못했다. 딸의 말처럼 나는 가족들과의 관계에서 유난히 합리성을 따지고 정서적인 대화는 하지 못한다.

원론적으로 말한다면, 어렸을 때의 내 감정이나 느낌은 존중받았어야 했다. 어린아이가 어떤 모습, 어떤 태도, 어떤 말이나 행동을 하든 그것을 가지고 그 아이를 함부로 대하거나 방치할 이유는 되지 못한다. 그때 어른들이 아이에게 보인 반응이나 말과 행동은 오롯이 어른 자신의 문제고 책임이지 그 아이의 문제가 아니다. 그러나 어린아이는 그렇게 생각하지 못하고 어른들은 완전하고 자기에게 문제가 있기 때문이라고 받아들인다. 하지만 지금에 와서 그때의 부모나 어른들을 생각해 본다면 나름 미숙하고 불완전한 인간이었다는 걸 알 수 있다.

되풀이이긴 하지만 그만큼 중요하니까, 아이를 억압하거나 마음에 상처를 주어 낮은 자아상, 낮은 자존감을 갖게 만드는 부모 유형을 다시 한 번 정리해 보자.

첫째, 아이를 방치하는 부모가 있을 수 있다. 부모가 될 마음의 준비가 전혀 되지 않은 채 부모 역할을 하게 된 경우이다. 앞에서 예로 든, 최근 뉴스에 나온 게임에 빠져 젖먹이 아기를 방치했다가 굶어죽게 만든 극단적인 사건도 있다. 미혼 시절의 자유롭게 무책임한 상태를 동경하여 자신이 부모가 되었다는 사실을 받아들이지 못하거나 하려들지 않아서 갈등을 겪는 사례도 많다. 그럴 때 아이는 부모의 잘못이 아니라 자기에게 문제가 있어서 그렇다고 자기 탓을 하게 되는데, 그게 내면화되어 낮은 자존감을 만들고, 낮은 자존감은 높은 자존심으로 쓸데없는 마음의 방어벽을 치게 만든다. 자기혐오나 불안, 강박증에 시달려서 부모라는 역할을 제대로 해내지 못하는 부모 역시 자녀를 열등감으로 가득 찬 아이로 만들게 된다.

둘째, 첫째 예와 정반대로 아이를 자기의 분신이나 소유물쯤으로 여기는 부모도 마찬가지 결과를 낳는다. 이런 부모 밑에서 성장한 아이는 성인이 되는 과정으로 반드시 거쳐야 하는 '분리-개별화' 과정을 경험하지 못해 독립된 성인으로 살아가지 못하게 된다. 캥거루족이라는 세간의 말처럼 어른이 되어서도 어린아이처럼 부모에게 의존해서 살아가는 것이다. 부모에게 경제적으로만 의존한다면 그나마 낫다고 볼 수 있다. 정신적으로도 분리되지 못하면 더 큰 문제를 낳는다. 미국에 유학 가서 박사학위를 받고 돌아온 아들이 엄마에게 "이젠 뭘 해야 돼?" 하고 했다든지, 판사인 아들이 엄마에게 전화를 걸어 "이 건은 어떤 판결을 내려야 돼?" 하고 물었다는 세간의 농담은 '분리-개별화' 과정을 해내지 못하여 신체만 어른이고 정신적으로는 미성숙한 키덜트족의 양상을 보여 준다. 이런 이들은 언제나 남의 의지에 휘둘리면서 살아가는데, 자기에 대한 불신으로 가득해서 옆에서도 돌봐주기도 쉽지 않다. 요즘 고민 상담에 자주 등장하는 무기력증, 의욕 상실증에 빠져 직업도 결혼도, 아무것도 하지 않고 그저 빈둥거리며 세월을 보내는 자녀도 부모의 이러한 양육 결과인 것이다.

이렇게 아이를 자기 분신이나 소유물처럼 보호하는 부모의 심리 밑바닥에는 불안이 깔려 있다. 자기 아이에게 나쁜 일이 생길지도 모른다는 두려움으로 그럴 수도 있다. 특히 아이가 왕따를 당한 적이 있다든지, 몸이 약했다든지, 소극적인 성격이라 사회 적응이 늦었다든지 하는 걱정에서 시작되어 어느새 과잉보호가 되어 버려서 아이를 성인으로 자라지 못하게 붙들고 있는 경우를 많이 보게 된다.

또 조금 다른 경우인데, 부모가 뭐든지 지배해야 직성이 풀리는 성격이라서 자녀를 세세하게 간섭하고 통제하면서 키우는 일도 있다. 자녀가 자기가 바라는 그대로 생각하고 행동하기를 강요한다. 아이가 '나' 아닌 별개의 인간이라는 사실을 인정하지 못하는 것이다.

또 하나 아이가 자신의 친구 노릇을 해주기를 요구하는 부모도 있다. 이럴 때 아이는 과중한 정서적인 부담을 떠안게 된다. 부부 싸움을 하고는 아이에게 하소연하면서 자신을 편들어 주고 공감해 달라는 엄마도 꽤 있다고 하는데, 이것은 아이의 마음에 큰 상처를 만드는 일이다. 우정이랄까, 고민을 들어주고 조언해 주고, 정서적인 문제를 공감하면서 의논 상대가 되어 주는 일은 자녀가 부모에게 해줄 역할이 아니다. 아이에게는 그런 요구를 하면 안 된다. 필요하다면 다른 어른 친구를 찾아야 한다. 그런 요구가 계속되다 보면 아이는 부모와 분리된 별도의 자아를 형성하지 못하거나 지나친 정서적 압박에 짓눌리게 된다. 그 결과 아이는 부모가 없으면 나는 아무것도 아니라는 생각에 사로잡혀 자발성이라곤 없는 게으르고 무기력한 사람이 되는 것이다.

셋째, 지나치게 통제하려 하거나 폭군적인 부모도 아이의 마음에 상처를 남긴다. 그런 부모 밑에서 자라난 아이는 세상에 대해 무조건적인 두려움을 품게 되어, 불안 강박에 시달리게 되는데, 그 무의식의 저변에는 자신은 아무런 힘도 없는 무기력한 존재라는 느낌이 깔려 있다.

넷째, 완벽주의 성향이 있는 부모도 아이에게 상처를 입힌다. 그런 부모 밑에서 자라난 아이는 부모의 기대에 부응할 때만 자기는 존재할 가치가 있다는 생각을 무의식에 깔고 있기 때문에, 일중독처럼 일을 하고 있지 않으면 자기는 무가치하다는 느낌이 들어 어쩔 줄 모른다. 이런 부모 밑에서 자란 아이는 자신이 한 일에 결코 만족하지 못하고 부정적, 비판적이 되며, 스스로의 존재 가치에 회의를 품고 있고, 자기를 비난하는 성향이 짙다. 마음의 밑바닥에는 사기치고 있다, 자기는 결코 괜찮은 사람이 못 된다는 자기 불신이 깔려 있기 때문에 어떤 일을 해도 만족하지 못하는 사람이 된다. 이런 사람들은 자신이 느끼는 감정을 알아차리고 표현하는 능력이 부족해서 자신의 경험을 이야기할 때면 감정적인 면을 제대로 표현하지 못하거나 심한 경우엔 정서적인 건 모조리 생략되기도 한다.

다섯째, 지나치게 비판적이거나 아이가 수치심을 느낄 정도로 인격을 비난하는 꾸지람을 하는 부모도 마찬가지이다. 비판과 모욕은 다르다. 비판은 잘못을 지적하는 게 목적이고 모욕은 상대가 수치심을 느끼게 만드는 게 목적이다.

순서를 기다리고 있는 줄에서 새치기를 하는 사람이 있다고 하자. “거기는 당신 순서가 아닌데요.”라고 말하는 건 비판이다. 그러나 “사람이 눈도 없나? 자기 순서가 아닌 데 끼어들어.”라고 말하는 건 모욕이다. 그 사람을 기분 나쁘게 하려는 목적이 들어 있기 때문이다.

모욕을 느끼게 하는 수준으로 꾸지람을 하면 안 된다. 부모 자식 관계가 아니어도 마찬가지다. 사람은 다른 사람을 비판할 수는 있지만 모욕을 해선 안 된다. 자기방어막이 약한 아이에겐 특히 그렇다.

여섯째, 자기도취에 빠진 부모도 방치하는 부모처럼 아이가 자신은 무가치하고 쓸모없는 인간이라는 느낌을 갖게 만든다.

부모가 만들어 준 잘못된 나의 자아상을 바로잡으려면 어린 시절의 경험을 막연히 되살리는 일만으로는 충분하지가 않다. 구체적으로 다시 한 번 경험하듯이 기억을 되살려서 빠져들어 볼 필요가 있다. 그 상황에서 내 마음에 상처를 입힌 부모의 반응이 어린 나의 잘못이나 책임이 아니라 부모 자신의 문제에서 나온 것이라는 것을 확연히 깨달아야 하는 것이다.

자신의 결점이라고 느끼고 있는 문제를 자녀에게서 발견하게 되면 부모는 감정적으로 격렬한 반응을 보이며 화내는 일이 많다. 자기 결점이라고 느끼지 않는 부모는 중립적인 입장에서 문제가 있구나, 하는 정도로 받아들인다면 자기 결점과 같은 문제를 자녀에게서 발견한 부모는 격렬한 에너지가 담긴 감정을 담아서 문제라고 반응한다. 이럴 때 '투사(externalization, projection)'가 일어난다고 한다. 투사는 일어나도 본인은 투사가 일어난다는 사실을 깨닫지 못하고 있기 때문에 갈등이 자꾸 되풀이되는 경향이 있다. 아이는 부모의 분노나 질책이 부모 자신의 문제가 투사된 결과라는 걸 생각지 못하기 때문에 바로 자기 책임이고, 자기 존재가 문제라고 받아들여서 상처를 입게 되는 것이다.

특히 아버지와 아들, 엄마와 딸 사이에는 그림자가 투사되는 현상이 많이 벌어진다. 때문에 가족 사이에서 갈등이 일어나면 일반적으로 상상할 수 있는 수준을 넘어선 격렬한 감정이 담기게 되어 서로를 상처투성이로 만드는 일이 많다. 가족은 서로를 보듬어 주는 치료자의 역할을 할 수도 있지만, 때로는 세상 어느 누구보다도 심한 상처를 입히는 적대자의 역할을 할 수도 있다. 가까운 관계일수록 양극단의 가능성을 갖고 있게 마련이다.

투사가 일어났을 때, 당하는 입장인 아이가 그게 부모의 문제일 뿐이라고 생각할 수 있다면 죄책감이나 수치심은 느끼지 않을 것이다.

죄책감과 수치심은 다르다고 한다. 죄책감이 실수를 저질렀다고 느꼈을 때, 그걸 만회해서 다시 한 번 잘할 여지가 있다고 느끼는 감정이라면, 수치심은 실수를 저지른 자신이 무가치하고 모자란다, 쓸모없는 존재라고 느끼는 감정이라고 한다. 둘 다 당혹감이라는 감정에서 시작된다. 당혹감이란 짧고 약한 형태의 수치심인데, 자신이 사회(가족도 사회다)의 기대에 맞게 행동하지 못했다는 사실을 깨우치게 만드는 역할을 하는 감정이다. 사회화에 꼭 필요한 경고등인 셈인데, 하지만 이게 만성화되면 수치심으로 변질되어 문제를 만들게 된다.

아무튼 어린 시절 자신이 느꼈던 감정이 내가 문제여서 생긴 게 아니라 부모의 문제에서 비롯되었을 뿐이었다는 걸 깨달아야 한다. 그런 생각을 하다 보면 자연히 분노가 일어난다. 분노는 무의식에서 현재까지도 나에게 영향을 미치고 있는 잘못된 메시지(너는 쓸모없는 존재야, 무가치해, 무능력한 존재야, 등등)를 거부할 수 있는 힘을 주기 때문에 무조건 부정적으로 여길 필요가 없다.

우리는 화를 낼 때 에너지가 터져 나오는 걸 느낄 수가 있다. 화를 내면 안 된다는 사회적인 통념 때문에 화가 나도 참는 쪽으로 선택하는 일이 많은데, 그러다 보면 터져 나왔어야 할 심리 에너지가 꽁꽁 묶여 원치 않는 무기력 증세, 혹은 만성 게으름으로 빠져들 위험을 떠안게 된다. 그러므로 화를 표현하는 일은 꼭 필요하다.

사람은 서로 기대면서 더불어 살아가는 존재지만, 그런 한편으로 사람과 사람 사이에는 보이지 않는 경계선이 있다는 걸 의식하고 존중하면서 살아가는 게 중요하다. 누구에게나 자신만의 취향, 일, 입장, 공간, 소유물 같은 것이 있다. 전철이나 공공장소에서 모르는 사람이 지나치게 간격을 좁히면서 바싹 붙어 설 때 나도 모르게 불쾌감을 느껴 그만큼 물러나게 되는 현상도 이 때문이다.

텔레비전 프로그램에 사람이 침범 당했다고 느끼는 간격을 알아보는 쇼가 있었다. 물론 사람마다 다르고, 붐비는 버스 안이나 한적한 산책로 등 상황에 따라서 조금씩 달라지긴 했으나, 아무튼 사람마다 자기만의 공간이라고 여기는 고유 영역이 있다는 사실은 분명히 드러났다. 여기선 '고유 영역'이라는 말을 '보이지 않는 경계선'

이라고 부른다.

'예의를 지킨다', '공손하게 행동한다', '상대를 존중하는 태도를 보인다' 하는 말은 바로 상대의 경계선을 인정하고 침범하지 않도록 조심한다는 뜻이다.

미국에서 자란 청년이 한국 사회에서 지내게 되자 가장 놀란 점이, 사람 사이의 경계선을 무시하는 일이 빈번하게 아무렇지도 않게 벌어지고 있는 현상이라고 했다. 때로는 남의 경계선을 침범하는 걸 대수롭지 않게 여기고 있다고 분개하기까지 했다. 사실 우리 사회에서는 윗사람이라면 아랫사람의 경계선을 인정하지 않아도 된다(참견해도 괜찮다)고 생각하는 경향이 있다. 남의 영역을 마음대로 침범하는 걸 당연하게 여기는 것이다. 심지어 어른은 아이들 머릿속까지도 책상서랍 열고 검사하듯이 마음대로 들여다봐도 된다고 여기기도 한다. 그러나 어른이든 아이든, 사람에게는 자기만의 고유 영역이 있고, 그 영역을 (정신적인 것이든, 물질적인 것이든) 침범 당하면 불쾌해지고 심하면 화가 나는 것이다.

낮은 자아상은 화를 지나치게 적게 내기 때문에 만들어진다는 주장이 있다. 필요할 때 화를 내지 않으면 서로의 경계선이 어디까지인지(각자의 입장, 처지, 견해)가 드러나지 않는다. 당하는 쪽에서 아무 소리 하지 않으면 상대는 자신이 다른 이의 영역을 침범했다는 사실을 깨닫지 못하고 같은 행동을 되풀이하게 되고, 그러다 보면 그게 당연시된다. 그렇게 되면 침범당한 쪽은 무시당했다는 느낌에 마음을 상하여 끙끙 앓고, 나중엔 자기가 바보 같아서 그런 일이 생겼다고 자책하게 되는 것이다. 이 자책은 낮은 자아상, 낮은 자존감으로 이어진다.

사회적으로 화를 내면 안 된다는 통념이 하도 강하게 작용하다 보니, 화가 나도 자신이 화난 줄 모르는 사람까지도 있는 것 같다.

우선 화를 내는 게 나쁘다는 사회적 통념이 잘못되었다는 걸 알아야 한다. 비유한다면 화는 도둑이나 침입자를 지키는 세콤과 같은 것이다. 도둑이 내 집 담장 안으로 발을 들여놓으면 요란한 사이렌 소리와 함께 새빨간 경광등이 번쩍거려서 경고 신호를 보내는 것처럼, 다른 사람이 나의 경계선을 침범했다는 신호가 내면에서 마구 울리는 게 바로 화가 불쑥 솟구치는 현상이다. 그러므로 화를 내면 인격자가 아니라거나 하는 말에 휘둘려서 화가 났다는 사실에 오히려 죄책감을 느끼거나 화를 억압하도록 만드는 통념은 심리적으로는 볼 때는 해롭다. 중요한 점은 자기가 화났다는 사실을 의식하고 있되, 그 화를 제대로 표현하는 일이다.

나도 한때는 어린 시절의 기억을 되살리다 보니 내 부모님이 나를 부당하게 대했다고 느껴져서 달려가 따지려고 한 적도 있었다.

예를 들어 내 언니는 상냥한 성격이어서 무슨 요구를 하든 부모님은 가볍게 받아들여 선선이 들어주었고, 나는 뚱한 성격이어서 부모님께 내 요구를 말하다 보면 버벅거려서 불필요한 지청구를 듣곤 했다. 쉽게 말하면 어린 시절 언니는 용돈 타내는데 명수였고, 나는 쩔쩔 매다가 자주 혼났다는 이야기다.

예전의 그런 기억을 들추면서 편애가 심했다고 마구 화를 냈더니 엄마는 어리둥절한 표정으로 듣다가 말씀하셨다.

"부모하고 싸우려고 비싼 돈 들여가면서 정신과에 다니는 거냐? 그러려면 다니지 마라."

그래도 정신분석은 계속 받았고, 엄마를 만날 때면 늘 시끄러웠다.

화를 내고 안내고의 문제가 아니라 내가 느끼는 화를 표현하는 방법이 문제라는 걸 깨달은 건 그러고도 한참 뒤였다.

C군은 어린 시절 자신이 부모로 인하여 받은 상처에 대해 어머니의 사과를 듣고 싶어 했다.

그의 부모는 C군이 여섯 살 때 아들이 없는 큰집에 양자로 보냈는데, 호적만 옮기는 정도에 그치지 않고 아예 아이를 그 집에 보내서 살게 하였다. C군의 회상에 따른다면 어느 날 엄마가 큰집에 가자고 해서 잠깐 놀러가는 건 줄 알고 따라갔는데, 하룻밤 자고 났더니 엄마는 사라지고 자기만 혼자 남겨졌더라고 했다. 그 후 C군은 엄마가 나타나기만을 기다리느라고 대문만 지켜보면서 살았다고 했다. 여섯 살이었던 C군으로선 아무런 사전 양해 없이 부모와 떨어져 살게 된 것이 아주 고통스러운 경험이었고 큰 상처였다. 더구나 C군이 양자로 들어간 큰집은 연로한 어른들만 사는 적막한 환경이었다.

C군은 성장한 후 자기 상처가 큰아들에게 투사되어 큰아들과 여

러 갈등을 겪으면서 자기 내면에서 그때의 상처가 작동하고 있다는 사실을 깨닫고는 자기 치유에 힘썼다.

나중에 C군은 생모가 어린 자기를 아무런 양해 없이 양자로 보낸 일을 미안하다고 어루만져 주기를 바랐다. 주변에서는 이제 와서 그런다고 달라지는 건 아무것도 없으니까 그만두라고 했다. 그러나 C군으로선 치유가 문제였다.

이런 문제를 미안하다고 사과하기는 생각보다 어렵다. 버스 안에서 우연히 다른 사람 발을 밟았을 때 미안하다고 사과하는 것과는 차원이 다른 인생 전체가 걸린 문제가 되어 버리기 때문이다.

내가 짐작해 보자면 C군의 생모로선 그 일을 미안하다고 사과하는 것은 자신이 잘못 살아왔다고 인정하는 것과 같은 무게로 느껴져 힘들었을 것이다. C군 생모의 주장에 따른 다면 그 일은 이미 지나간 과거사이고, 인간으로서 당연한, 할 도리를 다한, 올바른 행동이었기 때문에 사과하거나 변명할 문제가 아니었다. 때문에 그 집안에선 C군과 생모가 마주 앉기만 하면 여러 말이 오가다가 시끄러워지곤 했다.

그런 종류의 불화를 곁에서 지켜볼 때면 두 사람의 인생과 인생이 격렬하게 부딪쳐 나는 파열음을 듣는 듯 귀청이 찢어지는 기분이 된다. 어쩌면 상처의 치유도 좋지만, 지금의 부모에게서 예전의 아픈 상처에 대한 사과를 들으려고 하는 건 과욕이 아닐까 싶기도 하다. 성인인 내가 내 안의 어린 나를 공감하고 보듬으면서 동시에 다른 이들의 입장도 이해할 수 있다면 그 밖의 다른 갈등까지 빚지 않아도 될 것 같기도 하다. 게다가 세대 차이도 유념할 필요가 있을 것이다. 요즘 세대는 필요하다면 자식이라 할지라도 당연히 사과해야 한다고 여기지만(사고가 제법 유연해진 요즘 남자들은 아들에게 '미안하다, 아빠가 잘못했다.'라고 진지하게 사과하여 엉킨 부자관계가 풀리기도 한다.) 봉건적 상하 관념으로 찌든 구세대는 윗사람이란 아랫사람에게 절대 사과하면 안 되는 것이다. 또 하나 고려할 것은 그때 부모의 불완전한 행동들을 단순히 부모 개인의 책임으로만 몰아붙여 지금의 부모가 말로 사과해야 한다는 관점도 문제일 수 있을 것 같다. 다만 그때 부모가 불완전하게 행동했다는 것, 부모 역시 부족하고 상처투성이인 마음을 끌어안고 살아가는 연약한 인간이라는 사실을 내가 이해하고 인정한다는 게 더 중요할지도 모른다.

어쨌거나 C군이 시도했던 것처럼 부모와 그 때 이야기를 나누어 볼 수는 있을 것이다.

화를 참거나 잘못 내게 되면 갈등이 심해지지만, 제대로 화를 내게 되면 인간관계는 오히려 개선되고 갈등도 줄어든다. 상대방과 나 사이의 명확한 경계를 서로가 깨닫고 서로 지켜 주게 된다면 서로를 격려, 응원해 주는 원원의 관계도 가능할 것이기 때문이다.

이제 '전부 아니면 무(all or nothing)' 방식으로 인간관계를 망가뜨리는 게 아니라, 제대로 화내는 방법을 알아보자.

화내는 방법

화났을 때 내 감정을 제대로 표현하는 방법의 첫 번째 단계는 일단 화를 문제가 발생했다는 경고음으로 받아들일 줄 알아야 한다는 것이다. 마음속에 세콤의 경고등이 번쩍거리며 울린다면 그것은 곧 내가 지키고 싶은 무엇, 어떤 경계를 누군가 침범했다는 신호라고 생각하고 화를 무조건 참거나 반대로 흥분하지 말고, 아, 내가 지켜야 할 것, 지키고 싶은 것이 위태롭구나 하고 고쳐 생각한다. 다음 단계, 벌컥 소리 지르거나 하지 말고 타임아웃으로 자신에게 약간의 여유를 준다. 억지로라도 얼른 일어나서 화장실에 다녀온다, 일어나 물을 마시고 온다, 잠시 서성거리거나 숨을 크게 몇 번 내쉰다 등등의 방법을 적용해 보자. 이때 그 자세대로 그냥 생각으로만 타임아웃을 가져야지, 라고 되뇌는 것보다는 몸을 움직이면서 여유를 가지려고 하는 게 훨씬 쉽고 효과도 크다. 이를 악물게 되더라도 일단 일어서서 서너 걸음 걷거나 잠시 서성거려 보기라도 하는 게 좋다. 최소 10초 길게는 30초 정도 시간을 끌면서 무엇이 문제가 되고 있는지 따져본다. 이럴 때 시간을 길게 끌면 안 된다. 너무 시간이 흘러가 버려 상대편에게서 이제 와 무슨 딴소리냐는 반응을 얻을 정도라면 화내기가 제대로 되지 않기 때문이다. 문제를 파악했으면 상대를 똑바로 쳐다보면서 내 느낌이나 내 감정을 적절한 방법으로 표현한다.

여기서 적절한 방법이란 내가 화가 난 현상을 구체적으로 짚으면서 '나-메시지(I-message)'로 말하는 것이다. '나-메시지'와 '너-메시지(You-message)' 이론은 널리 알려져 있다. '나-메시지'란 "나는 이렇게 느낀다"고 말하는 것이고 '너-메시지'는 "너는 왜 그러냐?"고 힐난하는 것이다. 따라서 '너-메시지'로 말하면 열에 아홉은 상대가 반발하여 싸움이 벌어진다.

나도 '나-메시지' 덕분에 갈등을 일으키지 않고도 내 뜻을 알린 경험이 있다.

어머니가 편찮으셔서 잠시 엄마 집에 들어가 살게 되었을 때 나는 실내에서 생활하는 버릇이 든 30킬로그램쯤 되는 사냥개를 데리고 갔다. 엄마처럼 구식 양반에겐 개라는 동물은 마당에서 살아야 마땅했다. 그런데 딸이 엄마 병간호를 한답시고 개를 데리고 와서 아파트 실내를 점령한 것이다. 나에겐 눈에 넣어도 아프지 않을 소중한 존재였으나 엄마에겐 그냥 개였다. 엄마는 볼 때마다 화를 내며 구박하셨다. 더럽다, 침 흘린다, 먹을 것만 밝힌다, 사람만 보면 달려든다, 털 날린다……. 그럴 때마다 나는 "엄마가 주니어를 구박하니까 내 가슴이 찢어져요." 하고 항변하곤 했다. "엄마는 왜 맨날 주니어를 구박해요?" 하고 따지는 대신 내 기분, 내 감정만 알린 것이다. 점차 엄마는 구박을 덜 하다가 나중엔 정이 들어서 귀여워하기까지 하게 되었다. 아마 그때 "엄만 왜 맨날 주니어를 구박하고 난리예요?"라고 '너-메시지'로 말했더라면 큰소리가 오가고 엄마와의 갈등은 피할 수 없었을 것이다.

그처럼 "나는 이런저런 일 때문에 화가 난다."고 말하는 게 '나-메시지'이고 "너는 이런저런 일로 왜 나를 화나게 하느냐"고 상대방이 문제라고 지적하는 게 '너-메시지'이다.

화를 '나-메시지'로 표현한 뒤, 여유가 있다면 앞으로는 어떻게 해달라고 내가 기대하고 있는 것을 구체적으로 이야기한다면 더욱 좋을 것이다. 물론 상대가 반격을 시도하지 않고 조용히 들어줘야 가능하겠지만. 처음에는 어떤 행동이나 일 때문에 내가 화났다는 걸 상대가 알게 하는 수준에서 만족해야 할 것이다. 처음에 화났다고 말하면 '전엔 가만히 있던 사람이 왜 갑자기 뾰족하게 굴어?' '이상하다? 네가 오버해서 받아들여서 그래' 등등 비웃는 반응을 얻게 되는 게 보통이지만 그래도 그 일에 대해 나는 이렇게 느낀다고 명확히 표현해 두면 상대는 알게 모르게 조금씩 조심하게 되고 그게 반복되면 그런 일을 다시는 되풀이하지 않게 된다. 만약 상대가 내 말을 듣고 어떻게 그런 말을 할 수 있느냐는 둥 반격하거나 인정머리 없는 말을 한다면서 눈물을 흘리면, '내가 너무 심하게 군 게 아닌가?' 하고 죄책감이 일어날 수도 있다. 그러나 그런 반응이 있을 수 있다는 걸 미리 예상해야 한다. 죄책감을 느끼는 건 잘못된 습관에서 나온 것이고 앞으로는 상대가 그런 반응을 보인다고 내 느낌에 대해 죄책감을 느낄 필요는 없다고 미리 다짐해 둔다. 노(no)라고 느꼈으면 노(no)라고 표현할 때 비로소 건강한 인간관계가 만들어진다는 사실을 늘 유념하도록 애써 보자.

지금 여기의 인간관계에서는 화를 이렇게 표현하면 되지만 글쓰기를 통해 어린 시절의 기억을 되살리다 보면 그때의 감정이 되살아나서 분노에 압도당할 수도 있다. 그럴 때는 자기에게 타일러 준다. '이건 지금 느끼는 감정이 아니라 어린아이였을 때 느꼈던 감정이야.' 하지만 기억을 글로 표현하는 동안에는 그 감정에 자신을 온전히 내맡겨 어린 시절의 나를 제대로 공감해 주어야 한다. 그런 과정은 자기에 대한 부정적인 평가에서 벗어나는 원동력이 되며 지금의 나에게 에너지를 충전해 주는 효과가 있다. 그때의 감정이 완전히 되살아오지는 않는다고 하더라도 묘사문으로 그때 그 상황을 그리다 보면 그 상황에 등장하는 사람들 각자의 입장을 충분히 이해하고 인정할 수 있게 되어 어린아이인 나를 공감하는 것은 물론이고 부모 또한 이해할 수 있게 된다. 그러니 미리 걱정하지 말고 자신의 기억을 최대한 글로 묘사해 보는 게 좋다. 그 과정을 통해 나를 충분히 공감하고 지지했다고 느껴지면 이제 그 부족한 부분을 채워 줄 사람은 세상에서 오직 나뿐이라는 사실을 인정하도록 하자. 누구도 아닌 오직 나만이 어린 나를 보듬고 공감하여 부족한 사랑을 채워 줄 수 있다.

제대로 화낼 줄 안다면 비로소 자기를 돌볼 줄 알기 시작했다고 할 수 있다.

자기 인생을 글로 써오는 과정에서 아마도 감정의 진폭에 휘둘리거나 압도적인 어떤 하나의 감정에 빠져 허우적대는 경우도 있을 것이다. 그럴 때 스스로를 잘 돌볼 줄 안다면 자기 이야기 쓰기의 과정에 함몰되지 않고 자유롭고 행복하게 생활할 수 있다.

자기 돌보기의 첫 번째 중요한 사항은 감정의 힘을 믿는 것이다. 내가 긍정적인 감정을 가지려고 애쓴다면 현실에서도 긍정적인 결과를 얻게 된다는 사실이다. 이것은 자기 암시의 예언과 같다. 좌절감을 안겨주는 대화나 부정적인 말은 자신과 주변 사람들의 마음에 알게 모르게 영항을 끼친다. 분위기는 가라앉고 무기력해지며 무의미하다는 느낌이 퍼지면서 은연중 부정적인 기류가 형성된다.

유명한 '오스로의 일화'가 있다. 오스로란 사람은 트루만스버그에서 죽게 될 것이라는 예언을 받았다. 그런데 어느 날 비행기가 기계 고장으로 불시착을 했다. 마침 그곳이 트루만스버그라는 말을 듣자 오스로는 놀라 그 자리에서 심장마비로 죽고 말았다는 내용이다.

이 일화처럼 부정적인 예측들이 쌓이다 보면 정말 그렇게 된다. 그러므로 어떤 일이 생기든 그 일을 문제라고 생각하기보다는 내게 주어진 기회라는 측면에서 해석하도록, 그런 버릇이 붙도록 의식적으로 노력해 보자. 그러기 위해 대화나 글쓰기에서 수동적이고 부정적인 표현 대신 능동적이고 긍정적인 표현을 쓰도록 늘 신경 써서 글을 쓰고 말하면 좋을 것이다.

그리고 침착해지겠다고 결심해 보자. 주먹 꽉 쥐고 내 머리털을 빨리 자라게 하겠다고 결심하는 거야 부질없는 짓이지만 의식적으로 길게 호흡하면서 '잠깐! 침착해지자' 하고 자신을 타이르는 건 의외로 효과가 있다. 침착함이란 흥분과 무심함의 중간 지점이다. 자신의 감정에 휘둘리지도 않고 그렇다고 자신의 감정을 완전히 억압하지도 않는다. 침착하면, 어떤 한 가지 기분에 휩쓸리지 않기 때문에, 솔직하고 섬세한 태도로 세상을 대하면서 신중하게 행동할 수 있게 된다. 또 어떤 한 가지 일에 너무 큰 의미를 두지 않는다. 사소한 일이라면 매달리지 않는다. 이런저런 짜증스런 일이 생기면 되도록 웃어넘기고 자기 자신과 그 일을 떨어뜨려서 생각하게 되면 시간과 에너지를 낭비하지 않아서 저절로 여유가 생기고 침착해진다.

또 사람인지라 아무리 침착하려고 해도 감정의 혼란은 때로 생기게 마련이다. 그럴 때는 바로 글쓰기가 필수적이다. 자기감정을 솔직히 털어놓는 자유 연상의 글쓰기를 하면 도움이 된다. 그뿐 아니라 규칙적으로 자기를 돌아보는 글을 쓰면 문제에 대한 분석력과 감정 조절의 힘이 생길 뿐 아니라, 새로운 아이디어를 얻게 되기도 하고, 눈에 뜨일 정도로 신체적 면역성이 강화되기도 한다.

더하여 글쓰기뿐 아니라 다른 방법으로도 자기를 돌보며 휴식할 수 있도록 미리 준비해 보자. 예를 들면 목욕하기, 산책이나 등산하기, 낮잠 자기, 마사지 받기 등 자신이 돌봄을 받고 있다고 느끼게 되는 스스로 할 수 있는 일들을 몇 가지쯤 수첩에 적어 두었다가 지쳤거나 휴식이 필요하다고 느낄 때 실행할 수 있도록 준비해 두는 것도 필요하다.

그리고 되도록 받기보다는 주는 입장에 서도록 신경을 쓰면서 살아보자. 물질적인 것만 말하는 게 아니다. 무재칠시(無材七施: 재물 없이도 남을 도와줄 수 있는 일곱 가지 행동)라 하여 태도나 행동, 눈빛만으로도 남들에게 얼마든지 줄 수가 있다. 다른 사람이 관심을 받도록 내가 살짝 뒤로 물러서는 것도 주는 행동이다. 그러다 보면 저절로 침착해지는 게 느껴질 것이다. 친구와 대화할 때도 내 이야기, 내 의견을 내세우기보다 친구나 상대방이 말하도록 묻고 추임새를 넣으면서 들어주는 것도 침착성을 기르는 한 방법이다. 서둘러 나부터 관심을 끌겠다고 나서지 않으면 어느새 차분해지는 자신을 발견할 수 있다. 또 하나 말과 행동의 속도를 의식적으로 조금 늦추어서 하도록 신경 써보는 것이다. 그러다 보면 자기도 모르는 사이에 침착한 태도를 갖게 될 것이다.

가장 중요한 것은 자기의 과거를 죽 써나가는 동안이라 할지라도 지금 여기 생활하는 순간에는 이 순간에 집중하는 것이다. 해야 하는 일이 있다면 생각하지 말고 그냥 해버린다. 하기로 작정한 일이 있으면 망설이지 않고 먼저 해치운다. 그러다 보면 시간에 쫓기는 느낌은 없어지고 혼란스러운 감정은 가라앉아 침착하고 평온해질 것이다.

강좌가 끝나고

김윤미 씨에게

잘 지내는지요?

답이 늦어서 미안해요.

한 강좌만 끝나면 긴장을 팍 풀어 버리는지, 거의 겨울잠 자는 곰 수준으로 침대에서 뒹굴며 한 주를 보냈답니다. 그리고는 거뜬히 일어났어요.

다시 한 주가 시작되었고, 오늘 조금 한가하네요.

강좌가 끝나고서 뒤늦게 보낸 윤미 씨의 과제를 꼼꼼히 읽어 보았답니다.

강좌 중에 했던 것처럼 윤미 씨의 글을 하나하나 첨삭한다면 직접 만나 종이로 줘야 하니까 메일로 그냥 인상만 이야기해도 좋을는지요?

강의하는 동안 나는 윤미 씨가 두려움으로 자기 껍질을 만들어 쓰고 그 속에서 살아간다는 인상을 받고 있었고, 그런 태도의 씨앗들을 이번 글에서 확연히 보았다고 느낍니다.

세상에 나가기를, 상처 받기를 두려워하지 마세요.

뭐든지 닥쳐오면 그냥 하고, 나에게 오는 것은 분별하지 않고 받아들이고, 그게 무엇이든 지나치게 무겁게 생각하지 않았으면 해요.

나도 어제 이별에 대해 잡담하다가 가슴이 쓰라렸어요.

누군가가 떠나서 뒤에 홀로 남겨졌을 때의 쓸쓸함은 가슴이 미어지도록 아프지만 그래도 어쩔 수 없는 일이죠. 영원히 같이할 수 있는 깊은 인연은 드문 것 같아요. 어쩌면 오래 지속되는 관계란 옅은 수준에서만 가능한 게 아닌가 싶기도 해요. 마음 깊이 내 진심을 다 보여 주는 관계는 나의 경험으로는 언제나 기간이 한정되곤 하더군요. 그러지 않으면 영원이라는 그 무게에 질식해서 죽어 버릴지도 모르지요. 모든 것을 나누었던 인연은 몇 달 혹은 몇 년으로 끝나고 뒤에 남겨지면 정말 아파요.

그렇다고 모든 걸 나누는 깊은 인연을 거부할 이유는 못된다고 생각합니다. 회상해 보면(어제 예기치 않게 그런 기억을 회상해야 하는 시간이 있었는데) 역시 없었던 것보다는 그런 일이 있었던 게 좋았다, 싶어요.

상처받기를 두려워하지 마세요. 그리고 상처라는 말 대신 경험, 예전에 내가 잘못 대처했던 경험이라고 말을 바꿔서 쓰면 어떨지요? 스트레스 대신 도전이라는 단어를 쓰고요. 의식적으로 말을 긍정적인 걸로 바꿔서 쓰려고 애써 보세요. 말을 바꾸면 우리의 생각도 바뀌기 때문에 태도나 마음이 한결 편안하고 침착해질 겁니다.

용감하겠다고 해서 자기 보호를 하지 않은 채로 세상에다 자신을 내던지는 짓도 하면 안돼요.

아, 정말 그때 난 힘껏 했었지, 그렇게 생각되는 기억이 나를 행복하게 만들더군요. 행복은 그 인연의 길고 짧음과 상관없어요. 단지 내가 그때 힘을 다했었지, 하는 것만 중요할 뿐.

그런데 후회되는 것이라면 젊었을 때의 나는 정말 바보여서 자기 보호를 할 줄 몰랐다는 거, 그거 하나예요.

윤미 씨는 제일 먼저 no라고 느낄 때 no라고 단호하게 (열내지 말고, 침착하게) 말하는 것부터 익혔으면 좋겠어요.

침착함은 낙관주의와 여유에서 와요.

긍정적으로 생각하려 애쓰고, 말과 행동의 속도를 지금보다 조금 늦추어보고, 나보다 남들이 돋보이도록 하고, 매일 조금씩이라도 글쓰기로 혼란스러운 감정을 배출하고, 지금 여기에 닥친 일에다만 집중하다 보면 어느덧 침착함이 몸에 밴답니다. 그러면 내가 no라고 하고 싶을 때 그 관계가 비틀리지 않으면서도 단호하게 거절할 수 있게 되죠.

유연하려고 해보세요.

아마 세상을 대하는 태도, 세 가지 중에 윤미 씨는 고립형의 태도가 주를 이루고 있을 텐데, 필요에 따라서는 순응형과 공격형 태도 유형도 취하려고 의식적으로 노력해 보세요.

손바닥을 펴야 할 땐 펴고, 주먹을 쥐어야 할 땐 주먹 쥘 수 있어야만 건강한 손이라는 걸 염두에 두고서요.

너무 잔소리가 길었네요.

나이를 먹으면 이래서 가야 한다니까요.

아무튼 윤미 씨와 또 인연이 있으면 좋겠어요.

마음 깊이 윤미 씨의 인생을 응원하겠습니다.

이남희

참고문헌

『감정 다스리기를 위한 글쓰기』, 베스 제이콥스, 김현희 · 이영식 공역, 학지사, 2008.
『공감의 시대』, 제레미 리프킨, 이경남 옮김, 민음사, 2008.
『공감의 심리학』, 요아힘 바우어, 이미옥 옮김, 에코리브르, 2006.
『글쓰기 치료』, 제임스 페니베이커, 이봉희 옮김, 학지사, 2007.
『나르시시즘의 심리학』, 샌디 호치키스, 이세진 옮김, 교양인, 2006.
『내 안의 어린아이』, 마거릿 폴 외, 이세진 옮김, 교양인, 2011.
『당신의 그림자가 울고 있다』, 로버트 존슨, 고혜경 옮김, 에코의서재, 2007.
『독이 되는 부모』, 수잔 포워드, 지성학 외 옮김, 푸른육아, 2008.
『마음 읽기』, 윌리엄 이케스, 권석만 옮김, 푸른숲, 2008.
『만들어진 우울증』, 크리스토퍼 레인, 이문희 옮김, 한겨레, 2009.
『분석심리학』, 이부영, 일조각, 2011.
『사랑받을 권리』, 일레인 아론, 고빛샘 옮김, 웅진지식하우스, 2010.
『사랑의 기술, 인간의 의미』, 에리히 프롬, 혜원출판사, 1998.
『삶의 의미를 찾아서』, 빅터 프랭클, 이시형 옮김, 청아, 2005.
『선과 정신분석』, 스즈키 다이세쯔, 에리히 프롬, 김용정 옮김, 원음사, 1992.
『아니마와 아니무스』, 엠마 융, 박해순 옮김, 동문선, 1995.
『융 기본저작집』, 칼 구스타프 융, 한국융연구원 C. G. 융 저작위원회 옮김, 솔, 2008.
『융 무의식 분석』, C. G. 융, 설영환 옮김, 선영사, 1999.
『융 심리학과 동양종교』, 융, 김성관 옮김, 일조각, 1996.
『융』, 디드리 베어, 정영목 옮김, 열린책들, 2008.
『인간이란 무엇인가』, 빅터 프랭클, 김재현 옮김, 서문당, 1996.
『자기분석』, 카렌 호나이, 이태승 옮김, 민지사, 1995.
『자기심리학과 나르시시즘의 치료』, 리처드 체식, 임말희 옮김, NUN, 2008.
『자기분석, 카렌 호나이』, 이희경 외 옮김, 학지사, 2006.
『치유하는 글쓰기』, 박미라, 한겨레출판, 2008.
『치유의 글쓰기』, 셰퍼드 코미나스, 임옥희 옮김, 홍익출판사, 2008.
『카렌 호나이』, 콘스탄스 존즈, 이성동 옮김, 하나의학사, 2007.
『현대 물리학과 동양사상』, 프리초프 카프라, 김용정 외 옮김, 범양사, 2006.
『화의 심리학』, 비벌리 엔젤, 김재홍 옮김, 용오름, 2007.
『회상, 꿈 그리고 사상』, 아니엘라 야훼 편, 이부영 옮김, 집문당, 2012.

이 책의 예문은 한겨레문화센터의 '치유하는 자기 이야기 쓰기'에 참가한 수강생들의 글을 손질해서 실은 것입니다. 일일이 허락을 구하지 못한 것 양해 바랍니다.